我要敬您一杯酒

熊湘鄂 著

长江出版传媒　长江文艺出版社

图书在版编目（ＣＩＰ）数据

我要敬您一杯酒 / 熊湘鄂著.－武汉：长江文艺
出版社，2020.12
　ISBN 978-7-5702-1937-7

　Ⅰ．①我… Ⅱ．①熊… Ⅲ．①中篇小说－小说集－中
国－当代②短篇小说－小说集－中国－当代 Ⅳ.
①I247.7

　中国版本图书馆 CIP 数据核字(2020)第 238470 号

题字：徐则臣
责任编辑：李婉莹　　　　　　　　责任校对：毛　娟
封面设计：思　思　　　　　　　　责任印制：邱　莉　杨　帆

出版：长江出版传媒　长江文艺出版社
地址：武汉市雄楚大街 268 号　　　邮编：430070
发行：长江文艺出版社
http://www.cjlap.com
印刷：湖北新华印务有限公司

开本：640 毫米×970 毫米　　　1/16　印张：14.75　　插页：6 页
版次：2020 年 12 月第 1 版　　　2020 年 12 月第 1 次印刷
字数：198 千字

定价：58.00 元

我要敬您一杯酒

则臣题

自　序

以前认为自己这一生，文学创作是与我八竿子打不着的事。三十五岁以前，很多人在介绍我的时候，都会说他书法不错。比如，大约在十几年前，荆州文史专家谢葵带着我认识诗人铁舟，指着我发在某个杂志封面上的几幅书法作品说，湘鄂是书法家。很惭愧，虽然我二十多岁就加入了省书协，但从不敢以书法家自称，现在就更愧对这个称号了。最近一次与铁舟兄会面，他还打趣地说，你不是搞书法的吗，怎么挤到写小说这条道上来了？

新千年初，我从作战部队调回家乡军分区后，因自己交际受限，加上平时工作任务重，基本就不再涉猎书法圈子，缺少氛围，慢慢也就偏离了书法这个轨道。不久前一个文友在其随笔中提到一个人：书法家乙庄和她的北兰亭。我立马想起来了，这个乙庄在一九九八年的五月和我一起参加了中国书协举办的第三届全国创作培训班，是同桌学友。弹指二十年，她已成长为书坛名家。我翻出当年我们一起学书走得较近的五个学友的合影，看到当年我们青春的模样，不禁感慨万千——每个人的艺术生命都会有其归宿，她今天所取得的成就，皆来源于她持久的勤奋与努力。反思自己这些年来，奔走在繁杂的工作任务和诸多无效社交中，逐渐荒废了自己。很多时候我都在想，为什么当年和我一起学书的那些人，最终都修成正果而自己半途而废？我想我还是缺少了恒心。我是一个没有毅力的人。

一个非常偶然的机会，那是二〇一五年，靠着在本地报纸开了两年写史周专栏的说辞，更重要的是靠朋友推荐，我本着去度假的初衷，参加了省里在一个著名风景区组织的青年作家高研班。第一天开班，学员们作自我介绍，有的说自己是省作协会员，有的说自己曾在哪些纯文学刊物发了什么小说诗歌，轮到我介绍，我羞红了脸，恨不得把脑袋扎到桌子下。无奈，我只能硬着头皮报上自己的名字，说我没有发表过任何纯文学作品，我干脆给大家讲一个故事算了。但没想到，我讲的故事还比较受大家欢迎，因此同学们对我印象深刻。之后的学习，总有学员会对我说，你就是那个讲故事讲得蛮好的人？你给我们讲个故事吧。高研班结业时，到了学员代表发言环节，因为有省作协领导在场，大家多少有些扭捏，但我不知从哪里冒出来的勇气，冲上去就开始讲学习写作的感受体会，真可谓无知者无畏，当着在场一些全国知名作家和全省百十来学员，在主席台上夸夸其谈，甚至还谈到小说创作中刻画人物的技巧，一时间全场鸦雀无声。下来后，我为自己的鲁莽后悔得要命，但效果似乎不错，我的发言稿甚至还被刊登到省作协主办的《新作家》上。这次学习给了我很多信心和勇气，一个从没有搞过文学创作的人发言被肯定，说明什么？说明我还是有一定基础的。

参加高研班回来，我开始暗暗地给自己鼓劲，我也要试着写一篇小说，不为别的，就为以后再见这些高研班同学，能把腰杆子挺直点，不能再靠讲故事过关了。但我生性懒惰，直到第二年也就是二〇一六年才动笔写这个计划中的小说。那年我被派到韩国交流工作，人地两疏，确实没有什么可以打发时间，于是花了两个月时间，创作出自己的处女作——中篇小说《接客》。写完之后，我把它投到一个省刊，很快头条发出，并获得刊物当年的年度文学奖。之后这两三年，又陆陆续续写了一些中短篇小说，好在它们大都有一个不错的命运。

写作这件事，给我的生活没带来什么改变，但它对我的思想而言却弥足珍贵，因为写作让我看到了内心一直在生长的东西——对人性的幽深永不满足的窥视欲望，我从而得出：在这个世上最诡异的便是那纷繁的人性，而这正是文学需要不断挑开我们每个人身上的纱衣的原因。由此我想到，在我十四岁那年，因为忍受不了父亲对我的凶暴与严厉，包括猝不及防的耳光，我揣着从家里偷来的三十块钱，踏上了离家出走的路。记得那个傍晚，我越过县城城郊的一片绿油油的麦地，漫无目的地走了一个多小时，才走上去沙市的那条公路。先是扒拖拉机，后来扒翻斗车，到了夜里十来点，翻斗车在一户做蜂窝煤的家庭工厂门口停了下来，我只得跟着溜下车来，在这户人家留在露天的一个躺椅上睡了一夜。第二天一大早，我又扒车一路向北，乘着汽车轮渡过了长江，来到了沙市中山公园。那是我第一次进到大城市，大城市与我所在的小县城有着很多不同。我还记得，在公园门口，那些背着宝剑准备练太极的退休老太太，中山公园门口两侧精美的钓具店，还有不远处沙市饭店那几个洋气的招牌大字，大城市的生活气息扑面而来，很快熏晕了我这个来自小城的少年。我当时幼稚地想，我要在这里生活下来。可我当时只有十四岁，且身无分文，仅有的三十块钱也不知在扒哪个车时弄丢了，得先解决咕咕叫唤的肚子再说。我蹲在一个炸油条的摊子前，足足蹲了半个小时，看到锅上架着的铁篓子里的油条，口水都流出来了。但我没钱，只能看。老板见我只看不买，恶狠狠地对我说，你买不买，不买别老蹲在这里挡了老子的生意。无奈，我只能离开。我沿着北京路向东走，走到一个棉纺厂，我想去找一个听说在沙市棉纺厂上班的表姐。那时候沙市的各种纺织厂太多了，每个厂都有成千上万个工人，想问一个女工的名字无疑是大海捞针，自然是无果。到了中午工人用餐时间，在食堂门口的洗碗水池，我看到一个纺织工人把吃剩的半碗饭菜倒进洗碗池，一旁的我咽了咽口水，真想把那半碗饭抓起来吃掉。寻表姐无望，只得继续前行，到了沙市老飞机场附近，路边有人卖甘蔗，我口渴得不行，便向人家讨甘蔗桶里的水喝，人家说这水是用来泡甘蔗的，能喝吗？我顾不了那么多，硬生生地喝了两碗。喝过水，肚子虽然还饿，但总算不再咕咕作响。下一步，我准备再去找在沙市热电厂上班的小姑。路人告诉我热电厂在长江大堤边，我便顺着大堤走。当时的荆江大堤内侧住了不少人家，有人便在堤坡上种菜，我走了一路，正饿得两眼发昏时，突

3

然远处葱郁一片，好像是菜地，顿时来了精神，远远望去，菜地里像是有黄瓜，太好了。待走近一看，我立马蔫了，这片菜地种的全是南瓜，怎么吃？南瓜也得吃啊。我把南瓜用石头砸开，咬着牙啃了一小块，算是又往空荡荡的肚子里塞了点东西。真是饿啊！当时如果有歹人找到我，说让我去干点什么小偷小摸的坏事就给我饭吃，我估计就跟着别人走了。至此，我明白，人在极度饥饿之下，谈道德是一件奢侈的事——以致多年以后，我在无数个场合听到无数君子高谈阔论"饿死事小，失节事大"的道德话题时，总会一言不发——我不得不用沉默来保持我对此人此言的警惕，对人性的警惕。离家出走的故事后来很简单，我终于找到热电厂找到小姑，结束了为期三天的流浪生活。但不得不提的是，在我离家出走的三天两晚，长期痛打、辱骂我的父亲，一刻也没有闭过眼，发疯般找遍我在县城和老家乡下所有同学朋友的家，并在深夜里对陪伴他的表叔痛哭：我这辈子完了。一点也不奇怪，他的独生子失踪，对这个骨子里重男轻女思想严重的中年男人来说，无异于失去了他生活所有的念想与未来。他甚至对一个女儿名声不太好的邻居大伯说，你生了个不听话的女儿，我养了个不争气的儿子，我们都是苦命人。

离家出走的第二年，我刚满十五岁，他迫不及待地将我送到部队当兵。临离家时，我有生以来他第一次对我心平气和地说，你这伢儿读书不行，像个桐油罐，又不听话，我没能力管你，交给部队管吧。

后来在部队工作了近二十年，我一直记着父亲说过的那些话，也从不曾忘记荆江大堤内侧的那片看上去像黄瓜地的南瓜地。

今天是父亲节，我啰啰唆唆写下这些，自己也不知道在说什么，但感觉似乎又说出了我在第一本小说集即将出版时想要表达的一些东西。那就够了。

是为序。

熊湘鄂

2020 年 6 月 21 日于荆州

目　录

蓝色四叶草

一

整个上午，钱闪闪没有如往常盆景般地栽在写字格里埋头工作，而是一反常态，不住地喝水和频繁跑洗手间。他心里有些不安。是的，他想请一个朋友喝酒却身无分文。堂堂北湖理工大学的毕业生混成这样，谁信？这是真的。钱闪闪来这个公司还不到两个月，处在试用期，公司只管吃住。用他的话说，自己穷得像根棍子，在地上能拖出火星。棍子在江汉平原的方言中是穷光蛋的意思。长这么大，钱闪闪一直处于棍子状态。大学毕业后他曾在涵口某家银行实习过一阵，那是最有希望甩掉棍子称呼的一次机会，但他没有把握好，怪不得别人。

话又说回来，这顿酒非请不可？钱闪闪想请的人是他认识没多久的好朋友邓早九。自打邓早九远在老家红湖乡下的父亲被诊断为肺癌后，钱闪闪不止一次地宽慰他并说请他喝酒，每次说过的话就像被风刮走了，从无下文。但现在钱闪闪是铁了心要请邓早九喝酒，不请不行。

都混成一根呜呜作响的棍子了，拿什么请人喝酒？钱闪闪又往肚里灌了杯水，左胳膊肘支在桌上，手掌托着下巴，像个思考者，直到看见边豫朝自己走来，他心里才有了主意。

边豫把手里的一杯鲜奶递过来，说闪总来杯奶，养颜。有着留洋经历的边豫从不吃公司提供的热干面早餐，他只习惯喝鲜奶吃全麦面包。

1

钱闪闪没有伸手去接，故作没好气朝他翻了个白眼，说莫搞笑，你跟一个地沟油盒饭都快没得吃的人谈养颜？公司里就数边豫和钱闪闪谈得来，两人的家庭出身和经济状况虽有天壤之别，但交往时一个不卑一个不亢。

边豫勾起嘴角，睨视着钱闪闪，调侃说闪总你别一天到晚哭穷，按你夜以继日的工作劲头，我看富贵指日可待！干红酒网销这行虽不能一夜暴富，但两三年间从销售员做到身价过千万的老板的，像光古转盘的小汽车一样多。

钱闪闪左右眉头向中间一拧，装作有气无力地说我哪敢奢望富贵，只盼早日开单有碗炒隔夜饭填饱肚子就够了！

开单是业内行话，指完成第一笔业务。

万事难在开头，开单要有那么容易，你的钱不多得用汽车拉？边豫戏谑地给钱闪闪打气。

你给我指条出路，快点！零业绩的钱闪闪嘴里说出来的话，总是裹着一层焦虑。

好，不过你得先请我喝酒。边豫不紧不慢，把鲜奶盒吸得咻溜作响。

行！钱闪闪爽快地答应了，拧紧的眉角分散开来。他知道自己请客的事有着落了：边豫要是组局喝酒，肯定会主动埋单，他深知这个拆迁公司老板儿子的行事风格。

边豫在国外一所野鸡大学混了两年，回国后父亲教他的第一个生存技能，就是学会替人埋单。拆迁公司老板教育儿子时从不讲大道理，而是现身说法。他把儿子带到他的拆迁工地，指着芦苇般成片倒下的老式或新式建筑的尸骸，说，推倒这些房子靠的是打打杀杀吗？不，靠请人喝酒，替人埋单。这些年来，拆迁公司老板不停地组织各种酒局，官员、中间人、拆迁户，包括那些钉子户，他都有能力给组到饭局上来。但无论他做东还是被请，到最后他都会悄无声息地把单给买了，于是他的公司房子越拆越多，速度也越拆越快。刚开始边豫不理

2

解，问拆迁不是靠谈判，谈判失败就强拆吗？拆迁公司老板笑了，拍着比自己高一个头的儿子的肩膀说，房子和人一样，你要想放倒它，捷径就是花钱。

书本上的知识边豫确实学不进，但他爹的这套处世理论学得倒是蛮快，很快他就开始"叫苦"，自己这人就他妈好点虚面子，喝多了总喜欢抢着埋单，其实第二天酒醒后肠子都悔青。通常他边说，还边做着扇自己耳光的手势，一脸得意。

边豫开始讨酒喝了，之前困扰自己的问题还叫个问题？钱闪闪心里暗自窃喜。

铝盆装着的油焖小龙虾端上桌，服务员撒了一小把葱花，香味霎时直窜鼻腔。边豫掏出手机，"啪啪啪"从不同角度连拍数十张图片。之后，他大手一挥：开吃！钱闪闪把一双吃小龙虾的专用薄膜手套递给邓早九，挤对地说瞧见没，人家边总吃吃喝喝就是工作，这就是人同命不同。

邓早九是钱闪闪叫来的，和边豫还不熟，关系自然隔着一层。他有些拘谨，喝起啤酒来一小口一小口地抿。相比之下边豫要大方得多，打趣地说邓总你这么含蓄，是替闪总节约吗？邓早九被边豫称"总"，脸立即红到脖子根，酒喝得越发谦虚起来。

酒桌上的人都这么斯文，钱闪闪便坐不住了，开始唆使边豫和邓早九两人相互敬酒。

很快，一箱啤酒变成了一堆空瓶子，横七竖八地扔在了桌子下。等喝到边豫不再是外人，邓早九的话便渐渐多了起来，开始把肚子里的心事一点点往外掏。

憋屈！邓早九将面前的一杯啤酒一口干下，然后悠着浑厚的酒气说。他在钱闪闪他们公司写字楼的物业公司当项目经理，憋屈来自他的老板。邓早九的老板管理能力不行，业务知识不行，但有一样在行，那就是给别人画饼：靠画分红的饼，他得到了一笔又一笔的投资资金；

靠画提成的饼，他接到了一个又一个物业项目；靠画干股的饼，他请到了一个又一个物业人才；靠画奖金的饼，他招到了一头又一头老黄牛。可以这样说，这个物业公司就是他画出来的。而邓早九就是一头老黄牛。刚进公司的前三个月，老板像发现新大陆似的表扬邓早九，说这样的老黄牛，简直就是我们公司的旗帜和标杆，不该涨薪吗？但半年过去，老板又招到新黄牛，大会小会上给新黄牛画饼，至于给邓早九涨薪的这张饼，早就被遗忘在半空中了。

闪闪，那些说话遮不住脚后跟的人值得信赖吗？邓早九望着钱闪闪打了个酒嗝。

钱闪闪的眼神躲闪了一下，低下头去撬啤酒盖。

邓早九向钱闪闪掏完肚子里的话，开始往卫生间掏肚子里的酒水。

相比邓早九，边豫酒量就大多了，十多瓶啤酒下肚跟没事似的，钱闪闪见状心里有点发慌，边豫要是不喝多等会谁来抢着埋单？邓早九频频去卫生间，钱闪闪只能自己出马，继续找说辞和边豫喝酒。

两人又喝了一会，钱闪闪越喝头越昏，边豫却好像越喝越清醒。有了几分醉意的钱闪闪心里反而开始镇定起来，他暗自思忖，要想躲过埋单看来只得装醉了。

钱闪闪喝酒不行，从洗手间回来时腿开始有些发软。也好，他借着这个感觉斜着身子靠在座椅沿上，头向里扎着，一副醉酒的模样。边豫拍他的脸，他不应。过一会再拍，钱闪闪嘴里嘟囔着，就是不应。边豫只得把钱闪闪扶起来，才走几步，钱闪闪身子有意向下一溜，从边豫怀里滑了出来倒在地上。恰好邓早九从外面进来，二话不说便把钱闪闪背起，由边豫在一旁扶着，一起摇摇晃晃地往酒店外走。

路过收银吧台时，钱闪闪赶紧把眯着一条细缝的眼睛合起来，整个头都搭在邓早九肩上，装作不省人事。还好，边豫的确豪气，只听他冲收银员大喊：埋单！

正在玩手机的收银员抬眼看了看他仨，似乎一下子没反应过来。半晌，她翻了翻账单，才疑惑地指着邓早九说，这位先生不是买过了吗？

二

后半夜，钱闪闪酒醒了。清醒后的他第一件事是跳下床，从下铺床板与墙的缝隙中抠出了自己的手机，开始翻看微信。新信息倒是有几百条，但尽是日常调侃或问候，有价值的少得可怜。尽管如此，钱闪闪还是逐条回复。对几个已聊到暧昧"临界点"的客户，他编了一句"此时静夜无眠，愿时光许你，岁月静好"群发出去。发完之后，钱闪闪自己都觉得好笑，鬼晓得如今有点闲钱的人为什么都喜欢这个腔调。编写这样文绉绉的狗屁句子，对名牌大学毕业生钱闪闪来说简直是小儿科，根本不像其他销售员还需要到网上去搜，他能信手拈来。

接下来，钱闪闪开始对这些信息进行甄别和判断：哪些客户可以圈起来划重点趁热打铁临门一脚，哪些客户则需再加一把火重新加热。至于放弃客户，那是公司业绩显著的老业务员才有资格干的事，像钱闪闪这样的菜鸟，连那些要死不活的"僵尸"客户都得当潜在客户小心翼翼地伺候着，指不定哪天复活了呢？这一行，万事皆有可能。

钱闪闪入职以来一直没开单，也就是说一个客户都没有开发成功。办公司不是搞慈善，员工试用期不用付工资，但工作餐、水电和宿舍哪项不要用钱？好在钱闪闪的工作态度还算端正，工作时间不玩手机不勤跑卫生间不到楼下小超市买烟买水，团队经理脸色也还有红有白，没让他"主动辞职"，因为觉得他还"有潜力可挖"。另一方面，开单快慢运气也很重要。团队经理相信正儿八经的大学生、工作中的拼命三郎钱闪闪不开单，暂时还是个运气问题。

钱闪闪的运气确实不太好。他读的是名牌大学，但毕业就失业，回老家养过水蛭，替房产公司贴过小广告，做过不知名产品的县级代理……蚂蚁爬磨盘——千条路，如今不知怎么爬到网销红酒这条路上来了。

条条蛇都咬人，钱闪闪如果三个月之内不能开单，就得卷起铺盖走人了。因此，钱闪闪不敢"闲"，"五加二""白加黑"地工作，有时整宿不睡觉刷微信，即便对那些十天半月不说一句话，开口就是"嗯""哦""啊"的冷淡型客户，他也使出浑身解数来"挑逗"，试图唤醒对方的聊天欲望。这个行当，对方愿意和你聊天是开发的基础，哪怕希望再渺茫，钱闪闪仍坚信功夫不负有心人，总会有奇迹发生。

已是凌晨四点，钱闪闪手机屏幕上突然收到一个视频请求，是内蒙古史大哥发来的。这已不是史大哥第一次发视频请求，前几次钱闪闪均以半夜睡觉没听见、和闺蜜睡在一起不方便等为由拒绝了。史大哥最近总想视频聊天，说明他已经被温柔可人的"沫子"给迷住了。父母均为大学教授，与闺蜜合资开了一家酒庄的年轻离异少妇"沫子"是钱闪闪在微信中常用的身份。钱闪闪和史大哥在微信里已聊了一个多月，交谈甚欢。熟悉到一定程度，钱闪闪想把话题渐渐往红酒上靠，而史大哥则把话题拼命往男女关系上引。一个说史大哥，到你这年龄该注意养生了，在外应酬须少喝酒，实在要喝就喝点红酒哦；一个说沫子妹，为了生意喝酒我不怕，就怕酒醉之后无人诉衷肠啊！一个说史哥哥，其实喝酒也可以不把自己喝醉的，比如喝点正宗的进口葡萄酒，口感好又不上头，还能增进某种功能哟；一个说沫妹妹，大哥和你嫂子关系不太好，一年到头难得说句热乎话，那功能强又有何用……

这次也不例外，钱闪闪继续拒绝史大哥的视频请求，告诉他今天儿子睡在自己身边，真是很不方便哦！

视频又被拒绝，对方说，沫子妹妹，哥我心里很不安啊！

钱闪闪知道他心里不爽，便发出一串委屈的表情，娇滴滴地问，史哥我说错什么话了吗？

沫子，哥今天给你讲个笑话啊！史大哥喜欢讲段子，但这次没按惯例附上捂嘴表情，显得有些严肃，钱闪闪感觉情况不太妙。

哥，你讲，我听着呢！钱闪闪添加个小女生拼命点头的卡通表情。

我哥们在网上认识了个美女，聊了大半年，到最后……你猜怎么着？史大哥包袱抖到一半，有意停住了。

遇到了骗子？

仅仅是个骗子，也就不是笑话了！史大哥接着发了个尴尬表情，继续说，他妈的，是个抠脚大汉！

隔着屏幕，钱闪闪都能看到对方那张布满疑虑的脸。

通常这时候的处理很关键，可谓机遇与挑战并存，处理好了对方会深信不疑，能迅速切入到红酒话题；稍有不慎，轻则让对方怀疑然后把天聊死，重则直接被拉黑导致前期所有艰辛付诸东流。

钱闪闪故意拖延一会，发了句"史大哥你删了我吧"过去，便不再理睬他。这招叫欲擒故纵，公司下发的《聊天指南》说得很清楚，往往在这个时候，你越是解释越容易让对方提高警惕。《聊天指南》对不同经济状况、出身背景、职业职位的聊天对象都有精准的心理分析，聊天聊到每个阶段都有相应的回复话语，钱闪闪早就把这些内容背得滚瓜烂熟。

看到钱闪闪不再搭理他，史大哥果然有点心虚了，不敢再问东问西，转过来聊些其他话题。钱闪闪越是不理他他越着急，开始向"沫子妹妹"道歉，并解释自己正是因为太在乎这段奇妙的"兄妹情缘"，才会试图通过视频这种愚蠢的办法来求证的。

钱闪闪还是坚持不回复，他要把对方的胃口高高吊起。

真的，沫子妹妹，这段日子哥得想着你才能入睡啊！见自己的解释无效，史大哥把话题调到暧昧模式，隐约透露出表白的意思来。

钱闪闪不禁得意，现在对方应该确信自己就是那个有着 C 罩杯的"沫子妹妹"了，不然谁会对一个性别不明的人示好呢？

这关，看来是涉险过了。

分寸拿捏非常重要，现在的"沫子"应该是一个满腹委屈甚至梨花带雨的小妇人，哪里肯轻易原谅他？钱闪闪继续角色扮演，给史大哥回了个"睡吧",以示对他的冷落和惩罚。可即便是两个冷冰的字眼,也让史大哥欢呼雀跃,他迅速回复三朵鲜花加一个与他年龄极不相符的蓝月亮卡通表情,以示对"沫子妹妹"垂怜他的感激和附和。甚至,几分钟后,他似乎觉得还不够,又发了一句话:希望有一天能抱着你,在呼伦贝尔的草原上策马扬鞭。

看到这句话,钱闪闪差点没笑得掉下床来。

第二天中午,钱闪闪及时在朋友圈里发了条动态:"第一次被人误会的感觉好难受,感觉自己好傻。"尽管史大哥的怀疑程度已大大降低,但钱闪闪决定再给这个蛋糕连锁店老板打一剂强心针。

朋友圈发出不到一分钟,女朋友小麦就发来信息问是不是遇到了不开心的事?钱闪闪才意识到,自己忘记设置只让史大哥一人看了。进入红酒网销这行,钱闪闪没开发到客户却开发到一个女朋友。刚开始,钱闪闪只把小麦当潜在客户,没想到小麦对他完全不设防,没聊几句便将自己在长沙一家保险公司当业务员的情况和盘托出,言语间全是一个涉世未深女孩的懵懂与好奇,这让整天在虚拟网络里经历试探与怀疑,欺骗与防骗的钱闪闪对她迅速产生了好感。两人在不同城市,虽没见过面,但感情升温很快,经常聊到很晚才能入睡。很多个夜晚,钱闪闪在与小麦聊天的同时需回复客户信息,客户发过来的一些暧昧话题总能唤醒他体内的原始冲动,便不由自主代入到小麦身上,青春的荷尔蒙弄得他浑身燥热。

三

晨会上,公司老总对入职才十多天就开出五千八百八十八元单的一个新员工重点提出表扬。照说公司每天都会有上万元的大单,老总为何如此看好这一单?原因在于这个顺利开局的员工身份很特殊,是个四十七八岁的乡村土裁缝。他受在公司干团队经理的侄子过年时衣锦还乡的刺激,春节刚过便扔下为村里老人们做了一半的寿衣,跟着侄子到武汉做红酒网销来了。他的裁缝手艺怎么样不得而知，但和客户沟通的潜能很快显现，用这个前乡村土裁缝的话说，隔着屏幕忽悠别人买几瓶酒，还能比把村里那些留守小媳妇的裤带扯下来难？

钱闪闪所在公司的红酒销售走的是向微友点对点推销的模式。他刚进公司时，看到公司前台小展柜陈列的几瓶印着洋文标签的样品酒上标示的骇人价格，不禁满是疑惑：现在经济下行严重，寸土寸金的商业街上那些装修金碧辉煌的洋酒行都惨淡经营，而公司内这一群满脸菜色的人，抱个电脑、手机整天和陌生人聊天，能把一瓶瓶来历不清、成分不明的红色液体高价卖出？

当然能！二十多岁的年轻老总每天像打了鸡血，语气坚定地告诉他的员工们："民族资产解冻""重金求子"都有人信，世界一线品牌玛歌酒庄生产的红葡萄酒，你还担心卖不出去吗？

刚开始钱闪闪不信，团队经理就给他讲故事：有个浙江的酒店大厨，深信每晚和他聊骚的络腮胡子业务员是个妙龄富家女，前后花了近五万块钱帮助这个所谓千金小姐与闺蜜合伙开办的酒庄拿代理资格。不但钱一分不少地打进公司账户，人家还提出一个奇怪的要求：红酒也不用寄给他。为啥？人家要将这酒存在千金小姐的酒庄，等他择日来北湖时与佳人一醉方休。面对这么真诚的客户，络腮胡子向老总请示红酒到底寄还是不寄？老总很坚决地回答，必须寄！又反问道，人家真来北湖，你陪他对饮他会同意吗？

见钱闪闪将信将疑，团队经理开始讲第二个故事，也是他自己的第一单业务。对方是个广东富二代，每天的生活除了赌狗就是打游戏，团队经理用了堪比林志玲的照片，加上每日含情脉脉地问候，但人家根本不为所动。一个多月过去，团队经理都已心如死灰，这时对方突然来一句，你会玩王者杀游戏吗？能陪我玩吗？在团队经理陪他玩了一周王者杀后，对方一句多话没有，给团队经理送上了一个六千八百八十八元的大单。

还没等团队经理讲第三个故事，钱闪闪彻底相信了，只有不会卖的业务员，没有卖不出去的产品。

钱闪闪开始一心扑在事业上。他每天不停地添加微信好友，用大量时间研究案例，学习与客户沟通的经验，现在他已经锁定七八个目标，都已抵达"切"的临界状态。切是行话，意思是经过漫长的铺垫，可以谈论红酒话题了。但这些客户似乎都比他要精明，每当自己有意无意提到红酒功效或是酒庄经营出现销售瓶颈的话题时，对方比他还会切，很快又把话题给反切走了。

像钓鱼一样，钱闪闪还不敢使劲拉线也就是强行切入红酒话题，怕把鱼儿吓跑了。他很是苦恼。

钱闪闪的客户中，只有一个人从来不反切，似乎对红酒话题还很有兴趣。某天晚上，钱闪闪通过手机的号码段"群添加微信好友"发出九十九个微信好友邀请，仅通过一人。没聊几句，钱闪闪就套出他的身份，是个修鞋匠，心里顿时凉了半截：一个在街头摆摊修鞋的，只怕连红酒也没见过，有可能买红酒吗？既然这样，钱闪闪也就没必要在这个风烛残年的老头面前搞角色扮演了，他如实告诉对方自己的职业，甚至不知出于什么心理还向对方爆料：我们卖红酒就是忽悠，把豆腐卖出肉价钱！

修鞋匠算什么客户呢？

两人聊天也调了个方向，通常是修鞋匠主动问，钱闪闪被动答。潜意识里，钱闪闪希望修鞋匠能自己离开。但修鞋匠偏不，也不介意钱闪闪对他的冷落，每天都会发来信息问钱闪闪吃饭没有？有时还会啰里啰唆一遍遍催促：人是铁饭是钢，怎么能饿肚子呢，快吃，快吃。总之，翻来覆去总是几句旧话，平常得像一个老父亲牵挂在外打工的儿子。

大多数时候钱闪闪都不理他，除了没空，更多是懒得回复，他得攒足精力对付那些有购酒意向的客户。偶尔回复一句，都能迅速激起修鞋匠的聊天兴趣，他会饶有兴致地告诉钱闪闪：哪个老客户喜欢占他的便宜，经常让他钉个鞋掌却"忘记付钱"；哪天城管来掀摊子时

他跑得快而旁边的锅盔炉子被没收走了。极个别时候，也会抱怨自己和钱闪闪一般大的儿子外出打工已经五年了，从不回家，连个话都不捎回来……

经常是修鞋匠絮絮叨叨地讲，钱闪闪心不在焉地听。前者越讲越投入，恨不得把手里的每一只臭鞋底都翻出来给钱闪闪看；后者越听越心焦，这日子过得屁股后面像有只野狗追赶似的慌慌张张，哪有闲工夫听你扯野棉花？

你有完没完？那一天，钱闪闪终于忍不住了。

修鞋匠正讲到有次去顾客家修鞋修出男主人五百块私房钱这里，钱闪闪这句突然窜出来的话像女主人抓盗贼的手，把修鞋匠一下给按住了。

短暂的沉默。

我又要滚蛋了。之后，钱闪闪告诉修鞋匠和自己同时入职的另外一个同事因为没能开单，今天"被"辞职了。

我真不是故意的。钱闪闪朝修鞋匠发过火后，马上就后悔了，他对自己刚才的口不择言十分后悔。

你们年轻伢在外做点事难，我知道。修鞋匠用的是手写输入，一笔一画，回复较慢。

前面的路实在走不通，你就往回走。过了很久，修鞋匠又发来一条信息。

买，还是不买？邓早九问钱闪闪。

午饭时，邓早九邀请钱闪闪到一楼小超市吃泡面。他嘴里叼着塑料叉子，边撕调料包边告诉钱闪闪，自己在微信上认识了一个叫沫子的女网友，沫子与闺蜜合资开了家经营法国红酒的酒庄，为拿到这个品牌的省级代理权，和闺蜜按股份比例分配了销售任务，如今闺蜜已完成任务，而沫子的业绩离任务目标还有一点距离，希望邓早九买几箱酒支持他。

你们也算半个同行，我想听听你的意见。邓早九把一碗泡好的面递给钱闪闪，示意钱闪闪先吃。他知道钱闪闪公司是做电商卖红酒的，但怎么个卖法他并不清楚。

看来上次的酒没白喝，鱼儿终于朝自己游过来了，钱闪闪心里一紧。不错，这个每天和邓早九在微信里柔情蜜意的沫子也是钱闪闪。沫子因为太了解邓早九，因此每一句话都能说到邓早九心坎上，很快就成了他的红颜知己，当沫子生意出现困难了，邓早九能坐视不管？

机会又一次摆在面前，钱闪闪这次是连眼也不敢眨。他之前有过一次绝佳的机会，却自己把已传到脚下的一个好球给踢飞了。当年在银行实习时，他每天都会提前一小时到办公室烧开水搞卫生，很快便给大家留下了一个吃苦耐劳的好印象。但实习期满，钱闪闪却意外被淘汰，私下反馈的原因是他贪小便宜。对于这个结论，钱闪闪想破脑壳也没想出自己哪里贪小便宜了？最后，还是私交不错的办公室副主任向他透露，这个结论来自经常带钱闪闪外出应酬的办公室主任。这么一说，钱闪闪回想起来，主任确实没有冤枉他。钱闪闪父亲爱抽烟，抽了一辈子劣质烟，经常被呛得扶着门框咳嗽不止。他心疼父亲，心里常常想，父亲如果抽一盒就顶一麻袋稻谷的香烟还会咳吗？在一次接待中，不抽烟的他弯腰从餐桌下捡起一盒被扔在地上的接待烟后，随手装进了自己口袋，他想拿回家给父亲抽。万万没想到，那次已喝得酩酊大醉的办公室主任竟然会把这个细节看在眼里。

机会并非无止境，可不能再次失之交臂。一方面，钱闪闪开始频频和邓早九谈心，问出他的内心需求；另一方面，"沫子"根据邓早九的心理需求定向推送话题，为切入红酒话题打牢感情基础。

这个沫子对你很重要？钱闪闪故作轻描淡写。

她……她……懂我。邓早九的脸开始涨红，嗫嚅道。

邓早九是想帮沫子的，但他有自己的困难。家里兄弟仨，他是老幺，大哥二哥都在红湖市区摆摊做点小生意，经济条件说不上多好，但还过得去，而且都在城区买了房。邓早九提出凑钱给父亲做手术，

平日往来并不多的两个哥哥立马抱团，异口同声说钱你先垫，我们一个子也不会少摊！语气像被催交摊位租金。但紧接着又补充说，能治好吗？如果不能治好还受那个罪有必要吗？哥俩其实不是怕父亲遭罪，而是怕花钱。两个哥哥不支持，邓早九只恨自己无力独自承担十几万的手术费用，给父亲动手术的事就这么一直拖着，他也不知该如何是好。

这个时候沫子提出支持请求，让邓早九左右为难。沫子酒庄做得确实辛苦，她为提升销量整天都在发动关系拉客户，经常几宿不睡觉，有时候晚上和邓早九聊着聊着突然不回复了，第二天才知道她又因缺觉睡着了。好几次，邓早九冲动地想买几箱酒表示支持，最终还是忍住了这个念头。自己背着老婆私留的那点钱是用来托底的，这要是一动，底可能就没了。

闪闪，你说我该怎么办？

四

暴雨过后，北湖城区又一次"水漫金山"。人们上班上学、出门买菜得蹚过齐膝盖深的水，朋友圈一片"看海"声。大家纷纷埋怨，这大北湖就是一大工地，晴天灰雨天泥，要挖到啥时才是尽头？但边豫不恼，这场突如其来的大雨，又为边豫积攒了不少素材——他开着自己的城市越野吉普上下班，沿途还拍摄了不少"看海"的图片。

每天出入各种场所，在喝酒唱歌和泡妞之余拍点图片，就是边豫的主要工作——准确说，边豫的工作是"养号"。怎么个养法？边豫把成百上千个不同渠道得来的新微信号，像养猪一样地"养"大。养猪需要每天喂饲料，养号则是定时以发图片和文字的形式更新朋友圈。猪养一段时间后会出栏，号养一段时间后会投入使用。猪并不是越老越好，而号则是越老越值钱——因为人们往往对那些有时间长度的东西更信赖，而信赖正是这些被"养"出来的号的最大价值。

当然，"养"也讲方法。动物可以散养，而号不能，只能"精养"。通常，边豫会给每个新号安排一个具体身份，大部分是医生、老师、律师和公司白领等有相对生活尊严的中产阶级。"医生"的朋友圈每天不是查房、坐诊，就是飞往成都、上海等大城市参加各种医学研讨会的机票；"老师"的朋友圈会晒上一些孩子啼笑皆非的作业错题，露出半个黑板的授课内容，甚至还会有关于自己评职称但发表论文不够等隐讳的抱怨；"律师"的朋友圈则经常评论某法律条文和新下发的"两高解释"，或欢呼或略表不解，再不就紧扣当下热点事件发表意见，总之要尽量展现一个法律工作者应有的责任和态度……

既然这些中产阶级生活得如此有滋有味，当然得有个名字。给号取名字与给孩子起名字差不多。不同的是，给孩子取名不要太娇贵，太娇贵不易养；给号取名字则不要太花哨，太花哨显浅薄。边豫养出来的号，男性大都叫"红茶""归来仍是少年""雨天的风筝"，女性则叫"浅月""冷画屏""为谁执灯"，等等，反正略带文艺就好，做作的东西更容易吸引到那些自以为是的陌生人。当然，等彼此聊熟了，备注姓名会由"倾城"到"成律师"，再到"阿成"，一周内会修改多次。名字毕竟只是个代号。如钱闪闪只要与人聊得差不多，在切入红酒话题前，就会主动亲昵地跟对方说，以后你叫我"沫子"好吗？亲切的称呼能很快拉近与对方的关系。

经过边豫的精心设计和流水线"饲养"，这些微信号从冰冷中苏醒过来，由空洞变得丰美，由虚拟走进现实，变得有身份有温度有感情，和生活中的每个人一样，也会有快乐或悲伤，欢笑或泪水。"养"到一定阶段，边豫会将它们交付上市——由钱闪闪们继续扮演边豫为它们量身定制的身份，积极与潜在顾客聊天，进行感情投资，最终将一箱箱劣质的红酒高价卖出去。

而钱闪闪就远没有边豫那么得闲了，他今天要在网上搜索《无量寿经》白话文，对其中的经典语句进行学习。前几天，他有个客户一改以往说话粗俗的风格，开始和他很严肃地谈论起佛学来。很快，钱闪闪听出点名堂来，这个甘肃搞建筑的小老板生意上似乎遇到某种难以逾越的障碍，似乎突然看淡商界争斗和财富得失，失意之下开始翻看佛经起来。

最近聊天，甘肃小老板已完全没有往日"美女"和"官员"不离口的轻浮，常常问钱闪闪，你怎么看待生死？这个问题大得吓人，钱闪闪回答说自然规律啊！错！他马上告诉钱闪闪，这世间根本没有生死，人的本性是不生不灭、不来不去、不垢不净，哪有生死？执着于生死就是人妄心乱动，取境著境……看到他的长篇大论，钱闪闪彻底蒙了，往下怎么接？一直负责辅导钱闪闪的团队经理马上组织人收集《金刚经》《心经》《无量寿经》等佛经的知识要点，交由钱闪闪恶补。钱闪闪佛学慧根浅，足足做了大半本笔记，终于建立起与小老板聊天的资本，再等他讲什么"贪、嗔、痴、慢、疑五毒"或"一切诸法皆如幻"这些常人听来高深莫测的佛教理论时，竟也能对答如流。刚开始是小老板夸夸其谈钱闪闪洗耳恭听，后来钱闪闪知道光当听众还不行，时间长了对方好为人师的欲望一旦减退，这天就聊不下去了，因此钱闪闪也故意提出些不同观点同他辩论。比如有一次，小老板讲到学习佛经要认真诵读，熟到能记在心里最好，钱闪闪马上抛出一个不同观点，说不仅要诵读，还要列出重点内容，在经文上画线做记号。小老板一听迅速来了精神，告诫钱闪闪在法本上画横线是一种罪过，阿弥陀佛，万万不可。钱闪闪有意反驳，说在经书上做记号只是一种学习方法和手段，并没有不恭的心态，算不上过失，做不做记号根本不重要，重要的是看人内心是否虔诚。钱闪闪振振有词，小老板竟也觉得有些道理，特别是觉得钱闪闪能在自己的感召下信佛诵经，自认功德无量，成就感瞬间爆棚，向钱闪闪发来三个大拇指称赞的表情。钱闪闪虽然经常同小老板争辩，但往往到最后，钱闪闪还是表示信服，适度维持小老板的优越感，这个分寸他拿捏得很准。

聊了一段时间，钱闪闪干脆对小老板以弟子自称。至于佛教上有没有这种规矩他不清楚，反正用娇滴滴的语气称对方师父。小老板的生意虽一筹莫展，但有个美女整天与自己谈些云山雾罩的话题，竟也乐得受用。

有一天，钱闪闪学习《无量寿经》时突然看到这么一句："譬如大海一人斗量，经历劫数尚可穷底。"意思是一个人用斗去量取大海之水，经过坚持不懈的努力便能够舀到海底。照说佛经上讲的应该不会有错，但为什么现实中不是这样呢？钱闪闪虽然每天都在朋友圈转发一些励志鸡汤文，但他自己是不信的——自己没日没夜添加微信好友，挖空心思找话题与客户聊天，到现在不还是连针尖大的收获也没有？这么一细究，顿时觉得前几日还看得有滋有味的经书，不过也是一锅锅换了花样的鸡汤罢了。

五

中午到了饭点，有个刚开一万两千八百八十八元大单的员工请所在团队全体成员吃饭。这在公司是惯例，谁开万元以上大单谁请客。万元大单，销售员能拿到百分之二十的提成，当然值得庆贺。几个人边嘲笑那个花钱买酒的大傻帽，边说笑着去楼下快餐店喝庆功酒。钱闪闪团队也经常有人请客，刚开始钱闪闪很乐意参加，虽不过是一个牛肉或老鸭火锅，但比工作餐油水要足一些。但后来，钱闪闪听到请客两个字心里就发慌，本来自己零业绩压力大，再加上大家喝酒时取笑那些傻瓜们如何智商不足，他更尴尬了，总觉得大家取笑的是自己。大学毕业后像只无头苍蝇乱窜，到现在连个歇脚的地方也没有，自己都厌恶自己了。

这天钱闪闪情绪低落，晚上很早便躺到床上，睁着双眼望着满是污渍的天花板，任由微信提示音"嘀"个不停。不过，当一声"叮咚"响起，钱闪闪还是迅速抓起了手机，那是小麦的信息。

明天中午你去接贝贝。小麦发来一条信息。

小麦，你让我去接谁？钱闪闪莫名其妙。

等了很久，小麦却又不回话了。

小麦，你说的话是什么意思？钱闪闪忍不住，又问。

过了好久，小麦才回复，没好气地告诉他，贝贝是个女客户的孩子。当初，为了动员女客户给孩子买个教育险，小麦经常上门陪她聊孩子的教育的话题，顺便还给孩子买点小零食。时间一长，两人成了姐妹，女客户便让孩子管小麦叫小姨。最终，那份教育险女客户还是没买，小麦却凭空多出个侄姑娘。保险虽没能推销出去，但不能因此撕破脸皮，加上对这份保险多少还有点念想，小麦和女客户走得还是很近。问题是，女客户似乎产生了错觉，把小麦的这份好当成了当然，偶尔自己抽不开身时，便请小麦帮忙去补习班接孩子。小麦说自己哭笑不得，便把短信转给钱闪闪看，让他评评理。

你说我要不要去接？

销售做成这个样子，钱闪闪心里一阵酸楚。他何尝不是如此？每天陪客户聊天，和佛系的聊要故作清心寡欲，和儒系的聊要显示温文尔雅，和猪系的聊要突出吃喝玩乐，和绿系的聊要学会装腔作势，和二系的聊要特能装疯卖傻……销售这条泥泞小道上挤满了人，每个人既要护着自己的碗，还要盯住别人的锅，不低头弯腰能行吗？

闪闪，我知道你在想什么。小麦不肯再聊工作，她用一种属于他俩的语言主动撕开这个压抑而沉闷的夜晚。

嗯。钱闪闪老实回应。

你想看我哪里？小麦默契地把话题向前推进。

小麦有一对鼓鼓囊囊的胸。钱闪闪多少次故意色色地问她怀里是不是揣着两只兔子，试探地问能不能发张胸部特写图片给他，小麦却总是笑而不回，并恰到好处地终结话题。钱闪闪只得悻悻地躲到卫生间，靠着对小麦的脑补画面完成体内的灭火。

今天小麦主动了，钱闪闪反而不太敢说话，回复一连串羞涩表情。

闪闪，今天你想看哪里我就拍哪里！

两人虽没见过面，但小麦发在朋友圈里的照片钱闪闪每张都仔细欣赏过，她身材好看，嘴好看鼻子好看哪里都好看。

这么好看的人，钱闪闪哪里都想看。

脚踝。钱闪闪最想看的还是那一对跳来跳去的兔子，但奇怪的是，他最后却打出了"脚踝"两个字。

脚？

嗯。

你不想看……我的……胸吗？小麦发来羞涩的表情。又说，其实……其他部位也可以的。很显然，她所说的这个"其他部位"，会更加诱人。

我就想看脚踝。钱闪闪突然有些固执。

小麦虽不解，但很快就发来自己脚踝的图片。

真没想到，小麦的双脚白皙光滑，右脚踝处还有一处文身：那是一片四叶草，线条简洁，色彩湛蓝。

午饭过后，钱闪闪去卫生间洗饭盒时，经过戴着一条断腿眼镜的土裁缝身边，瞟到土裁缝正在和客户文字聊天。土裁缝打字靠手写板，回复得很吃力。钱闪闪怎么都想不明白，这个来公司才学会开关电脑的家伙短时间内就实现开门红，凭什么？这个坐着都佝偻着腰的裁缝职业病患者，要学历没学历要人样没人样，凭什么？

"杀熟"。见钱闪闪两个月不能开单，团队经理便很直接地向他透露了土裁缝的成功秘籍。

"杀熟"的意思是搞熟人名堂。是要我们坑熟人吗？团队经理说，不是。网销红酒最重要的是与客户保持有效沟通，如何能迅速建立有效沟通渠道？他委婉地提醒钱闪闪，在事业起步阶段要学会打亲情牌打友情牌，从身边亲近和熟悉的人入手，那就容易得多了。如土裁缝"开发"的第一个客户就是他在老家的相好，对方用在外打工的丈夫寄回的钱支持了土裁缝。

人家土裁缝连睡觉的老相好都"杀"，自己下不了决心"杀"一个认识没几天的熟人？古往今来，大到历史人物，小到身边同事，哪个人站到成功巅峰不是踩着别人的尸骨？且不说那些血汗工厂老总们一将功成万骨枯，就是自己所在这百十人的小公司，不也是员工们没日没夜地拼命，老总才能买陆虎、越野，老板娘才能拎 LV 手包吗？

杀"熟"算什么，公司里杀"亲人"的也多了去了，团队经理镜片下的嘴角往上一扬，露出微微一笑。

终于，在一次吃过别人请客的大单饭回来后，钱闪闪悄悄用"沫子"身份的微信号添加了邓早九。

<h1 style="text-align:center">六</h1>

钱闪闪把《无量寿经》都翻烂了，甘肃小老板还是只谈佛经不谈红酒。钱闪闪很困惑，和一个现在心向佛门的人如何才能切入红酒话题？

有一次，钱闪闪故意不经意说起最近自己皮肤变差，闺蜜建议每天喝杯红酒帮助恢复皮肤弹性的话题，但才张嘴，对方马上正色告诫：酒乃残贤毁圣、败坏道德的恶源，亦能令一切众生心生颠倒，失慧致罪。

这让钱闪闪倒吸一口凉气，难道这个前几日还花天酒地的大肚子男人真正皈依佛门了？要真是这样，基本可以将这个客户备注姓名前的"B"更改为"E"了。

公司将客户划分为六类，A 类表示已完成销售任务，B 类为有较大购酒意向，C 类则是有购酒意向但需要进一步开发，D 类是刚认识且有购酒能力，E 类有购酒能力但没有购酒意向，F 类客户确定已经放弃。每个新添加的客户以 D 类为中线，前进则表示沟通顺利，后退则表示沟通失败。钱闪闪的客户大部分到 B 类时就停止不前，好几例还在 B 类上出现断崖式下滑。看来这个小老板又将步前几例后尘，钱闪闪不禁为那几个学佛经通宵不眠的夜晚感到悲哀，在失望中生出一股强烈的挫败感来。

《大爱道比丘尼经》云，不得饮酒，不得尝酒，不得嗅酒，不得卖酒，不得以酒饮人，不得谎称有病欺饮药酒，不得至酒家，不得和酒客共语。甘肃小老板见钱闪闪半天不说话，又发来一长串戒律。

彻底完了。钱闪闪心想，这家伙不但不可能买酒，还不准备和我这个推销红酒的"共语"。"共语"就是说话，话都不讲，还怎么推销红酒？大势已去，钱闪闪只能艰难地发了个"咖啡"表情过去，以示理解。对方竟也不再给他回信息，似乎两人师徒缘分已尽。

该来的信息不来，不该来的信息却来了。

午饭吃的什么呀？修鞋匠聊天总是连铺垫都没有，F类客户都算不上。

两个月没卖出一瓶酒，你说吃什么？钱闪闪没好气地说。

昨晚睡得早，早上钱闪闪起床后，人便显得格外精神。钱闪闪正在刷牙，面台上的手机"嘀"了一声，他伸出没有沾到水的小拇指划了下屏幕，是内蒙古史大哥发来的，他要到长沙出差，想顺便拐到北湖沫子妹妹的酒庄来考察，说有合作项目要谈。

沫子，你经营酒庄，我开蛋糕连锁店，你说咱俩是什么关系？

哥你说什么关系就什么关系！钱闪闪赶紧用毛巾抹了把脸，顺着他话里的话聊起来。

史大哥在经过上次"误会"事件后，与沫子妹妹关系更近一步，两人暧昧对话已经成常态，"史大哥"已经变成了"哥"。

沫子啊，你不是说哥不支持你吗，哥现在举全力支持你！

这个姓史的到底想干什么钱闪闪不清楚，但他要来北湖考察酒庄，这对钱闪闪来说确实是件棘手的事。要求见面基本上等于要翻看对方底牌，无论从性别真假还是从公司和员工安全的角度来说，这面都不能见。

哎呀，真抱歉啊哥，妹妹今晚要去法国总部呢！好在公司有一整套对应策略可用，钱闪闪在微信上这样回复史大哥，并欢迎他下次再专程来北湖考察。为不让史大哥生疑，团队经理还请边豫立即P出一张当日飞往巴黎的机票，让"沫子"发了一个设置为仅史大哥可见的朋友圈。

这天深夜，钱闪闪给这一阵悄无声息的甘肃小老板发去一句挑逗的话：师父，弟子离异几年，单身一人，长夜漫漫如何是好？

横竖一死，钱闪闪决定一改"沫子"以前的清纯形象，把死马当成活马医。

心有欲念，犹如杂草，而草是拔不完的，种上庄稼是最好的办法。小老板很快回复，意思是要她远离声色环境，多交志趣高远的朋友。

师父，我即于自己而行欲事，当如何？这是《大乘造像功德经》中的一句话，"沫子"的意思是说现在自己单身，需要靠自慰满足生理需求，而自慰在佛法上亦属"淫邪"，怎么才能做到不犯戒呢？钱闪闪懒得听他讲大道理，像足球场上比赛终止哨音响起前抢到球的运动员，直接起脚射门。

为什么小孩子喜欢玩玩具就抓住不放，而大人却不会？小老板又是秒回，好像对这个话题很感兴趣。

师父的意思是要懂得节制自己的欲望？钱闪闪一点点把话题往深处引。又问，怎么才能节制呢？

要斩断邪欲，根本解决之道是去启发内心更深处的灵性与追求。小老板循循善诱。

怎么才能启发？钱闪闪步步紧逼。

你需多参加一些有益的活动，让内心被正念的阳光照耀充满，恶念邪气就无处容身。小老板越讲越兴奋。

嗯嗯，师父说的我好像明白了。

你明白什么？

要多亲近善友，多去清静的环境，对吗？

很对。

可我身边没善友怎么办？钱闪闪又抛出一个诱惑。

我，你的师父，就是善友。小老板按捺不住了。

沫子，你需要在清净的环境中滋养内心清净的种子，需要有人帮助你壮大正念的力量，我愿意帮你……

至此，钱闪闪知道，和小老板中断了数日的话题又被救活了，他把小老板备注姓名前的"F"改成了"C"。

七

热恋中的人总有讲不完的话题，不知不觉钱闪闪和小麦又微信聊天到凌晨两点。

同钱闪闪一样，小麦工作也遇到了瓶颈：她的季销售任务是卖出两个寿险和一个综合险，眼看本季度结账时间就要到了，但她还差一个寿险任务没有完成。前两个季度小麦都没能完成任务，按公司规定，连续三个季度完不成任务，就要交出工号走人。往往到了这个关口，公司那些有经济条件的老员工会采取"自杀"也就是自己购买一单的方式完成任务，可小麦哪有经济能力"自杀"呢？压力大，她的生理便出现紊乱，不但脸上长痘痘，连经期也不正常，这个月竟然来了两次例假……

任由小麦滔滔不绝，钱闪闪是一句话也不敢插，他脑海中浮现自己小时候用弹弓打小鸟的情景：正站在廊檐下晾衣服的竹竿上一只小鸟被射中后，条件反射地勉强用翅膀在空中"扑腾、扑腾"划动几下，就在它要下坠的时候，不知从哪儿又箭一般冲出一只小鸟，围着中弹的小鸟不停，转圈并用嘴尖顶着它向上拱，好像要阻止它下坠。但这根本就是徒劳，那只中弹的小鸟还是摔落在地上，嘴角里渗出一缕血迹，死了。钱闪闪觉得自己和小麦就像那两只小鸟，一直在拼命挥动人生的翅膀……想着想着，又觉得自己连那只试图搭救对方的小鸟都不如，连张开翅膀起飞的力量也没有，更别说顶着对方向上拱了。

闪闪，你想我吗？好在每次小麦聊完工作烦恼，就会及时转换话题，似乎在有意缓解钱闪闪的尴尬。

你对客户说那么多好听的话，你也说一句给我听好吗？小麦和天下所有女人一样，她也需要用耳朵谈恋爱。

我要你说，快说快说。见钱闪闪不说，小麦便催促道。

好，钱闪闪说。

要用最华丽的词语，小麦要求。

小麦你放心，月底前，我一定把他"开发"了！钱闪闪说了一句没头没脑的话，小麦却没有再问。

办公室几个男同事扎堆的地方传来一阵怪笑，惹得钱闪闪好奇地放下手里新购买的一批手机卡，凑过去问他们笑什么？原来络腮胡子有一个A类女客户每天早上起床后，都会向他发来一张照片，逼着问她的身材性感不性感。之前，负责开发她的业务员偏偏又是个女的，为能卖酒给她，所以极尽赞美之辞，完成一笔交易后看到她没有复购意愿，也就不愿再浪费时间而把她转给了络腮胡子。女客户姓苗，络腮胡子接着女业务员的口吻叫她苗姐。苗姐是个单身女人，老公劈腿后两人分居，留给她一栋楼让她当了包租婆。苗姐老公自己放火却决不许苗姐点灯，所以苗姐私生活相当严肃，每天靠三件事打发自己的寂寞：收租子、打麻将和健身。苗姐以前体态较胖，自从丈夫被一个魔鬼身材的女人勾走后，便立志重塑体形，每天至少花两个小时泡在健身房，几年下来竟也凹凸有致。为健身辛苦流了那么多汗水，练得一身玲珑的曲线却没能换得老公回头的目光，岂不是衣锦夜行？房屋所有权掌握在老公手里，苗姐不敢给他戴绿帽子，但每当夜深人静时生理欲望的火苗仍然嗖嗖往外窜。络腮胡子长着一张矫形失败的兔唇嘴，开口说话两侧漏气，文字沟通却密不透风，接手没几天就把苗姐花样翻新的冰丝睡衣给脱了下来，性感露点的艳照引得电脑前的一群男屌丝集体流口水。

原来如此，满脑子想着要开单的钱闪闪没有心情欣赏苗姐的前凸后翘，他继续在新手机号上不停注册微信号，用软件自动添加好友。钱闪闪尽管还没开单，但每个月注册微信号和添加好友的数量考核在团队总是排名第一，老总说勤奋的人运气不会太差，因此暂时还没逼着他辞职。

不过，勤奋的钱闪闪火确实有点背。前不久，他微信加到一个深圳客户，用了近一周时间，按公司下发的标准化聊天套路，开始摸对方的基本情况。

我叫沫子，属蛇，您属什么？

我也属蛇，乙巳年的蛇。

好，五十三岁，正是事业有成的年龄，钱闪闪马上作出这样的判断。

我过段时间准备去深圳旅游，如果方便想去拜访您，不知您在深圳哪里工作？

热烈欢迎，我公司在福田云顶大厦。

钱闪闪快速搜索这个位置，云顶大厦是深圳黄金地段的写字楼，有实力。

感觉您好清闲，您不用上班吗？

确实清闲，我每天工作就是坐在办公室喝茶、看报纸和与别人聊天。

大城市里的人挤地铁都能挤睡着，要说上班还能有空闲时间喝茶聊天的，当然是老总啊！钱闪闪算准了，对方肯定是个老板。

北湖交通好堵，每天上班都堵死了，您每天上班也是开车吗？

我很少回家，经常住在公司里。

啧啧，在公司里还有卧室，更能确定就是老板了，现在事业做得大点的老板为方便休息，在办公室设卧室已是常态。

北湖房价每平方米均价都涨到两万了，我都不敢买太大的，才买了个九十平的，对了，您的房子多大？

我的房子啊，四五百平吧。

钱闪闪咋了咋舌，乖乖，什么样的实力才在深圳买得起四五百平方米的别墅啊?! 他大喜过望，立即将其备注升级到 B 类客户，并开足全部马力陪他侃天侃地。在绕了无数个弯子后，总算切到了请他支援买红酒的话题。

我从不管钱，也从不经手钱。对方说。

这点小事，当然不敢劳您大驾，但您可以安排公司财务去办嘛！沫子妹妹开始向他撒娇。

我一小保安，公司财务人员会听我的？对方回答，并发来"嘿嘿"的表情。

估计对方也累了，像黑猫一样终于松开嘴边精疲力尽的小老鼠。钱闪闪事后反省，还是自己修炼不够：坐值班室的保安上班不就是喝茶、看报纸、与人瞎侃吗？经常要值夜班不住公司住哪？在农村有个四五百平方米的房子不是很正常？

从头到尾，对方没说一句假话，是自己思路错了。

晚饭过后，钱闪闪在卫生间碰到正在清理垃圾桶内烤肠签和方便面盒的邓早九。邓早九告诉钱闪闪，他还是想给父亲做个手术，虽不能挽回父亲生命，但并非完全没有意义，至少可以多活几天。另外，父亲养了三个儿子，如果连手术也不做而在家等死，村里乡亲们会怎么看？兄弟几个会被人戳背的。

钱闪闪脸上一热，父亲肺癌走的时候，自己肯定被老家人戳过背的。不怪别人议论，自己确实没有钱，所有能做的就是陪着父亲到村头的卫生室挂几块钱一瓶的点滴。父亲走的前一天，躺在垫着棉被的竹椅上，像一条被困在水塘干涸的淤泥里的鱼，口腔朝着空中艰难地歙气。钱闪闪陪在一旁，紧紧抓住父亲的手，父亲两颗浑浊的眼珠被卡在眼眶里，偶尔有拖动，他便俯下身把耳朵贴到父亲嘴边，轻声问父亲：怕热？然后不顾父亲嘴里嚅动出的游丝之气究竟是何意，擅自把父亲连同躺椅从里屋抱到堂屋。过一会儿，又问父亲：怕风？再由堂屋抱回里屋。来来回回，跑了不知多少个回合。钱闪闪分担不了父亲身上的病痛，只能在体力上折腾自己，直到累得坐在门槛上大口喘气，好像这样能稍稍抵消做人子的愧疚。

绝大多数穷人家的癌症病人，都会在自己家里等死，而穷人邓早九却要为他患肺癌的父亲动手术，等钱像水一样流进医院收费窗口，最后再把他父亲的遗体从医院拉回来，这有意义吗？钱闪闪心里突然涌出一股莫名的愤怒。

早九，你爸现在真希望你们为他花钱吗？钱闪闪决定阻止他，不仅是为了"沫子"。

邓早九不说话，将插入泡沫杯碗里的竹签一根根抽出来，再将大小不一的杯碗里遗剩的汤汁倒掉，然后分门别类叠起来，塞进垃圾袋里。

钱闪闪的话说到了点上，邓早九父亲现在最害怕的不是自己病情恶化，而是怕儿子替他花钱。一个一辈子漂游在湖面上的渔民，每天只知道下网打鱼挣钱养儿子，要是知道手术得十几万，怕是手术没做先给心疼死了。不光父亲怕花钱，邓早九两个哥哥也怕花钱。每次讨论父亲的治疗方案，大哥是不说话不表态，装聋作哑说自己没意见，说你们两兄弟咋说咋好；二哥呢，不讲父亲病情讲故事，说某某得了癌症，家里花了五十万，人是从麻将桌上下来后走着进的手术室，最后却被一张白布盖着给抬进了殡仪馆。轮到邓早九，他坚持要给父亲动手术，不然他良心过不去。到掏钱关口，一直没意见的大哥却开口了：这老二讲的故事有名有姓，活生生的教训啊！

你大哥讲得有道理，花钱方式千万种，何必非要动一刀，让老人家遭受精神和肉体的双重痛苦？作为好朋友，钱闪闪坚决地站到了邓早九两个哥哥这边。

老人家不是一辈子不舍得吃不舍得穿吗？你就赶好的买。现在不能抽烟是吧？你就给他买酒。现在不能喝白酒是吧？你就给他买红酒。有生之年穿在身上吃进肚子才是真享受，何必做给别人看？钱闪闪又说。

八

日子过得色彩斑斓的边豫辞职了。他悄悄离开了公司，走时没同任何人打招呼，据说是考上了公司所在街道办事处的公务员。也有人说不是公务员，而是事业编制，总之如他父亲所愿成了公家人。红酒网销这一行业绩再好，也不过是船头撑竹篙吃一口摇摇晃晃的饭，哪有公家单位靠得稳？拆迁公司老总曾对儿子说过，公司开得再大，最后也得求那些在办公室里喝着红茶戳着公章的公家人，公家人过的才是人上人的生活。边豫虽然是富二代，但他听父辈的话，他也想当条鱼塘里的家鱼，把嘴张大只需等着别人来喂食。

边豫的不辞而别，让钱闪闪突然少了一个能说得上话的朋友，这不禁让他有些失落。好在给邓早九的洗脑很快有了效果：与沫子最近的聊天中，邓早九开始了解起红酒的养生功能来，并问红酒中叫白藜芦醇的化学物质是不是真的具有抑制癌细胞的作用？

这绝对是个有着里程碑意义的信号，钱闪闪判定，不出意外自己的第一单就要来了。

小麦，你等着，我马上就可以帮你"自杀"了！钱闪闪兴奋地告诉小麦，他很快就要把邓早九给"开发"了，等开单后，立即从小麦手里给自己买一份意外险，帮小麦完成任务。

按惯例，小麦所在保险公司会在每季度最后一个月中下旬频繁向员工催单，经常半夜打来的电话把小麦折磨得整晚睡不着，连头发也是一把一把地掉，钱闪闪如果能开单，对绝望中的小麦来说，应是个好消息。

但是，钱闪闪报喜的好消息发过去好久也没等来小麦的回音，连个表情符号也没有。

一个小时过去了，小麦没回信息。

两个小时过去了，小麦没回信息。

整个上午，小麦还是没有任何回音。

这太不正常了，以往小麦都是秒回他。

小麦你是不是觉得我是个骗子？"杀"自己的好朋友毕竟不是什么仁义行为，小麦会不会因此看透自己？本已被快到手的胜利激起阵阵成功喜悦的钱闪闪突然冷静下来，他心里有些发虚。

到了下午，和小麦的微信对话框还是静悄悄的。

小麦你听我说，我不是故意欺骗邓早九，我只不过和他大哥二哥一样比他更理性，既然手术也不能挽回他父亲的生命，不如让他父亲喝一喝红酒，正宗的法国进口红葡萄酒……

小麦肯定开始瞧不起我了，要不怎么会不理我？钱闪闪开始不安起来，他给自己的"杀熟"找借口。

那头的小麦，似乎更沉默了。

小麦，你回我话呀，小麦！钱闪闪真正急了，继续说我承认我刚才说谎了，我是个骗子，我就是想让他买我的酒！

我就是个大骗子！小麦，我错了，我知道错了还不行吗？

钱闪闪根本承受不住小麦不理会他的这种痛苦折磨，向小麦缴械投降了，他承认自己确实是个大骗子，欺骗了自己的好朋友。深夜时分，小麦的微信上终于亮起小红点：闪闪你是个善良的人，你不是骗子，真正的骗子是生活，是生活欺骗了我们。

钱闪闪的第一单真要来了。客户却不是邓早九，而是那个修鞋匠，是他自己送上门来的。他不像一般客户反复核实酒庄详细地址和收款人信息，而是直接让钱闪闪把汇款地址发给他，他告诉钱闪闪他要买一瓶红酒。

公司最便宜的单瓶红酒也要八百八十八元，这个老头得修补多少双臭气熏天的破鞋才能买得起？钱闪闪有些纳闷。

你买酒干什么？

我活了六十多，从没沾过酒，看你微信上发的红酒不错，我这个修鞋的臭老头就不能开开洋荤？

说实话，那些红酒图片都是公司提供的，除了公司前台展柜的样品，钱闪闪也没看到过销售的红酒，那些源源不断寄往全国各地的红酒究竟是法国原装进口还是某个地下作坊灌制，自己心里一点底也没有，同事们好像谁也不聊这个话题，只要能把酒卖出去，酒的真假、优劣与自己有一毛钱关系？

一个给破鞋穿线钉掌的老头，满手都是裂口，十个指头缠满胶布，还要喝红酒？还想开洋荤？

钱闪闪突然不想卖酒给修鞋匠了。

钱闪闪随口找了个理由，说公司不接受邮政汇款，须电子支付。因为钱闪闪知道，修鞋匠至今还在以元角分为计量单位收现金，根本不懂电子支付，他是要逼着对方知难而退。

修鞋匠那头不吱声了。

自己主动拒绝了这千辛万苦等来的开单，就好比十月怀胎，真要分娩时却被打掉了，钱闪闪心里还是有些空落落的。

但很快，钱闪闪心里的空洞被邓早九填上了。邓早九终于想通了，既然都是尽孝，与其让父亲躺在医院浑身插管子，还不如坐在家里喝红酒。能不能杀癌细胞且不说，至少父亲这辈子还能喝到来自法国玛歌酒庄的世界级名酒，还有什么比吃进肚子里的孝更实惠呢？

老家那片湖区里，哪个老人喝过进口红酒呢？邓早九很感谢钱闪闪给自己的建议。

你父亲他老人家这一辈子值了。钱闪闪说。

闪闪你说得对，我不怕老家人戳背，我只要父亲实在地度过人生最后的时光！邓早九说。

同时，"沫子"收到邓早九发来的信息：请给我来箱你们酒庄最贵的酒。

幸福是不是来得太突然了点？钱闪闪有点不敢相信。公司最贵的酒一箱标价两万八千八百八十八元。一般来说，客户第一次购酒都只为满足业务员要求而象征性地表示一下，只有特别有经济实力的客户和业务员打得火热，难舍难分时才会买最贵的酒。现在邓早九要买最贵的酒，将会刷新公司开单纪录，相比之下，那个土裁缝算得了什么！

酒的款式很快敲定，但在付款方式上有了分歧。钱闪闪的意思是让邓早九把款打到"沫子的闺蜜"其实就是公司指定的支付宝账号上。但邓早九非不同意，说现在骗局多，向陌生人转账自己不放心，要求只能转到沫子本人的银行账户，见不到"李沫"两个字他心里不踏实。

"李沫"是钱闪闪随手编排出来的名字，他一时半刻上哪儿去找个叫"李沫"的银行账号？

钱闪闪头疼，为邓早九脑子的一根筋。

第二天上午，钱闪闪的微信又弹出一条信息：你的支付宝账号？

莫不是邓早九那个榆木脑壳开窍了？钱闪闪赶紧点开，却是修鞋匠发来的。修鞋匠得意地告诉钱闪闪，没有什么事能难倒他，这不，他请银行工作人员在他手机上开通了支付宝，还绑定了银行卡。

钱闪闪简直无语。不过，他又暗自替修鞋匠庆幸，幸好这个老头遇到的是自己，要是遇到公司里那些像赶去投胎的饿死鬼业务员，个个甜言蜜语话说得水都能点燃灯，还不把他哄得内裤都卖掉？不是吗，络腮胡子从女同事手里接过苗姐后，每天不是陪她大谈使她家哈士奇毛色光泽饲养所需的营养搭配，就是帮她分析昨晚她参与的牌局上某对男女关系存疑的可能性，最终成功地从女同事嚼过的甘蔗渣中再次嚼出源源不断的甘液——苗姐每个月从他手上买一款二千八百八十八元的赤霞珠。

快把你的支付宝账号发过来，修鞋匠一个劲地催促道。

这不是飞蛾扑火吗？钱闪闪总算体会到同事们请客喝酒时说的话了，没想到这世上真还有人追着赶着把钱往你口袋里塞。

糊涂，真是一个老糊涂！钱闪闪在心里不住地骂修鞋匠。

骂着骂着，心里竟流淌出一丝久违的温热来。修鞋匠为什么要买他的酒，他心里一清二楚。

九

如废弃多年的留声机突然发出声响，就在钱闪闪为邓早九的固执一筹莫展时，甘肃小老板和"沫子"聊天时破天荒主动切入红酒话题。

已皈依佛门的他，也要买钱闪闪的红酒。

"沫子"故作不懂地问，师父是信佛之人，之前不是说戒酒为大小乘共同律制，四众皆须恪守，且"不与酒客共语"，为何此时破戒言酒？

你有所不知，有一种情况下酒也是可以沾的。

请师父开示。

依律制，倘患病必须以酒为药，或饮，或含口中，或以酒涂疮，都不为犯戒。小老板念了几天佛经，说话果然一套一套。不等钱闪闪问，他接着说，我肉体没病，但生意遇到了麻烦，不亚于一场重疾。

原来事情是这样的：前段时间小老板上家也就是建筑总包公司换了一把手，新任董事长上任后对他爱理不理，他虽极力逢迎但仍不奏效，甚至把几个之前固定合作的基建项目也给弄丢了。小老板心急如焚，总包公司不给活干他只有死路一条。眼看业务日渐枯萎，整日心有戚戚。偶然中，他在茶楼喝茶时随手翻看到一本佛经，遂生出红尘百戏牵绊实多之感，便吃起素食念起经来。不过，商人终归是商人，他手捧经书但心在红尘，通过秘密渠道终于摸清新任董事长的嗜好：爱喝花酒——在极为私密的场合就餐，每顿必饮昂贵进口红酒，每饮必有佳人裸体相陪。小老板有自知之明，那个圈子他目前肯定挤不进去，亲自献上佳人可能性不大，怎么办？

送酒。新任董事长核心圈的人点拨他。

人家什么好酒没喝过？因此酒不在于贵而在于有特色。小老板边读佛经边琢磨，终于琢磨出一个点子：买昂贵的红酒，找漂亮的女人，让美女赤身裸体怀抱每一瓶美酒，拍成照片后献上，或许可以撬动新任董事长那块铁板。

如果能以酒入药，祛除我事业病灶，岂不是一件功德？小老板像一个刚接完客的妓女，还找了件薄衫搭在身上。

红酒"公司仓库"里多的是，可哪里去找个美女，还得脱光衣服一瓶瓶抱在怀里拍成照片？

真他妈变态。卖酒就卖酒，哪来那么多事？果真条条蛇都咬人，两个进入实质性内容的客户，前一个非要打款到"李沫"的银行账户，这一个又提出如此变态的要求。

见钱闪闪迟迟不回话，小老板又说，如果你有心理负担，那不露脸总可以吧？你的身材，对任何一个男人都有杀伤力。末了，还添加一个"色色"的表情。

小老板虽然手持佛珠，估计心里已经对钱闪闪发在朋友圈里那个叫"沫子"的美女的图片意淫了无数遍。

不露脸？钱闪闪问。

我来教你怎么拍。小老板说。

怎么拍？

上次你不是说你有"邪淫"之念吗？甘肃小老板说到这里，后面紧跟三个捂嘴的表情。

对呀！钱闪闪说，他很想知道这个家伙究竟想干什么。

那你就不用手，用酒瓶。

后面又是三个鬼笑的表情。

甘肃小老板的奇怪需求，钱闪闪是当作笑话讲给小麦听的。我一男人，怎么拍这种照片？呵呵。

我帮你吧。小麦没有笑，一本正经。

你？不可能不可能！怎么可能呢？在钱闪闪心里小麦可是冰清玉洁的，身体能让别的男人看吗？绝不可能！

小麦发了个"扑哧笑了"表情，她告诉钱闪闪，根本就不用自己亲自出镜，她可以向公司的嫂子们求援，嫂子们在拉业务时讲荤段子比男人还生猛，啥还没见过呢？

没想到小麦办事如此利索，在收到样酒的第二天就把图片给钱闪闪传过来了。打开文件夹，钱闪闪也呆住了：墨绿色的赤霞珠红酒，宝石般镶嵌在一个始终侧着脸庞的裸体女性身体的各个部位。美酒伴佳人，曲线映光泽，整组图片既色情又艺术，既暧昧又柔和，让人血脉偾张、浮想联翩……

这个嫂子真年轻啊，身材保养得真好！钱闪闪只感到嗓子有些干燥，瞬间又觉得自己思想龌龊。嫂子们再放得开，但肯这样全裸出镜估计小麦也没少费口舌，甚至可能还付出了代价。小麦是如何说服这个图片上的嫂子的，钱闪闪根本不敢问，他心里只有对小麦的感激，想说，却又说不出。

图片一共二十四张，钱闪闪精心挑选了两张，给小老板发了过去。

吃过晚饭，钱闪闪一头扎进卫生间，开始打磨一个青花瓷片。小麦生日快要到了，他送不起昂贵的礼物，便在卖古玩的小地摊上花五十元钱买了一片青花瓷碎片，他要将它打磨成一个小麦喜欢的四叶草图案，做成手机小挂件送给她，小麦肯定开心得不得了。

卫生间到处是瓷片的粉尘，掺入水后形成了泥浆，糊得洗脸的面盆和水龙头上到处都是。面对舍友们的纷纷指责，钱闪闪赶紧道歉，撅起屁股收拾了好半天，心里却尽是欢喜。

上哪儿找个叫"李沫"的银行账号呢？见不着"李沫"的银行账号，死脑筋邓早九就不肯把钱打过来。锅里的肉已煮得烂熟，却找不到筷子，钱闪闪心急如焚。

耍花摆眼的骗子，多得防不胜防！邓早九告诉"沫子"，去年有个许久不联系的战友突然给他发短信借三千块钱急用，他二话不说，匆忙赶到银行汇款，到了正要汇款的当口，收到自称战友的人发来的另一个银行卡号码，他想都没多想就把钱汇了出去，然后……就没有了然后。

沫子会是骗子？你老板三番五次放你鸽子时安慰你鼓励你的人是骗子？给你父亲四处寻找治肺癌偏方的人是骗子？你觉得世上还有这样的骗子？刚开始，钱闪闪是替"沫子"抱不平，后来替自己抱不平，最后替公司抱不平。不错，公司卖的红酒是贵，但这一瓶瓶只是酒吗？这卖的不仅有酒，还有包装。这个包装不是纸不是塑料，是一份份热乎乎的感情。话又说回来，现在市场卖什么不是卖包装？几支种植人参被装进檀木盒进入高档商场，身价立即翻了数十倍；一件乡镇针织小厂生产的衬衣，绣上了名牌 Logo，瞬间变成国际品牌；前不久报纸还报道说一个普通的商人，经过几次闪转腾挪，屁股坐上高级领导干部的椅子呢……我们不印制那些既浪费资源又破坏生态的包装盒，我们用真情实感做包装，价格难道不该高一些？

钱闪闪决定学习团队经理的工作方式，去找邓早九，跟他讲一个故事，关于信任的故事。

钱闪闪简单扒拉几口午饭，放下筷子就去楼下物业办公室找邓早九。然而，老黄牛邓早九竟然翘班了，一个上午都没来，也没向老板请假，物业公司也正四处找他。一楼值班室两个保安刚被业主投诉挨了老板训斥，抱怨邓早九目无纪律擅自离岗，害得他们跟着倒大霉。抱怨完邓早九又抱怨老板满嘴跑火车，去年的年终奖到现在一厘钱都没看到，气鼓鼓地说邓早九不跑我们也要跑……

两个保安手里各自捧个泡着枸杞的水杯，你一句我一句地发牢骚。

看到钱闪闪进门来，正愁找不到擦痒的地方，没好气地问，你是楼上的？没等钱闪闪开口，继而气愤地指责钱闪闪，你瞧你们多没良心，班我们替你们值，地我们替你们扫，你们呢？水龙头只会开不会关，吐个痰腰也不愿弯，一分钟见不到物业的人就大呼小叫，一次垃圾没扫干净就鬼哭狼嚎，把我们当用人当奴隶吗？

钱闪闪刚进门就被劈头盖脸数落一番，看架势知道问不出个名堂，赶紧逃离了值班室。

这个邓早九，会去哪儿？钱闪闪连续给邓早九发了几条信息，他都没有回复。

他以前说过不想在这里长干，难道和边豫一样悄悄离开了？自己正在找夹肉的筷子，锅却被人端走了，钱闪闪心有不甘。

晚上回到宿舍，钱闪闪简单洗漱便跳上床，抱着手机边和不同客户聊天边等邓早九的信息。到了下半夜，邓早九微信头像还是没亮红点。甘肃小老板却给他发来一段话：佛说，缘是前世修来的因果，相识是缘至，相忘是缘散。沫子妹妹，看来我们缘尽了啊！

师父何出此言？钱闪闪心里一惊，邓早九那边突然断线，甘肃小老板这头又出了幺蛾子？

沫子，我信任你，你却欺骗我，可谓因缘合和，缘起时起，缘尽还无。

师父，您这话说得我云山雾罩，弟子不明白，还请您开示。

小老板告诉他，这套图片的女主根本不是"沫子妹妹"，因为"沫子妹妹"朋友圈有一张去年在三亚海滩上的特写，双足白如莲藕，光滑洁净，而图片中的女人脚脖子上有一处文身。

小老板说，我跟核心圈的人说好由你亲自出镜，你却不知从哪里找了个下三烂的货色，坏了我的好事！

文身？钱闪闪这倒没注意。当初小麦把那套照片发过来时，他根本没敢细看，每多看一眼对小麦都是一种背叛。

钱闪闪马上调出照片，点击放大，图片中那个女人脚踝处确实有一个小小的文身，不仔细看还真看不出来。钱闪闪又把文身图案再次放大，果真有一朵湛蓝色的四叶草。

四叶草？钱闪闪的心骤然沉了下来，小麦脚踝处也有四叶草。两张图片一对比，四叶草顶端都有一颗血管痣，位置竟也一样。

十

接下来的几天，邓早九依旧音信全无，仿佛从这个世界上消失了。团队经理在小组会上，对钱闪闪进行了严厉批评，用这个几乎可以算作失败的案例教育全组人员：倒在战斗结束前的枪声中，是最悲催的。

会议结束时，团队经理对表情木然的钱闪闪说：你要好好想想！

钱闪闪确实在想，但他脑子里想的全是那片湛蓝色的四叶草。他想了一夜又一夜。他心里虽然一千个一万个不愿意承认，但他知道那组图片上的女人就是小麦。据说，一万株三叶草，只会有一株是四叶的，而四叶草的花语便是幸运。钱闪闪曾以为，遇见小麦是他的幸运，小麦便是他的幸运草。就在前几日，在这本该万物凋零的十月，那朵湛蓝色的四叶草，都还曾盛开在他写字格里，盛开在他的电脑里，盛开在他的手机屏幕上，开得遮天蔽日，开得密无间隙，但现在似乎一夜间全部枯萎，一阵冷风吹过，很快连那些发黄的根茎也消失了。

团队经理还在对钱闪闪不停弹动嘴里的舌头，他不知在跟钱闪闪说些什么，是长达两个多月隐忍后的失望，还是某种情绪积压后的愤怒？钱闪闪没有听，一句也没有听，任那张年轻但因烟酒、熬夜、少睡而松弛的面孔上浮肿的肌肉在自己眼前不住抖动，直到逐渐开始变得模糊不清。这张脸既像是团队经理的，也像是络腮胡子的，还像是自己的，到底是哪个人的脸，钱闪闪也分不清了，这张脸既陌生，又熟悉。

不知过了好久，团队经理走了，丢下了一个因憔悴而显得呆滞的钱闪闪。长久的麻木过后必定是苏醒，钱闪闪像一截未烧透的松木，慢慢从死灰中复燃，心里窜出了一点小火苗。渐渐地，小火苗形成一团熊熊的烈焰，他想把这团烈焰从口腔里顶出去，却又不知被什么死死地压制在胸腔顶端，想窜出却又窜不出去，任其奔流涌动，他自己似乎能听到"啪吱、啪吱"燃烧的声音。办公室密密麻麻都是格子间，每个格子里都浮着一颗脑袋，但除了"啪啪"敲击键盘的声音，死一般沉默。所有人都自顾低着头，装卡、卸卡和添号、删号，根本没人在意钱闪闪因愤怒而变形的脸。

　　消失后的第三天中午，邓早九拖着一身的蓬乱回来了。同时还带回一个消息：他父亲的肺癌是误诊。前些天，省卫生厅组织医疗专家到扶贫点巡诊，在查看邓早九父亲的病情后说不一定是肺癌，并安排到县医院做了穿刺活检，果然只是支气管腺瘤。邓早九得知这一信息后连假也顾不上请，火速赶回乡下老家。两个日夜四十八小时，他关掉手机，每天陪着父亲吃饭聊天，一刻也不离开，终于做通害怕再花一分钱的父亲的思想工作，让他相信自己患的不是癌，同意跟他一起到省城，接受手术治疗。

　　邓早九喜滋滋地说：闪闪，我爸爸不会死了。

　　邓早九同时向"沫子"解释，自己父亲患的只是支气管腺瘤，很快就要手术，所以暂时不能买她的酒了。

　　钱闪闪真不知是该为这个消息高兴还是难过。不管怎样邓早九还是他的好朋友，朋友的父亲重获新生，人生还有什么比这样的事更值得庆贺？

　　闪闪，你为我高兴吗？

　　沫子，你对我失望吧？

　　闪闪，你听到这个消息肯定为我高兴对不对？

　　沫子，你理解我吗？

　　闪闪，医生说手术不复杂，术后效果会很好。

　　……

是啊，这世间除了生死，还能有什么大事？高兴也好，失望也好，只要人还能健康地活着，脚下就还有路可走，人就还有未来。这是一个沉重的深夜，钱闪闪第一次破例关机睡觉。在摁下关机键前，他在自己和"沫子"的微信号上同时向邓早九发出一句话：早九，祝老人家早日康复。

小麦亲自出镜和邓早九父亲病情逆转，像同时拉住百叶窗的左右两根绳索，钱闪闪对开单抱的高涨激情如叶片垂直跌落下来。他桌上有一大摞手机号码卡，每个号又有无数个微信"好友"，这些"好友"，曾几何时也会在每个夜晚和他们互道晚安，但现在都已成为"陌生人"，绝大多数不会再有任何交集，就像从未相识过。不是吗？唯一的两个 B 类客户内蒙古史哥和甘肃小老板，至此，都像断线的风筝，起死回生的概率比邓早九父亲被误诊都低，或许会永远"沉睡"下去。

钱闪闪又一次回到原点。但时间不会等他，三个月的试用期就要到了，自己又将会流落到哪个路口？

钱闪闪第一次在办公室干起了私活。青花瓷片上原有的那一片蓝，像从泥里破土而出，被钱闪闪巧妙地做成四叶草叶片，散发出古韵幽深的光泽。钱闪闪又在瓷片的顶端钻了一个小孔，穿进了紫色流苏，一件漂亮的手工挂件便做好了。离小麦的生日只有五天了，钱闪闪算好日子，他要让小麦在生日当天收到自己亲手制作的小礼物，共同分享这份属于他俩的快乐。

比起两人一路搀扶走过的感情，生活暂时的困难又算得了什么？钱闪闪虽然为小麦亲自出镜的事感到难过，为开单受阻而沮丧，但想起小麦收到自己为她亲手打磨的小礼物后惊喜的神情，心里又燃起了一些亮光。他把挂件精心包装好后，叫来快递员，嘱咐一番后发了出去。刚刚办妥，一个陌生来电响起，钱闪闪顺手摁下通话键，懒洋洋地问，哪位？

闪闪，带上身份证，以最快的速度离开公司。对方压低着声音，话音一落便挂断了电话。

好熟悉的声音。

边豫？这个名字在钱闪闪脑海里一闪而过。没错，就是他。钱闪闪确定这就是边豫的声音。听说他在街道办事处工作，突然打电话让我迅速离开是什么意思？

钱闪闪马上联想到近段时间电视等媒体上对电信诈骗铺天盖地的报道，难道他们这个行业也会受到冲击？其实，钱闪闪知道，现在红酒网销这个行业也是乱象丛生，一直游走在灰色地带，前一阵公司以调整项目的名义对公司人员规模进行压缩，又更换了公司法人，据说就是为了规避一些风险。公司前身是做股票投资，同样是通过添加微信"好友"，动员对方买股票和基金，后来遭受打击后才更换"产品"转卖红酒，因此公司老总行事低调，经常把人调来调去，有些事总是让人看不透。

钱闪闪越想越不对劲，边豫不会莫名其妙给自己打这个电话，他现在是公家的人，信息渠道多，是不是现在有什么整治活动？

来不及多想，他迅速从椅子上起身，急匆匆找到人事部经理，以在外租房子需登记身份为由取回自己的身份证，飞快走出办公室。按边豫说的，无论什么情况，先离开公司再说。

对边豫，钱闪闪有一种没来由的信任。

电梯下到一楼，钱闪闪从电梯里出来，迎面碰上一个熟悉的面孔——正是边豫。他身后还跟着一群穿不同制服的人，正围在电梯口小声商量什么。

这种阵势使得钱闪闪不敢贸然上前和边豫打招呼，便向他投去热烈的目光。显然边豫也看到了钱闪闪，但他并不回应，而是对身边一个指挥者模样的人说，十七楼，同兴酒业。说完，又指着另一部电梯，让另外一拨人从那里上去。

同兴酒业就是自己所在的公司，钱闪闪瞬间明白，边豫这是带着执法人员对公司开展行动了。边豫曾说过，每个人一生的机遇不会太多，抓住机遇就掌握了自己的命运。看来，边豫是要把牺牲老东家当自己晋升的跳板了。不过，在最后关头，边豫还是给了自己的老朋友一条生路。

钱闪闪赶紧把头压低，从这一大群制服中穿了出去，顺势来到物业公司值班室。

闪闪，我爸才做完手术，医生说手术很成功呢！邓早九见钱闪闪低着头进了值班室，丝毫没有注意到他脸上的慌乱，而是迫不及待地要与自己的好友分享这份喜悦。

手术成功了，闪闪，我爸死不了了……邓早九抑制不住兴奋，反复在心不在焉的钱闪闪耳边念叨，我爸再过一周就要出院了。

钱闪闪紧张地竖起耳朵，脸色越来越僵硬，越来越难看。虽不在同兴酒业的现场，但他能想象到此刻公司上下的一片混乱，仿佛能看到那些整日在指标考核压力下挣扎的同事们惊慌失措的样子。

手术很成功，医生说手术非常成功……邓早九不断重复自己的好心情。

有哪个医生会说自己手术不成功？钱闪闪嘴里蹦出这么一句话，又说，只要不当场死在手术台上！

说完，钱闪闪转身出了值班室。他也不知道要去哪里，便在大厅一角的小超市里转来转去，用余光盯着电梯口。

很快，电梯门开了，络腮胡子率先被两个穿制服的人架着胳膊走出来，随后是钱闪闪的团队经理。紧接着，公司其他人也被依次押着下楼来，钻进写字楼外马路上停着的一排执法车。

十一

暮色像一个巨大的渔网，笼罩在这个城市浑浊的上空。钱闪闪盘腿坐在写字楼顶的平台上，向前眺望。远处，霓虹错落，残星败月。

阵阵凉风拂过，钱闪闪内心那层积郁已久的阴霾被渐渐吹散开来。

时间，仿佛静止在寂然的夜空。

不知过了多久，手机短信提醒声唤醒了钱闪闪。有两条信息。一条是修鞋匠发来的，他说他知道八百八十八元的小单帮不了钱闪闪什么忙，但他下次肯定会再买一笔大点的单。另一条是小麦收到钱闪闪发出四叶草挂件的快递状态回复：女儿贝贝签收。

霍地，钱闪闪想起来：四叶草原本是绿色的，那种绿油油的绿，这个世间哪里会有湛蓝色的四叶草呢？

夜更深了，但这座现代化的大都市万家灯火依旧璀璨如斯，街道上奔流不息夜行的车灯形成了一道道华美而流动的光线，仿佛给幢幢林立的楼房组成的城市镶上了一层层金边……

"如果有一天，我们不得不转身向着家的方向往回走，那依然是一条向前的路。"

钱闪闪在朋友圈编辑完这段话，按下了"发表"键。随后，他取出手机号码卡向楼下抛了出去。很快，指甲片大小的卡片像一片四叶草，轻盈地摇曳，翻滚坠落在苍茫的夜色中。

接　客

一

我们确实尽力了。

我知道。

靠死工资过日子的家庭，吃酒都吃不过来。

我知道。

这些年我们对妈怎么样，大哥你心里应该有一本青红册，有闲话让人说没有？

……

在"陵水湖畔"这个长陵县最高档的住宅小区，县政协副主席巫前贵家复式楼客厅，红酸枝沙发上坐着三个人：正中坐着巫前贵的老婆苏小荞，大哥巫前富和弟弟巫前程则分别坐在两侧的单人椅上。苏小荞边说话，边不时将紫檀茶具上的紫砂壶提起来，给兄弟俩面前的水杯续水。

九月的傍晚，白天的燥热尚有余温。苏小荞体寒怕冷，因此中央空调温度开得不低，她肩膀上甚至还搭着一块柳叶式织锦红披肩，而巫前富和巫前程两人的额头却沁出一些细密的汗珠。

塑料水杯烫得让人下不了嘴，苏小荞也只是象征性地举了举茶壶。不过，她手腕上的月白色腕表倒是很惹眼，如她目前的生活状态：这分明是百花丛中一束白牡丹，代表着富贵与安逸。就是这么一个生活在花团锦簇中的人，今天她要表达的意思是，她的家庭出现严重经济危机，捉襟见肘，说出来你信吗？

巫前富连忙点头，他相信。

苏小荞不过是县财政局的普通科员，但有着与生俱来的优越感，这源于她有一个局长父亲和一个县政协副主席丈夫，别人操心柴米油盐，她每天为穿什么衣服搭配什么包包发愁。

这样的人命不好，谁命好？

命好的人又开口说话了：萌萌大学毕业准备去澳洲读研，学费成了大问题。

萌萌是她和巫前贵的独生女。

怎么办？苏小荞试图将愁容挂在脸上，无奈精致的五官却不配合她的想法，问话的语气便流露出一丝轻描淡写来。

要去，要去，为萌萌的前途呢！巫前富吹了吹已不再冒热气的塑料水杯，连连说道。

苏小荞并不理会巫前富的附和，用小拇指尖拭了拭嘴角的口红，问巫前程，你觉得呢？

巫前贵原本是要在家亲自和两个兄弟谈这个话题的，无奈马有财在电话里说的几句话，让他不得不去"吃酒"，这事就只能让自己的老婆出面了。

长陵人习惯把家里办红白喜事叫作"接客"，参加别人的"接客"称为"吃酒"。按苏小荞的话说，巫前贵是去吃县红枫纸业老总马有财的"秋果子"酒。马有财今年五十多岁了，结婚离婚和他征地办厂一样频繁，这不，才与他的女秘书结婚，就结出了秋果子。

什么秘书，就是二奶，生了幺儿子！苏小荞眉梢往上一挑，不屑地说。她这种身份的女人，从来对秋果子有着天然的警惕和敌意，尽管是从别人家后院长出来的。

巫前贵原本不准备参加马有财的接客，但马总马有财说话有方法，他说，红枫纸业是您亲自招商招到长陵的，我人地两生，您都不捧我的场，我今后在长陵还有落脚的地方？

话说到这分上，巫前贵就不好拒绝了。

考虑县领导带头吃酒影响不好，马有财便把接客地点放在与长陵只一江之隔的邻省乐岩市，本市纪委监察部门摄像机的镜头再长，也总是伸不过江的。

长陵人喜欢接客和吃酒，据说是一种地域文化。长陵属分（蓄）洪区，随时可能被大水淹没，因此人们潜意识里认为，吃光喝光不浪费。当然，这只是酒桌上的笑话，当不得真。不过，近年来人情风确实越刮越猛，接客的由头早已不限于红白喜事，参军、考大学、读研究生、开业庆典、逢整数生日、楼房封顶……摆出个针尖大的理由，都是要接客的，甚至说盖个鸡窝接两桌客，在长陵还真不是笑话。去吃酒，送红包叫"上人情"，礼金则叫"人情钱"，数额可不能少，两三百块点头交情，五百块正常往来，八百上千说明关系密切，真正的好朋友出手都是两三千，五千甚至上万的也大有人在。

最近，针对传销似的接客吃酒，长陵县纪委下发了关于规范公职人员参加非亲属接客吃酒的通知，电视广播都在广泛宣传，为来年元旦后全面禁止一切非亲属的接客吃酒打基础。通知要求，正式文件出台也就是年底前，全县公职人员不得参加非亲属的接客，但结婚、父母八十大寿和双亲去世这三种情况不做硬性规定。这便有了缓冲地带和灰色区域。

叫花子都有三个穷朋友，何况县四大家领导之一的巫前贵呢！而巫前程虽官不高位不显，但也整天赶场式吃酒，这不，他也才从发小大鼻子婚宴的酒桌上下来。

在长陵，接客绝大多数是为了收人情钱，但大鼻子除收人情钱，他还要聚人气。人气靠什么聚，靠有头有脸的客人捧场。在大鼻子的交际圈子里，副局长巫前程就算有头有脸了，因此他必须到场。

吃酒变成任务，巫前程想躲也躲不脱。

捧场的过程，无外乎在酒店进进出出打照面。巫前程在大鼻子陪同下握了一圈熟悉不熟悉官员和商人们的手，说了和听了无数个久仰幸会之后，才走进属于发小圈子的那个包间。

一进门，巫前程看到大鼻子的同居女友也就是今天的新娘肖潇子独自坐在一旁玩手机，很是不解，今天结婚你怎么也不穿个新娘装？

我结婚？我怎么不知道？肖潇子抬起头，莫名其妙地反问。

看到肖潇子一脸无辜的样子，包间里的人都会意地笑了。

大鼻子今天结婚，新娘不是你？

好，就算我结婚吧！

大鼻子虽非公职人员，但对县里关于接客吃酒的政策再清楚不过，要想接好这场客，要想聚人气，结婚无疑是最堂皇的理由。

虽然现在管得严，但只要能接到官家老爷，我就牺牲自己多结几次婚也无妨！大鼻子调侃道。

你敢?！肖潇子眉头一紧，故作嗔怒。

……

东拉西扯了一阵，巫前程起身告辞。当然，关系再好，人情钱也少不了。在大鼻子的人情账簿上，巫前程留了自己女儿巫天天的名字。前不久县里有个国企老总就因为在人情簿上潇洒地签下自己的大名，被县纪委按图索骥直接摘掉了帽子，教训深刻啊！

咱……咱……咱妈……苏小荞提到婆婆雀二姐，像鸬鹚一样吞吞吐吐。她以前一直称呼雀二姐"诶"，后来称呼萌萌奶奶，叫"妈"多少有些不习惯。

你是说萌萌奶奶吧？怎么？巫前程替她解开了脖子上的那根草绳。

对，萌萌奶奶，你们也知道，萌萌奶奶肺上的毛病，苏小荞瞬间恢复语速，吐词流畅，从茶几上的纸巾盒里抽出一张纸巾，把自己的嘴角擦了擦，继续说，怕是难得治好了。

嗯，我问过医生，妈的病从医学上说只有半年生存期，最长不过一年。巫前程明白了，二嫂今天的话题与母亲的病有关。

我们确实尽力了，一个靠工资过日子的家庭，哪有太多的钱！苏小荞重复刚才的话，并朝巫前富眨了眨眼睛。

这些年，巫前贵给大哥找门面，托人给大嫂的父亲办低保，偷偷给侄子巫小盘交学费，别看苏小荞一天到晚做美容，但面膜遮不住她的双眼，你巫前富心里会没有数？

呵呵！巫前富知趣地朝这个弟妹咧咧嘴。呵呵！

前程，萌萌奶奶每个月两三千块的医药费，该你分担了！巫前富哪怕只是两声干笑，也瞬间给了苏小荞向巫前程摊牌的底气。

萌萌出国留学，现在急需用钱，要很多很多钱！既然话说开了，又有压倒性的群众基础，苏小荞恢复了一贯的自信。

前程，你要体谅二嫂……和二哥……巫前富结结巴巴地为苏小荞说话。前程，大哥我没用，妈的药费怕还是指望你呢，谁叫我养了一个怄气宝呢！

巫前富口中的怄气宝，是他的儿子巫小盘。今天一大早，碰到城东"老柳树"酒店的王老板来菜市场买鱼，告诉他小盘带着一帮人在他店里吃喝，欠了有两千多块的账，让他方便时给结了。

只要提起儿子，巫前富多数时候鼓腮帮咬牙齿。

早些年，雀二姐跟着大儿子巫前富在农村生活，前些年二儿子巫前贵当了县民政局局长，就把她连同大儿子一家接进县城。巫前富没文化没特长，但小盘妈一手饭菜烧得好，巫前贵便托人在菜市场谋得一间门面，让大哥两口子开了个小炒店，生意马马虎虎，撑不死饿不着，母亲则住进自家楼下储藏室。

让母亲住储藏室，非巫前贵本意，是雀二姐主动要求的。她说，每天两脚踩在半空中，不踏实。当然，这只是一个原因，更重要的是她不想介入儿子小家庭的生活。她虽只上过扫盲班，识字不多，但是个明白人，知道儿子家当家人除了媳妇苏小荞，甚至还有亲家苏老干部。当年，巫前贵师范毕业分配在教育局当小办事员，时任局长的苏老干部慧眼识珠，把这个出身贫寒的穷小子作为重点培养对象，仕途上先提拔他当股长，当主任，再当副局长，生活上先称呼他小巫，再称呼前贵，最后称呼姑爷，每一个变化都在苏老干部的精心设计中。巫前贵也铆足劲，在岳父退休后继续大步向前，先下乡镇当书记，再回城当局长，现在挤进四大家班子，排名虽靠后，但年龄还没过五十，长陵政界还有巫副主席要回县委或县政府班子的传闻。

没有苏老干部就没有儿子的今天，那么自己兴许连储藏室也没得住！因此，雀二姐时常提醒儿子要感恩，也叮嘱巫家老小不要轻易去给苏家添麻烦。其实雀二姐不说，巫家人都懂规矩，特别是巫前富两口子，多年来在苏小荞面前低眉顺眼，早已习惯看着苏小荞脸色说话。

给母亲买药看病，天经地义。只是，这笔钱不是个小数目，同样靠工资生活的巫前程哪里拿得出？

前程，从下月开始就该你买药了。苏小荞试探着说。

应该的！巫前程抓起面前已经凉透的茶一饮而尽，干脆地说。

二

自当上副局长，巫前程每天晚上不是在酒桌上吃酒，就是在办公室加班，经常披着夜色回家。

今天难得正常下班，巫前程想陪陪母亲。

雀二姐现在住巫前程家。不，严格意义说，她住在小儿子家楼上的隔热层。同住储藏室一样，雀二姐要求住隔热层也有她的理由，视野开阔，空气新鲜。

雀二姐不在家，晚饭过后她去公路边捡棉花了。现在正是棉花上市季节，每天都有许多运棉花的货车在县城周边的国道上来回奔跑，由于风吹或颠簸，总会落下一些零星的棉花，吹得公路两边到处都是，雀二姐拎着塑料袋沿路捡拾。捡的这点棉花里能抽出金丝？孩子们不让她捡，怕车来车往不安全。不捡不捡，她嘴上答应，可还是照捡不误。除了捡棉花，她还捡破烂。每个易拉罐塑料瓶，都是钱啊！这件毛衣，连标签都还在，城里人真不知节约！

儿孙满堂，且都在自己眼前晃，老了还能挣点生活费补贴家用，这样的日子，雀二姐每天过得有滋有味。

好景不长。今年春节后，雀二姐原本结实粗壮的身体开始急剧消瘦，半年不到她脸庞瘦得尖刀都剔不出二两肉，每天不停地咳嗽，干枯的身躯变得像黑心棉做的枕头套，里面已经烂絮一团。整个巫家人，都清楚这枕头套就快磨穿了。

巫前程从二哥家回来后，除了担心母亲即将油尽灯枯的身体，也为母亲的药费发愁。目前，他的小家庭除每月两千块钱房贷，还有各种接客的酒要"吃"，整个货真价实的"月光族"！现在要跟爱人陆梅梅谈母亲的医药费，怎么张得开嘴？

陆梅梅原本是巫前程老家乡镇中学的物理老师，因物理教研室主任与大鼻子是亲戚，经他们牵线介绍给从部队回家探亲的巫前程，两人见面后彼此还算满意，没多久就把婚事给办了。婚后分居两地，陆梅梅头几年没有怀上，频繁往部队跑，家里钱没攒一分，只攒下一抽屉火车票。后来怀上女儿天天，巫前程也转业回长陵，本以为可以节省路费了，哪知巫前程被分配到一个偏远乡镇司法所当副所长，两人依然是周末夫妻。去年全县公开招考副科级领导干部，巫前程以笔试面试成绩均为第一的绝对优势，考上县司法局副局长一职，终于进了城。组织照顾，陆梅梅也借调到县城关中学，做了一名代课老师。

孩子和分居问题解决了，但两口子仍翻不了身，经济压力如一座大山时常压得他们喘不过气来。生活费用可以预算，但吃酒的人情开支防不胜防。有家底的还能勉强支撑，刚结婚的小青年，只能当啃老族。巫前程两口子没老可啃，他这边不用说，陆梅梅老家在外地，父母都是普通工人，没让他们养老就不错了。

每月二三十张大红票子，我要是自己能画，我就给你画了。陆梅梅嘴虽不甜但心不坏，她不是抠，只是问巫前程，这笔钱从哪里出？

早晨的长陵，沿街的早酒摊子最是热闹。那些夜晚吃酒打通宵牌的人，三五成群坐一起，吃热干面，喝散装烧酒，吹着牛皮打着哈欠吐着醉意，空气中弥漫着悠闲的味道。

其实，这种悠闲就是一种生活。而巫前程是没有生活的人。多数时候，别人上了牌桌他在办公桌，别人上了酒桌他还在办公桌，现在是早上七点，别人又开始喝早酒，他在赶往办公室的路上。

给妈买药的钱，你自己想办法！这是陆梅梅昨天睡觉前给他的答复，外加一个冰冷的后背。

这笔钱，去哪里筹？一大早，他蹲在马桶上想。

如果母亲命长，再活个两三年，那不是要几万块钱？刷牙时，他端着漱口的水杯想。

不会的，医生说得了这病顶多还能活几个月。现在走在大街上，他还在想。

这不是盼望母亲早死吗？迎着冉冉升起的朝阳，在暖暖的阳光下，巫前程后背竟突然走出了冷汗。

同样是儿子，二哥他有孝心，怕母亲心疼钱，善意欺骗母亲药便宜，其实买的全是进口药，吃了大半年。现在二哥有困难了，把尽孝的接力棒递到他手里，他能不接？

母亲的药，肯定不能停，这是巫前程的底线。到了中午，他按照母亲一直吃的药的名字，把这个月的药给买了回来。买药的钱，是单位刚发的年度奖励工资，原本在陆梅梅的预算中，是女儿天天本学期舞蹈班的培训费，他擅自挪用了。

太阳像一个巨大的火盆，被打翻在天空，空气中飞溅着的火花，落向那些暴露在阳光下的人。巫前程在热浪的包裹下，脚步匆匆地钻进办公大楼。

这时，怄气宝巫小盘从开着冷气的值班室里钻了出来，拦住了他。

小叔，我有一哥们，现在手上有个特好的项目。

南水北调工程，挖土方……

没等巫前程反应过来，怄气宝心急火燎地自言自语起来。说话前没有任何开场和铺垫，这是他一贯的语言风格。

"小叔""项目"，当这两个词从整天游手好闲的巫小盘嘴里蹦出来时，巫前程便知道他的来意了。

小叔，借我点钱。巫小盘嬉皮笑脸地说。

果不出巫前程所料。

你现在是管叫花子要饭，巫前程开玩笑地告诉侄子，我自己下一顿还不知道去哪里舀一瓢呢！

巫小盘哪里肯信，别人的实际困难从来就不是他考虑的事，他滔滔不绝地说，能够拿下国家项目，在于他某个朋友的朋友的朋友手眼通天……

巫前程懒得听，巫小盘自己却已是热血沸腾。

是不是投资小收益大？是不是账好结回款快？

怄气宝头脑简单，巫前程不用想就知道这个所谓的项目是个什么鬼把戏。

对，小叔你说得太对了！怄气宝没想到小叔没点即通，高兴得手舞足蹈，但转眼又疑惑地问，你怎么知道？

别看怄气宝一没文化二没头脑三没人脉，懒得油瓶倒了也不扶，但这些年他参与的工程和项目可不少，国家项目有农田开发土地平整电网线路升级改造，个体项目有炸鸡店全国连锁外贸服装特价倒卖，可谓蚂蚁爬磨盘——千条路。当然，哪条路都没走通也没走远，但他说生意哪能没风险？屁股一拍知难就退，他爹娘就惨了，一年四季替他还账擦屁股。

这回是个千载难逢的好机会，我可不能错过，巫小盘兴奋地说，抓住它我就咸鱼翻身了！

怎么个抓法？巫前程倒是想看他准备怎么往人家圈套里钻。

我哥们说，只要投资三万块，年底就可以挣七八十万，如果管理得好，挣一百万也不是没可能。

那利润是挺可观啊，不过，你哪来三万块的本？

能找谁？还不是找你们弟兄仨，也不多，每人支持我一万就行。巫小盘轻松地说道，我爸和二叔都答应了，你的一万块没问题吧？

滚！巫前程几乎是吼出了这个字。

起风了，窗子被吹得啪啪地响。乌云借助风的力量从窗外钻入，办公室的光线也就渐渐暗了下来。

巫前程从电脑桌前起身，去关窗子。窗外的街道上依然车水马龙，正值下班高峰，人们争相赶路，或接送小孩，或回家烧饭，更多的人则奔向县城大中小各个酒店饭馆，送恭喜、上人情、吃酒打牌……

就在刚才，巫前程也接到一个接客的电话，不过他委婉地推掉了。县安监局一个副局长的现任妻子与前夫的女儿出嫁，通过与巫前程同一批招考在组织部任电教室主任的白吹吹接他吃酒。他与这个副局长仅仅一起参加过一次人事工作培训，话没说上三句，长得什么模样也记不起来，这吃的是哪门子酒？他试探着请白吹吹帮忙推掉，本有些难为情，哪知电话那头白吹吹爽快地答应了，又说其实对方也并非诚心想接你，但又怕以后再碰面时，你反怪他不接你，也为难。有些话像烙饼，一摊开就凉了，巫前程就安心了。

晚上要加班，局办公室送他审定的迎接市里普法检查的汇报稿改了几稿，始终不太满意，需亲自操刀。晚餐就在楼下的牛肉米粉馆解决，五块钱一份的米粉，一个煎鸡蛋垫底，零星混杂着碎肉末，出锅时还盖着几根青翠的蔬菜叶，味道好价格实惠，比那五百块一顿的酒菜不知爽口到哪里去了。

如今长陵的酒席，早已没有传统的八大碗，为图方便省事，全是冷冻食品直接放在锅里烩一下就上桌，有时候客人多时间紧，厨师只能偷减程序，甚至菜里还带着冰疙瘩就往桌上端，虽然满满一桌，但往往伸不下去筷子。人人埋怨酒菜难吃，但又都在拼命接客和吃酒。

巫前程刚转业回长陵时，每每听到周围一片哀叹声，单纯地想我既不接客也不吃酒，能奈我何？不过没半年，紧闭的大门不攻自破，发小兼媒人大鼻子与当时的妻子结婚多年不育，后来终于生了个宝贝儿子，满月时接客请了巫前程，他能不去？哪知此门一开，就关不拢了。再往后巫前程给自己定的不吃酒的规矩成了寡妇的裤腰带，越来越松了。

不过，吃酒和接客好比前后两道防线，前一道溃破不要紧，只要后一道没破，就不至于被冲得稀里哗啦。巫前程还是坚持自己不接客，就不存在欠别人的人情债，主动权还在自己手里。

接客吃酒是什么？是面子！面子好比刚出锅的嫩豆腐，要是掉在地上，可就捡不起来了，二哥巫前贵提醒他，做人做事不要太天真。

三

巫前程昨晚加了个通宵夜班，今天精神有些恍惚，还好那个汇报材料总算在局长那里通过了，下午局里召开干部大会搞学习，他差点在会上打起瞌睡来，只盼着快点下班，好回家美美补个觉。

怕什么就来什么，快到下班时巫前程又接到接客电话，高中同学杀猪佬说自己家里办事，请他晚上到金凤大酒店吃酒。

都说长陵的接客电话和请柬多得像街头小广告，但以他和杀猪佬的关系，莫说拒绝，小广告内容也是不便多问的，管它是重金求子还是专治性病！好啊好啊，连声应承的语气迫切得像重病患者得到人家的祖传秘方。

推开包房门，巫前程才知道自己来迟了，满桌的同学纷纷站起来向他打招呼，并打趣欢迎巫局长闪亮登场，把他推到最上席位置。

那是唯一的空位，巫前程想谦虚也不成，只得入座。

严禁公职人员请客的风声越来越紧，纪委的摄像机狙击枪一样地隐藏在各个隐蔽角落，谁也不想当出头鸟，杀猪佬只能采取化整为零的形式，每天以朋友聚会的形式中午晚上各请一桌客，请完这个圈子请那个圈子，接连请了三周，弄得他憔悴不堪，瘦了一圈，鼻梁上的黑框眼镜都快掉下来了。

待巫前程入座，就正式开席了。

大家嚷嚷着让杀猪佬发表祝酒词，他推辞不过，举起杯子，嗫嚅地说，今天是为我儿子……他摘下眼镜，擦了擦，戴上后又说，我儿子上大学宴请大家……希望，希望大家，说到这，又开始擦眼镜……

唉，不说了，开始喝吧！

杀猪佬有点口吃，语言表达能力有限，祝酒词也只能草草收尾。

杀猪佬高中毕业后顶父亲的班，当上了防疫站的卫生监督员，负责生猪屠宰市场检疫工作。别看他嘴巴不利索，可心里比谁都精明，每次到屠宰点搞检疫，不见好烟不盖戳。那些杀猪的师傅在背后嘀咕，我们劳神费力几个小时杀头猪，抵不上他两秒钟一个戳，他才是真正的杀猪佬啊，专杀我们这些杀猪佬！

杀猪佬，杀猪佬，叫来叫去，就变成他的外号了。虽不中听，但他乐意，这相当于一张无形的名片嘛。

杀猪佬为儿子办升学宴？巫前程心里犯嘀咕。

"接客莫问事由"，长陵县老百姓对此早已心照不宣。不过，当杀猪佬说为自己儿子考上大学请客，巫前程还是很吃惊：他儿子不是还在读高二吗？

满桌人似乎没人关心接客事由，都在拼命闹酒。邻座谭三毛告诉巫前程，杀猪佬儿子确实还在读高二，但明年元旦过后，对接客吃酒会管得更严，所以他提前把客接了。不接不行，否则这些年他送出去的无数份升学宴人情钱怎么收回？大家都在拼命找理由请客，这场名正言顺的酒他能甘心放弃？

放弃的都是钱，谁跟钱过不去？应该请，应该请。

不管杀猪佬这场客接得有没有道理，但巫前程的荷包受了伤。

来之前，他还在心里做着激烈的思想斗争，人情钱是送五百还是八百？想来想去，送五百算了。但走到酒店门口，巫前程面对杀猪佬脸上堆得快溢出来的笑容时，他突然心虚了，五百块真拿得出手？他在心里对自己摇头。

他佯装上卫生间，偷偷往红包里又塞了三百块，他也需要昂起脖子做人。还有，巫前富的小炒店在杀猪佬负责的卫生监督辖区，大哥老是说请多关照，区区五百块的小红包，装得下"关照"二字？

没人愿意为三百块钱划破脑壳，巫前程也是没办法，他和陆梅梅两人工资加起来像清水里养的王八，永远就那么一小坨，家里每笔开支都只能赶吃饭穿衣上学看病要紧的安排，一个萝卜一个坑，就这八百块钱，还是从陆梅梅那里"借"来的。暑假期间，陆梅梅偷偷在家开了"小课桌"，辛苦一个月，好不容易挣了两千多块钱，就让巫前程给"借"出来了。

醉了。屋子里烟雾缭绕，满桌人摇摇晃晃。

我也准备为儿子办升学宴，到时你也要赏脸啊！谭三毛笑嘻嘻地说。

哪所名校？巫前程问，心里又是一震，但强装笑颜。

城西驾校。谭三毛端起酒杯，装作不怀好意地朝巫前程挤了挤眼睛，又说，碰一个？

碰一个！巫前程瞬间放下心来，将杯里的酒一饮而尽。

酒店门口站满了吃酒的人，大家或勾肩搭背窃窃私语，或叼着牙签握手道别，感谢盛情款待改日再聚的话在一拨拨吃酒的人群中重复念叨，看似情真意切，实则轻飘空洞，如今的人，谁不活在情面和场面里？

这些话，巫前程和同学们相互也说，说完就被风吹走了。

我走走，巫前程谢绝了杀猪佬送他回家的提议，说散散步好醒酒。

听大哥说，小盘找他二叔还真借到了一万块钱，萌萌马上要留学，正是需用钱的时候，二哥怎么还有钱借给他？

走着走着，巫前程就走掉了醉意。

69岁的雀二姐现在每天大口喘粗气，经常咳嗽得腰也直不起来，痰里还带着血。咳归咳，喘归喘，这个转了几十年的老陀螺并没因此停下来，每天仍拖着干瘪的身子，在捡棉花和收破烂之余，主要精力就是忙着在楼顶培土种菜，她仍雄心勃勃地要在这座二十八层高楼顶上建设出一个瓜果飘香的空中菜园。

离开农村十几年的雀二姐，依然保持着对土地无比虔诚的热爱。她喜欢在土地上不紧不慢地劳作，用小锹敲打着土坷垃，慢慢地推平，然后将种子一颗颗埋进泥土里，再浇上一瓢瓢清水，等着日出日落月盈月亏，望着它慢慢生长……

雀二姐得的是一种叫特发性肺纤维化的病，开始没重视，后来发展成急重型，目前根本没有特效疗法，只能尽量延长生存期。

家庭会议时，几个儿子都说砸锅卖铁也要给母亲看病。母亲在，兄弟还是一个家；母亲不在，这个大家庭就散了。说到动情处，孝子巫前贵还流下了眼泪，表态母亲看病的钱由他来负担。

住县医院的干部病房，打昂贵的进口药水，当钞票水一样流进医院收费窗口后，雀二姐的病情终于得到稳定，一个月后出院了。

接下来进入巩固维持阶段，按时服药，不干重活，保持心情舒畅。医生这么交代。

在大家齐力劝阻下，咳嗽得到控制的雀二姐妥协了，将捡来的一大堆泡沫箱推到楼顶一角，答应只种三箱蔬菜，每个儿子一箱。

今天晚上的吃酒，巫前程又不敢推。接客的人，是他的顶头上司魏局长。魏局长以自己妹夫的名义开了一家律师事务所，晚上要在长陵最高档的国际大酒店接客。

魏局长接客，自然会有人把风声"无意"间透露出去，本局干部职工都很懂规矩，只上人情不吃酒，尽量不给局长添麻烦，因此，魏局长酒桌上接的都是县里的头面人物。

魏局长接巫前程了吗？当然没有。但他接了巫前贵巫副主席，巫前程也跟着"沾光"。

没想到，魏局长还请了白吹吹。白吹吹现在已从组织部电教中心主任调整到干部科长岗位上了，级别未升但官威陡涨，这不，魏局长还亲自给他点烟呢！

巫前程当然不能和白科长一起坐下来吃酒，他自告奋勇和今天的主人也就是魏局长的妹夫，共同做好迎客、斟茶和倒酒服务。

今天到场的还有县委一个常委，在满桌子局长老总们围着常委同志左一杯右一杯的时候，巫前程和二哥正好有了闲聊的机会。

话题转来转去，自然落到了巫小盘身上。

我不知道给小盘借钱是往沙地里泼水吗？

我不知道小盘不懂事，浑球一个？

但他是谁？是我们的亲侄子也是咱妈的命根子，不把他安顿好，咱妈还活得下去？

二哥的话句句在理，巫前程连连点头称是。

我上县师范那年，家里穷得连路费也拿不出，我背着一口箱子走着去学校，快要走到镇上时，大哥喘着粗气追上来，给我手里塞了十七块钱，后来我才知道他把大嫂从娘家带来的金耳环偷偷拿去卖了，就是这十七块钱，我最终才能从月湖村走了出来……

前程，你说小盘需要钱，大哥能力有限，我们做叔叔的该帮不该帮？

该。

二哥知恩图报，巫前程脸都红到了耳朵根子上。

酒席散后，巫前贵坚持要和弟弟一起回家看望母亲。

看一次，就少一次了。这句话说出来，兄弟俩陡生伤感。

雀二姐依然不在，估计又去公路上捡棉花了。

巫前贵不顾劝阻，挽起袖子在母亲屋子里做起卫生来，他将屋里屋外都擦了一遍，又给母亲烧开水，洗衣服。

这段时间，妈的身体维持得还不错，巫前程说。他没提自己经济窘困，怕让二哥为难。

后来，巫前程又问到县里班子换届的事，巫前贵告诉他，关于自己回政府当副县长的传言，并非空穴来风，现在正处在关键时期，绝不能出半点差错，否则这多年努力会前功尽弃。

兄弟俩聊了一会儿，因为巫前贵明天一大早要下乡，只能先离开。

我知道你不容易，实在撑不下去……就不要撑了！在下楼的电梯里，巫前贵体谅地对弟弟说。

你放心，还是那句话，砸锅卖铁也不能断母亲的药！巫前程向二哥表态。

巫前贵不再说什么，出了电梯走到小轿车旁，没急着上车，拉住巫前程的手，欲言又止。

最终，半天不曾说话。

末了，把巫前程的手重重一拍，"唉"！不知为何长长叹一口气，然后把自己肥胖的身躯揉进轿车里。

四

街道开始变得拥堵，挂着外省车牌的车渐渐多起来，穿梭在县城的各个角落，国庆长假就要到了。

接客的多，吃酒的更多。大小饭馆尽是涌进涌出的人流，生意火爆的时候，有的酒店一个中午要翻几次台，前一拨客人残羹未撤，另一拨客人已蜂拥而入，服务员累得上气不接下气。

和服务员一样苦不堪言的还有巫前程。国庆节前，他接到四五个接客的电话，大都推不掉躲不过。当巫前程为人情开支发愁睡不着时，陆梅梅递过来一个高枕头：她第三季度的课贴在节前发下来了。

谢天谢地！

正常红白喜事多，稀奇古怪的接客也不少，但事由都比城东的节孝牌坊还要正大光明：局里基层股的刘股长，母亲的七十大寿前年才办，可谓寿鞭硝烟未尽，如今又要给母亲做八十大寿了。他说，人家有爹有妈，我爹四十多岁就不在了，双亲仅存一个妈，本来就比别人少接几场客，现在该不该赶在纪委文件出台前把母亲的八十大寿给做了？章华乡司法所伍所长，在县城付五万块钱首付按揭买了套五十平方米的公寓房，办个乔迁之喜有错吗？还有在老家乡政府上班的小学同学熊干部，儿子还在参军体检过程中就要办入伍欢送酒，反正迟早要加入光荣的人民解放军了，赶着国庆外地回来的亲朋好友多，谁办事不想图个热闹？

这些接客的，公职人员心存顾忌办得隐蔽，巫前程尽量亲自参加；若是社会人员大张旗鼓的，巫前程大多没敢露面，只把人情钱捎去。

钱到，也就算人到了。

熊干部接客，巫前程不光钱到位，人也得到场。其一，熊干部把酒席放在自己老家乡下，隐蔽；其二，小学同学感情还算真挚，不少同学都从外地赶回来参加，相当于一次同学聚会。

熊干部的酒席上还出现一个束发盘髻身着蓝青色道袍的客人，是同学刘黑子，当年的优等生，但高考时以一分之差落榜了，后来到距长陵百公里外的一座深山道观出家当了道士，十几年与大家少有联系，没想到今天他也来吃酒了。

上了桌，大家才发现和熊干部关系密切的俞嘎子却没有来。嘎子为什么不到场？他害怕吃"连环酒"。今年春节，一个朋友接他吃酒，桌上十个人他认识八个，其中五个人相互敬酒时，都说近期自家也接客，纷纷顺口接了他。这种不深不浅的交情，参加吧自己荷包受不住，不参加吧以后再碰面难堪，想来想去，只有狠狠心咬咬牙，把这些酒一一给吃了下来。春节回家十多天，没有一天不在酒桌上过，辛辛苦苦打工挣来的钱，化成寡淡无味如同兑水的酒。并且，每每上桌，筷子夹着那些色泽鲜艳来历可疑的肉块，吃不进吞不下，内心五味杂陈。这酒，他吃怕了。

同窗情谊自不必说，虽然彼此多年不见，但陌生感就像酒桌上牛皮糖外面裹着的那层膜，酒杯一举就融化了。

谈笑间，同学们看见刘道长穿着高腰雨靴，不解地问他，今天艳阳高照你怎么还穿个雨鞋？该不是你能识破天象今晚有雨？雨个屁！刘道长一脸郁闷地说，我上周五下大雨那天出门，一个酒接一个酒地吃，还没有工夫回道观换鞋呢！众人大笑，出家人都躲不过红尘俗事，我们还有谁能独善其身？

来，喝酒！喝酒！

这个国庆节，巫前富也在接客。小炒店隔壁卖调料的门面转让，在巫前贵的提议下，他转接过来打通，简单装修升级成一个小饭馆，主要承接小型酒席和零散客餐。

为赶上国庆节这轮接客潮，巫前富把饭馆开业时间定在国庆节第一天，谁知假期过半却开不了张，一桌酒席生意也没有。情况反馈到巫前贵那里，巫副主席大手一挥，大哥办场开业酒，我们亲戚吃，帮你聚人气。

来的都是自家人，人情钱要不要送？当着所有亲戚的面，饭桌上巫前贵主动递给大嫂两千块人情钱。这一来，大家也纷纷包了红包，往巫前富两口子手里塞，巫前富嘴里推说不要不要，但最终还是接下了。巫前程经济再困难，但众目睽睽之下，也踮起脚随了一千块钱礼金。

吃饭的时候，陆梅梅半开玩笑半当真地低声说，二哥简直就是个托，和大哥这双簧演得好！巫前程只能尴尬地笑了笑，竟不知说什么好。

都是亲人，闲话足以下酒，一段往事就可以喝半斤。不一会儿，巫前贵脸上便红云翻滚，褪去县领导的外衣，和大哥说起县里禁止公职人员大操大办的文件就要出台的事。

巫前贵说，年前这几个月是关键，抓住机会，切不可错失良机。

巫前富顿时一脸愁云，默不作声。半晌，才把快烧到手指的烟头摁进烟灰缸，端起酒杯说，我的小店生意全都指着你和前程了，你们不介绍生意，怕是进门喝粥的人都没有呢！

巫前贵拍拍大哥胳膊说，年前抢生意是一场硬仗，这世上只要还有人，还少了人接客？你放心，打仗亲兄弟！

趁着酒兴，从南水北调工地上赶回家过节的巫小盘，也提着酒瓶满桌子给长辈挨个敬酒。

他给二叔连敬三杯。二叔为我们巫家操心费神，我得恭恭敬敬，巫小盘豪气地一把抹掉嘴边的酒沫。

搞大工程的人就是不一样，众人夸赞。

巫前富两口子看到儿子说话有板有眼，欢喜得眉开眼笑，连连叮嘱儿子少喝点少喝点，又说，给你小叔也敬一杯。

小叔？我哪里来的小叔？巫前富一张嘴，像跳出个打火机，瞬间点燃了巫小盘这个汽油桶。

我困难需要钱的时候小叔在哪里？巫小盘突然提高音调，声嘶力竭地吼道，脖子上的一坨坨肥肉不住地颤抖。

"哗"，原本一大家子亲亲热热的场面像一块巨大的平面玻璃，瞬间被撞掉在地上，在场每个人心里似乎都能听到这破碎的声音。

巫前程抬起头，看了看巫小盘，这个家伙吃了炸药了？

这时，巫小盘开始左摇右晃，指着巫前程叫嚣。

你算个什么叔叔？

你除了每天板着个脸，为我们巫家做过什么贡献？

……

巫前程始终不吭气，不作声，任巫小盘上蹿下跳。咆哮半天得不到任何回应，巫小盘越发愤怒，大如豆粒的汗珠从额头上滚落下来。

巫前程，你为什么不借给我钱？巫前程，你是不是要害我？巫小盘突然疯了一样扑到巫前程桌前，一把掀掉他面前的餐具，夺过他的酒杯，把酒从巫前程的头上淋了下来，边淋边发出怪异的笑声。

小……小盘……你干什么？！巫前富一看情况不对，赶紧上来抓住儿子胳膊，吓得说话时舌头都打了卷。

巫前程，你为什么不借给我钱？巫前程，你是不是要害我？巫小盘一把鼻涕一把泪，推开父亲，反复叫嚷着这几句话，冲上去要抓小叔的头发，并用手里的筷子乱扎。

巫前程霍地站起身来，身子轻轻向前一移，顺手就锁住了巫小盘的喉咙，吼道：巫小盘！你就是个疯子！

巫前富好不容易从踉跄中稳住身体，又怕小弟伤到儿子，连忙大骂儿子，你这个狗东西，你还要打你小叔？并装着上去要揍儿子的架势。众人连忙上去阻止，拉住了三个人。待巫前程松开手，巫小盘拼命挣脱出来，脚下突然失重，一下子摔倒在地，额头磕上了凳子角，满头是血。

巫前富看到儿子头上出了血，吓得面无血色，磕磕巴巴地大喊，快，快找纱布，止血！止血！一旁的小盘妈妈惊慌失措，手脚也不知在哪里，更不知要上哪里去找纱布，在屋子里走来走去，边哭边骂儿子，这个讨债鬼，你小叔不借给你钱就算了，你也不应该动手嘛！你不是讨打?! 言下之意，儿子的头是巫前程打破的。

听到老婆这么说，巫前富突然好像明白了什么，立刻上前抱住已经松手的巫前程的腰，说前程，你是长辈不跟他计较，小盘喝多了，喝多了！

有人找来一块干净的卫生棉纱，轻轻将小盘额头上的血擦净了，其实创口很小，血很快就止住了。巫前富和其他人把还在嚷叫的巫小盘夹上阁楼，总算控制住场面。已经完全惊呆住的雀二姐直到此时才反应过来，看到孙子受伤上了阁楼，也追着要上去，刚走到楼梯口，就开始猛烈地咳嗽，咳着咳着就重重地坐倒在地上，大家又赶紧去扶她，倒水的倒水，抚背的抚背，好半天她的咳嗽才缓和下来。

就不能好好吃顿饭？一直出奇冷静的巫前贵甩出这句话，起身走了。

五

我的病还有救吗？

我还能活多久？

治这病究竟要花多少钱？

雀二姐才知道自己得的不是普通肺炎，而是不治之症。她不怕死，她整天不安的是自己的病会给孩子们带来太多的负担。

她病后，巫家人向她隐瞒了病情，用善意的谎言砌起了一道围墙。

前几天，楼道电梯里一直充斥着大粪的气味，住五楼的顾老太太满小区找味源，经过几天的嗅闻和盯守，终于找上了楼顶。原来，雀二姐为给她的蔬菜施农家肥，连续好几天都去附近汽车站旱厕里，装满一痰盂大粪拎回来，乘坐电梯上上下下，臭味好久不能散去。

顾老太太没找到雀二姐，倒是把去上早自习的陆梅梅给堵在了楼梯口，陆梅梅好气又好笑，连连给人道歉，顺口又把婆婆的病情对她说了，意思是请她多包涵。见是绝症之人所为，顾老太太心立即软了下来，反而责怪陆梅梅，不该让老人这么受累。陆梅梅委屈地解释，婆婆种菜纯属她个人爱好，其实自己每月给婆婆贴药费几千块呢！

顾老太太哪里晓得雀二姐对自己的病并不知情，今天碰到雀二姐又要提着一痰盂大粪进电梯，不但没有制止，还好意关切地对她说，大姐，身体到了这一步，就不要再劳累了，辛苦种菜省那么点钱，不够孩子给你付医药费的一个零头，这是为哪桩？

围墙就这样被意外推倒了。得知自己病情真相的雀二姐坚决不再服药，她认为自己能做的就是早点死，为孩子减轻负担。

你没事跟人老太太多那句嘴干什么?！陆梅梅下晚自习回来后，巫前程用这句话迎接她。

陆梅梅没有回答，反而发起飙来：天天为什么没去舞蹈班学跳舞？

霎时，屋子里尽是一闪一闪的火星子。

天大的事都比不过天天的事，这是陆梅梅常挂在嘴边的一句话。这样的女人，该如何和她讲理？

天天三四岁时，经常跟着音乐节奏蹦蹦跳跳，从此陆梅梅就认定自己的孩子有舞蹈天赋，立志要将她当作杨丽萍来培养。这样的女人，该怎么对她说?

巫前程尽管心虚,犹豫再三,还是把挪用天天舞蹈班学费的事如实说了。

这事瞒不住。

你真打算中断天天的舞蹈学习?

巫前程,你知道你将埋没一个天赋异禀的孩子吗?

巫天天是不是你的亲生女儿?

陆梅梅的火气越说越大。

以后再跳。过了好半天,巫前程才憋出一句丝毫没有底气的话。

你还是个好父亲吗?!陆梅梅恶狠狠地盯住巫前程,发出怒吼。

巫前程不再作声。

你,不配当一个父亲!半晌,陆梅梅用牙齿咬住自己的下唇,将脸庞上滚落下的一颗泪珠抿进了自己嘴里。

隔老远,巫前程就看到正蹲在大哥小饭馆门口水池边杀鱼的巫小盘。见到巫前程走近,巫小盘赶紧把头低下来,怯生生地叫了一声小叔,声音小得连他自己都听不见。

巫前程找大哥商量事来了。

母亲不肯吃药,巫前程好话歹话说了一箩筐,在部队能做一百多个战士思想工作的巫前程,硬是把药送不进母亲嘴里。

再这样下去母亲怕是拖不了几天了,偏偏在这个节骨眼,二哥率县招商小分队到广州招商去了,巫前程只能找大哥商量对策。

看得出来,巫前富的小饭馆生意有了不小起色,还没到吃饭正点,店内已经三三两两来了客人。

忙忙碌碌的巫前富没有心思细听母亲的病情,反而神秘兮兮地将巫前程拉进里屋,告诉小盘又被人骗了,南水北调的投资都打了水漂。

早就说过你们不要由着他的性子胡来,你们就是不听!对此,巫前程一点也不意外。

嘘!嘘!巫前富连忙竖起食指示意他小声点,别让小盘听见,这孩子压力也大，想做点事的想法总是好的，就是运气差点，要怪就怪我们当父母的没有能力给他搭个好平台。

唉！

做父母的，重要的是给孩子搭个好平台，陆梅梅也经常这么说。听到"平台"两个字，巫前程心里就像被鞭子抽了一下，今天早上天天的舞蹈老师又打电话过来了，问天天怎么还没来舞蹈班，是不是放弃了？

这段时间，陆梅梅天天在家里唠叨，催促他尽快想办法，筹钱交学费。

小盘现在懂事了，每天帮着干不少活呢！巫前富每说一句，都要朝大门口张望一下。

巫前程实在是懒得聊巫小盘，好不容易把话题拉回来，刚提到母亲，他的电话响了，是大鼻子打过来的。

大鼻子又要接客。巫前程放下电话，长长叹了口气。

大鼻子接客的位置定了没有？开了小饭馆的巫前富听到"接客"二字，就像蚂蟥听到了水响，两眼放绿光，马上插了弟弟的话。

大鼻子和弟弟是一起光屁股长大的朋友，巫前富当然认识，这个原先经常夹着个破皮包成天在车管所门口晃荡的小子，现在要开什么汽车生活咨询公司，还搞开业庆典？

能不能说动大鼻子在自己的小饭馆摆几桌？巫前富有自知之明，不敢奢求将大鼻子的接客业务全包下来，但现在接客流行四处开花，搞几桌也是可以的。

蚊子大腿也是肉。只要是业务，无论大小巫前富都想争取。他的饭馆虽小，但房租水电税务卫生，哪一个不要钱？每天店门一开，先得一沓钞票给别人准备好，再说，家里不还有一个怄气宝吗，他这次到河北捅下的窟窿不得用钱堵呀？

拗不过大哥哀求，巫前程答应去找大鼻子。之后，兄弟俩重新捡起母亲不肯吃药的话头，巫前富双手一摊，我哪里有办法？

前程，你吃别人的酒吃了好几年，自己也接个客嘛！末了，巫前富突然想起来什么，奉劝小弟说。

我请什么客？

天天十岁生日。巫前富早就帮小弟想好了接客事由。

大鼻子果然很给巫前程面子，把小学和初中同学两个圈子的客全放在巫前富的小饭馆里接。

前富哥的生意，咱自家人不照顾谁照顾？大鼻子仗义地说。

大鼻子确实混得风生水起，接连两天，巫前富小饭馆的六张餐桌都翻了台，巫前富忙不过来，把在街上开摩的的内侄和隔壁卖豆腐的杜婶也请过来帮忙传菜搬酒。

巫前程是晚上下班后来吃酒的，既然是同学圈子，大都相互熟悉，也就少了周公之礼诸多讲究。酒席上无非推杯换盏你来我往，同学中巫前程算混得有点模样，大家就围着他敬酒。这段时间巫前程一肚子烦心事搅得他精疲力竭，借酒消愁，来者不拒，气氛很快就上来了。

巫局，说个事。酒酣耳热之际，大鼻子把嘴凑到巫前程耳边，说自己刚新成立的公司，主要挣钱的业务就是替人打交通事故官司，少不了要与县司法援助中心的那群律师讼棍打交道，还要请分管领导巫前程多关照。又说，其实也不用他出面，借他的名字演钟馗打鬼的戏罢了！

巫前程不晓得大鼻子所说的这个"钟馗打鬼"是出什么把戏，但碍于他送给自己的人情还是热的，因此没有接话，只是将他的酒杯拿了过来，连同自己的一起斟满了酒，说，酒桌上不谈工作，咱哥俩喝一个！说罢，自己先端起杯子，一饮而尽。

前程，兄弟我相信你！大鼻子疑惑地盯着巫前程看了几秒钟，然后也一口干了下去。待酒下喉，他硕大的酒糟鼻鼻尖上神奇地沁出一颗汗珠，晶莹剔透，寒光闪烁。

站住！

一个声音突然在人群中炸响，大家停住了嬉笑，目光循着声音望去，只见大鼻子拿着人情账簿，阴沉沉地盯住一个吃完酒正要出门的客人，拉长的红脸快要掉到地上。

被大鼻子吼的这个人，五十出头，是原县交警大队城区中队长马翻帽。马翻帽最大的爱好就是上路拦车开罚单，每次都将警帽取下来反托在手上，识趣的司机将烟或钱放进他帽子里后，他便迅速将帽子重新戴在头上，时间久了，"马翻帽"的外号也由此而来。前不久，马翻帽"翻帽子"的过程被市纪委暗访组给录了下来，直接被"双开"了。

马翻帽，你今天吃饱喝足嘴一抹就准备走的？大鼻子脸上阴云密布，喊了十多年的"马队"也突然变成了"马翻帽"。

来，我们把账好好算一算！大鼻子用食指使劲敲了敲桌上的人情簿。

什么账？马翻帽装傻。

什么账？人情账！大鼻子鼻尖上的汗粒往外涌。这些年你家里接了多少场客，你怕是自己都不记得了：你女儿十岁生日、上大学、读研究生；你、你老婆过四十岁生日，你父母岳父母分别办六十大寿七十大寿寿宴；你搬了三次家，次次都贺新（乔迁之喜）……十年时间，你家里接了足足十四趟客，我哪次不是恭恭敬敬送人情？过去，我家里逢接客你就装不知，托人请你你不是在外出差就是办案抽不开身，这我都忍了！但今天我接这场客，你就拿三百块钱准备了事？大鼻子越说声音越大，简直怒不可遏。

你再接我再送人情嘛！马翻帽显然没有料到，以前对他毕恭毕敬的大鼻子翻起脸来比他翻帽子还快，语气便软了下来。

不用了！大鼻子不疾不徐地说，你把这些年我给你送的人情一分不少地还我，从此我们两清，你就当没我这个朋友！说罢，他伸出中指头，轻轻刮去鼻尖上的汗珠。

六

国庆过后，墙上的手撕日历比窗外的落叶掉得还要快。又快到月末了，给母亲买药的日子一天天逼近，天天舞蹈班开班的日子一天天远去，巫前程心里越发慌了起来。

副局长、面子、人缘，巫前程都不差，但能当钱使？

借。这是巫前程唯一的办法。

找谁借？

成天混迹于酒场饭桌，满城都是朋友哥们，巫前程把手机的电话号码簿翻了又翻，除了大鼻子，似乎还真找不到可以开口借钱的人。大鼻子曾向自己拍过胸脯，要借钱莫见外。大鼻子的钱是好借，但巫前程心里不踏实，左想右想就感觉像挂在鱼钩上的饵。

想想大鼻子酒糟鼻上的汗珠，巫前程犹豫了半天，最终还是摁下了退出键。

算了。

辗转了半夜，到后来迷迷糊糊睡去。不知什么时候，巫前程看到母亲轻轻地走进自己的房间，手里拎着一个包袱，并不说话，只是站在床边慈爱地望着他。

妈，您这是要干什么？

妈要回老家，人生七十古来稀，妈活够了。

妈，您按时吃药，再活三五年没问题。

儿孙满堂，子女幸福，妈还有什么舍不得？

雀二姐似乎真的看不出一点病态，脸上泛着慈祥的光芒。

巫前程还要劝母亲吃药，雀二姐却转身就走了，向着老家的方向匆匆走去。巫前程急得大喊一声："妈，妈，您等等我……"

大半夜，你鬼叫什么？巫前程突然感到头被谁推了一下，陆梅梅哼哼两声，又翻过身睡着了。

原来是一场梦。

巫前程坐了起来，心里空落落的。

借钱。巫前程下定了决心，找大鼻子借钱。

一大早，巫前程拨通了大鼻子的电话，向他开口借钱，什么倒钩不倒钩，油锅里的钱也得伸手。

大鼻子爽快地答应了。巫前程反而有些不安，大鼻子鼻尖上那颗大如豆粒的汗珠总是在他眼前晃动。

有借有还，能坏到哪里去？巫前程将向大鼻子借钱的事告诉了陆梅梅，希望她能安慰一下自己。

借了不用还吗？你准备用什么还？陆梅梅冷冷地看着他。

这边大鼻子答应借给巫前程的钱还没到位，那边巫前富家里已经乱成了一团糟。

说来说去，还是因为那个怄气宝！

先是人家大鼻子收的人情钱，预留下一万块准备借给巫前程的，存放在巫前富的吧台抽屉里，哪晓得巫小盘偷偷配有钥匙，当成自家的钱给顺走了。巫前富开始以为店里进了贼，吵着要报警，后来看了监控，顿时就蔫了，最后还是巫前程出面找大鼻子商量，认作自己欠大鼻子一万块钱的借账了事。

没消停几天，屋里又塌了天。原来，小盘前段时间并没有去河北搞什么投资，一直就躲在长陵跟着社会上赫赫有名的"摇哥"的手下人在瞎混，人家以投资的名义套住他，先是唆使他吸食麻果，然后又带着他赌博，他没多长时间就把所谓做投资的两万块钱挥霍得一干二净不说，还从摇哥的马仔这里拿了三万块钱高利贷，利息按天计，每天三百。

巫小盘被逼得没有办法，偷偷配了一把饭馆吧台的钥匙，阴差阳错把大鼻子的一万块钱当自家收款拿走，给摇哥手下还了九千块钱的账，自己带着剩余的一千块钱消失了。

今天，西装革履风度翩翩的摇哥亲自上门讨账来了。他进门就给巫前富递了根烟，扯了半天饭馆生意如何的野棉花，弄得巫前富刚开始还很高兴，以为来了一个订酒席的金主，等明白是怎么回事后，直接就傻眼了。且不说本金，就这每日三百块钱的利息，不是要巫前富两口子的老命吗？

欠账还钱天经地义不是？摇哥离开时留下的迷人的微笑，让巫前富惶恐不安。

当天晚上，在巫前富的小酒馆里，从南方招商回来的巫前贵主持召开了家庭会议。没等人到齐，巫前富就急不可待地说了巫小盘的现状：在广州一家工地做防水小工，每月三千多块钱工资，每天皮都晒脱还吃不饱，从牙缝里省钱给摇哥还账还不够……说着说着，两口子就小声啜泣起来。

几乎没跟大家商量，巫前贵很快从一团乱麻里抽出线头，一根根捋得清清楚楚：一是母亲的医药费，当着苏小荞的面他连意见都不征求，直接表态由他来负担；二是小盘借摇哥高利贷一事，自己托人去处理；三是小盘不要在外打工了，回长陵专门负责照顾奶奶，让他尽孝同时也捆住他的腿，省得惹是生非；四是大鼻子那一万块钱由巫前程和大鼻子沟通好，尽量多给巫前富腾出还钱的时间。

不愧是领导，巫前贵处理家庭问题也是干脆利落。

巫前程对二哥既佩服又感激，这段时间一直压在他心头上的那块石头被掀掉了，让他感到前所未有的轻松，等下个月本年度的几项奖励工资发下来，一切就顺利了。

陆梅梅更开心，除婆婆的医药费二哥重新接手外，二哥还给她透露了一个信息，这次去招商的路上，同行的骆副市长同意把将她调回城的事放在年底研究了。

只要不给子女添太多负担，雀二姐的求生欲望就又点燃了，在孙子巫小盘的照顾下，每天按时吃药，不再盘弄那几个泡沫箱子种蔬菜了。

七

他接客？白吹吹他接什么客？

儿子，或是女儿满月酒。

杀猪佬在电话里告诉巫前程，到底是儿子还是女儿他也不知道，甚至白吹吹自己也不知道，因为小孩还在他老婆肚子里，没有生出来。

时间进入十二月，县城里掀起了接客吃酒的新一轮高潮。人们争先恐后地接客，批发似的吃酒。街头巷尾各种小道消息满天飞，传闻纪委关于禁止大操大办的文件已在印刷厂，翻过年不仅不允许国家公职人员请客吃酒，对老百姓也发出了"倡议"，要求人民群众移风易俗，坚决刹住这种陈规陋习。因此，长陵人赶紧抓住元旦前的灰色时段拼命接客，唯恐错过敛财和赶本的最后机会。

以前接客少的，自然要想法子接一回，把多年送出的人情账尽量收回来，不然赔血本；以前接客多的，则暗自窃喜，这一笔笔的人情欠账，看来纪委的一纸文件将替他们还了。

接客的名目更是五花八门，大家甚至懒得问，这张薄纸何必去捅破！

白吹吹要为没出世的孩子摆满月酒。

荒唐的事细细想来竟然有些合理，合理的事说出来却又那样荒唐，这个世界，究竟什么才是荒唐，什么才是合理？

他白吹吹有什么办法？作为县委机关干部，平时接客不多但吃酒多，送出去的人情钱一个账本都记不下。单独二孩政策放开后，他和老婆天天在家里造人，好不容易种上了，只等孩子出生回收礼金，却迎来县纪委文件这个拦路虎，你说亏不亏？

杀猪佬告诉巫前程，白吹吹老婆的预产期是元月二十五号，按出生时间推算这个客肯定是接不成了。要么赶在十二月底提前进行剖宫产，将孩子拿出来，但提前将近一个月，风险太大了！为此，白吹吹思前想后好长一段时间，眼睛天天直勾勾地盯着茶几上厚厚的人情簿发呆，这哪里是人情簿，分明是过期作废的存折本啊！

他把手掌往桌上的账本一拍：老子也要接客。

老婆早产了，在老家坐月子，恭请大家喝喜酒。白吹吹对外宣布。

恭喜！恭喜！

儿子还是姑娘？添丁加口是人生大事，问的人很多，既有热心不知情的，也有知情而故意调侃的。

封建！封建！

生男生女一个样！白吹吹既是自我解嘲，也算是侧面回应。

当然，多数人不会问，话说穿了漏水。

白吹吹虽然接客，但这客接得有水平，几乎没留下什么痕迹：所有送了礼金的人，都被回赠一张额度为所送人情百分之三十的餐票，可以随时到指定酒店自由就餐。

巫前程今天另有两场酒要吃，都是红包到而人不到，宁可吃自助餐，也比酒席的味道好。

在兴和顺美食城的自助餐厅里，杀猪佬递给巫前程一个餐盘说，自助餐好吃还不浪费。

整个长陵县的接客，每天就那几道菜，人也是那几个人，哪里是吃饭？分明就是浪费比赛。这不，每桌吃下来最后都有连筷子都没戳过的整盘鸡鸭鱼肉，直接被倒进泔水桶。

我也不是杀猪佬，接客吃酒的人才是杀猪佬呢！杀猪佬感叹。

雀二姐的咳嗽，一声紧接一声，比巫前程的脚步声还要沉重。他上楼时，老远能听见母亲在楼顶大口地咳喘。

躺在床上的雀二姐，咳嗽令她不时地俯身趴向床沿，往痰盂里吐着带着血丝的浓痰，空气中泛着阵阵老人腐朽的气味。这一切，都暗示着人的大限将至吗？

巫小盘正站在奶奶种菜的泡沫箱子旁抽烟，看见小叔，赶紧熄掉烟头跟进了房间。他在隔热层的外间放置一个行军床,住在这里照顾奶奶。

一个年轻的小伙子生活在这里,却找不出他青春和鲜活气息的存在,反而有一些异样气味,这让巫前程产生了不舒服的感觉。

雀二姐看到小儿子来了,想抬起手臂招呼,但胳膊费力伸到半空中就落了下来,她已经没有举手的力气。

前程,前程,她艰难地打开口,嘴巴一翕一翕地喊儿子。

妈您别乱动,不要说话,安心养病。巫前程上前握住母亲的手,放在自己的手心。

雀二姐似乎有话要说,最终,却没有说出来。

母亲太累了,劳累了一辈子,不说话也罢。

巫前程问小盘,奶奶吃药了吗?吃饭了吗?小盘连忙说,吃了,都吃了。

为什么吃药了,咳嗽却越来越厉害?

病得真了,母亲真的快不行了?巫前程心里难受,和母亲分别的日子就要到了吗?尽管他心里早有准备,但黑白无常的脚步慢慢朝母亲走来时,他却害怕起来。

晚上写完汇报材料,已是凌晨两点,巫前程丝毫不觉得困倦,他想多陪陪母亲,母亲在这个世上的日子不多了。冲了个澡,穿着睡衣又上到隔热间,咳嗽一整天的母亲终于睡着了。

而巫小盘的床上却是空的,他不在。

八

你说他还算是个人吗?

巫前程脸涨得通红,眉毛拧到一处,愤怒地冲着一脸茫然的大哥大嫂吼道,看你们养的宝贝儿子?!

昨天半夜,巫前程发现小盘没在,随手掀开他的床垫,竟然看到锡纸和塑料瓶，这是吸毒常用的器具。

这个家伙，真是烂泥巴扶不上墙！巫前程一屁股坐到小盘床上，一种深深的无奈朝他袭来。

呆坐了好一会儿，巫前程突然有了某种不好的预感，他起身拿起母亲床头柜上的药盒，将药倒出来仔细一看，不是母亲以前吃的药，竟然是普通的维生素。

巫前程意识到，小盘把他奶奶的药给换了。不用说，肯定是偷出去卖给药贩子了，要不然他哪来的钱吸食麻果？怪不得母亲每天按时吃药，身体却越来越差，问题还是出在这个混蛋身上呀！

他连奶奶救命的药都不放过，还是不是人？巫前程愤怒地吼道。

大嫂听说儿子又在吸毒，一哆嗦吓得手里正剥的豆角掉在地上，"哇"的一声大哭起来，都是那个该死的摇哥，骗我儿子赌博，骗我儿子吸麻果……

巫前富则瘫软在沙发上，一句话也说不出来。

完了，小盘吸毒品上瘾了！完了，瘾君子毒瘾上来连自己手脚都敢剁了卖钱，他是没救了！巫前程骂着骂着，没了刚才的怒气，对两个苦命又可怜的人发火又有什么用呢？

最后，他只能叹了叹气。

巫前程决定去找二哥，这个家巫前贵才是真正的顶门杠。

意外的是，他打二哥的电话，巫前贵说了一句"知道了"就匆匆挂断电话，不肯再说什么。看得出，二哥对小盘也失望透顶，开始有意回避了。

怎么办？

巫前程实在没办法，向单位财务借了三千块钱，把药买了回来，按每天的服用剂量分好，亲自服侍母亲吃药。

很快，药物起到疗效，一段时间后雀二姐的身体就有了起色，脸色变得红润，咳嗽声再也不像前些日子那样急促。

巫前贵嘴上说让小弟看着办，其实心里还是很关心母亲的，来看过母亲好几次。雀二姐的病情得到好转，兄弟俩都长长地舒了一口气。

最近，巫前程累得像条狗。

刚迎接完市里的普法考核，来不及喘口气，魏局长又把"法律服务进企业"的事交给巫前程。本来这项工作是另一位副局长分管的，那个副局长因为给孙子办周岁宴被人举报，"秒杀"停职了。

受领任务后，联系电视台，召集县里几家大企业负责人开协调会，会议准备，哪件事都得他亲自落实。虽说是个副局长，但相关科室那些老油条每天一到下班点，不是已坐在酒桌上就是正在去吃酒的路上，除了两个去年刚招考进来的小青年，他谁也指挥不动。

偏偏越忙越有人添乱，才把"法律服务进企业"的会开完，就听说巫小盘被人打了，打得住进了医院。

再见到巫小盘，是在县人民医院的病床上，他刚被从急救室推出来，巫前富两口子分别守在病床的两侧。

小盘是被摇哥手下人打的，打得头破血流。上回欠的本钱巫前富才替他还完，他又欠了新债。不怪巫小盘，毒瘾上来谁受得了？又找摇哥马仔要麻果吸，没钱就被逼着给他们打欠条。欠条上的金额过万时，怂恿他找父母要，巫前富的小饭馆哪里经得住这样折腾，确实再也没有钱给小盘，小盘自然挨了打。

你奶奶的药卖了还不够你吸？巫前程气得牙齿咬得咯咯作响。

几盒破维生素片，能卖得出钱来？小盘在病床上杀猪般嚎叫，比他小叔还愤怒。

九

你为什么给母亲吃维生素？

巫前程多么希望二哥给一个能让自己诚服的理由。

但巫前贵没有，他坐在豪华的沙发转椅中，低着头，沉默。

你为什么有钱给巫小盘糟蹋，却没钱给母亲买药？

巫前贵越是不回答，巫前程心里越是焦急，因焦急而愤怒，他怒吼着质问二哥。

巫前贵仍不说话。

巫前程心里开始发慌，那个多年来负责任有孝心的形象，就要垮塌了吗？

你处心积虑纵容小盘，不是溺爱，你心里有自己的算盘！你明知小盘吸毒成瘾，还安排他照顾母亲，你是在借他的手置母亲于死地……巫前程调动了脑海里各种下作的猜测，然后用恶言包裹，向二哥发起攻击。

他举起了利剑，但希望自己先倒下。

……

不知过了好久，终于，他说累了。

巫前贵也慢慢从沙发上起身，走到弟弟跟前拍了拍他的肩膀，前程，你说的，都是事实。

小饭馆现在很忙，因为巫前贵要接客了。

巫前贵要为养母做八十大寿，预订了五十桌，分期分批举办，低调又热闹。虽然阁楼上躺了个不过皮外伤但成天哼哼唧唧的怄气宝，但想到这场客接下来，能够把欠下的那堆狗肉账还得差不多，巫前富两口子心里美滋滋的。

五十桌，这是小饭馆开业以来拿到的最大一单，巫前富虽忙，但浑身是劲。他边杀鸡边数落巫前程，说你二哥也不容易，不管怎么样，二哥也是希望能给辛苦了一辈子的母亲风风光光办后事，有错吗？又说，如果母亲走在元旦之后，这辈子最后想热闹一场也不可能了。

这个世上，谁是在为自己活？巫前富自言自语。

以前，二哥巫前贵也说过同样的话。

巫前程心里难受，不愿再提及这事。

二哥哪里冒出来的一个养母？自己怎么从没有听说过？

大嫂将桌上成块的熟牛肉改刀，边切边压低声音对小叔子说，这个养母就是你二哥逢年过节经常去福利院探望的一个五保户。看巫前程一头雾水，又说，就是我们老家村里那个一辈子没结过婚的周裁缝，长着六个指头的，你还记得不？

原来是她！巫前程回想起来了。有年过春节，还是民政局局长的巫前贵随县长下乡去慰问孤寡老人，在福利院他看到了同村的周裁缝，于是把怯生生的周裁缝推到县长跟前，县长亲切地伸出手，握住她一辈子不敢示人的六个指头问长问短，并从巫前贵手里接过一个大红包递给她，这让院里围观的老人们好生羡慕。

周婆婆，县长跟您握手呢！

周裁缝，县长给您送红包呢！

当着县长的面，巫前贵赶紧对周裁缝说，您是看着我长大的，小时候我没有父亲，家里穷，还在您的裁缝铺里吃过饭呢！

记得，啷个不记得哟，见局长与自己攀起了乡亲，周裁缝连声回应道。

谁说您没有儿女，以后我就是您儿子嘛！巫前贵拉过周裁缝，一脸真诚地对笑着的县长说。说完，大家都开心地笑了。

很快，县长与满嘴无牙却笑得合不拢嘴的六指孤寡老人周裁缝握手合影的照片，登上省报头版头条，受到省领导的肯定和批示，县长特别高兴。后来，巫前贵在与县教育局局长竞争政协副主席的关键时刻，县长说话了，前贵同志是一个懂得感恩的干部，懂得感恩的人，能差到哪里去?!

大事因此一锤定音。

在床上躺了好几天，巫小盘熬不住了。趁着父母不留神，从小饭馆里溜了出来，鼻涕眼泪糊了一脸。刚才，他偷偷地拿着自己以前配的钥匙去开吧台的抽屉，哪知锁被换了，怎么也打不开，这让他很是气愤。

他全身酸软，开始流鼻涕，眼睛里全是泪。

这下算是看清楚了，巫前富就不是什么好东西，挣的钱不给老子这个亲儿子；巫前贵也不是什么好东西，给他亲娘用维生素治肺病，害得老子被医院门口那个药贩子好一阵嘲笑；巫前程更不是什么好东西，向他借点钱像要他的命……

他们统统都不是什么好东西！

巫小盘高一脚低一脚，不知怎么走到小叔家的楼下，突然感到胸口恶心，于是趴在花坛边呕吐起来，直呕得眼冒金星。呕吐过后，乘电梯到了巫前程家门口，先是用手捶门，没反应，就用脚踹，但脚像一团棉花，怎么也使不上劲，门没踹开，自己却摔倒在地上。

他又愤怒了，像狗一样狂吠。

狂吠半天无人理睬，终于放声大哭起来。

楼上的雀二姐听到孙子的哭泣声，不知发生了什么，吓得赶紧地挣扎起床跌跌撞撞地下楼来，看到孙子坐在地上，一把鼻涕一把泪，连忙要扶他起来。

巫小盘赖在地上不起来，冲着雀二姐连吼带骂，你这个老东西，你为什么不死？你死了，我们巫家就可以热热闹闹接一次客，巫前富的餐馆可以接生意，巫前贵、巫前程都是当官的，可以摆流水席。来的不是客，是钱，是白花花的钞票你知道吗？有了钱，我还会像孙子似的去求人，我还会天天被逼账？被人往死里打？

巫小盘骂到激动处，甚至抓起门背后的拖把，要打奶奶，说把你打死了我们巫家就有理由接客了！

孙子这些疯话，仿佛当头一棒，雀二姐蒙了，任由巫小盘举起拖把，她早已面无血色，硬生生地坐倒在地上。

巫小盘胳膊突然一歪，手中的拖把打在楼梯的扶手上，他想站起来，右脚却使不上一点劲，像蚯蚓一样向楼上爬，嘶喊着问雀二姐，奶奶你的药呢？巫前程给你买的药呢？你的药已经救不了你的命，却可以救孙子的命啊！

他终于爬进了奶奶的房间，四处乱翻一通，只找到巫前程一包包分好的药，却没有整盒的，他气愤地将药片扔进屋外的泡沫箱里……

折腾一番后，他又踉踉跄跄地走下楼来，经过一脸惊恐的雀二姐身边时，他盯住她干瘪的身躯，突然伸出双手卡住她的脖子，面目狰狞地说：亲爱的奶奶，你准备什么时候死？

十

县民政系统都知道我巫前贵有这么个"养母"，那么为什么不能为她老人家做个寿，让老人晚年感受人伦亲情的温暖？有一次在酒桌上，巫前贵借着醉意问了县长。

县长，请问一个孤苦伶仃的老人，在风烛残年之际迎来人生的八十寿辰，应该享受儿孙的祝福吗？

应该。

县长，请问在县纪委文件下发前，我为养母做八十大寿违反纪律规定吗？

从组织纪律上讲，既然文件没有禁止，那就不算，而且，你能给养母做八十大寿，应该说这是当前我们干部与群众关系鱼水情深的一个生动例证，是上级主管机关真心关爱基层弱势群体的一个鲜活样板，是发生在自幼丧父的苦孩子与残疾孤寡老人身上滴水之恩涌泉相报的一段人间佳话……

我还要亲自参加！县长感动了，趁着酒兴兴奋地表态。

好！

于是，巫前贵副主席定于十二月二十五日至二十九日为养母做八十大寿。很快，县里各路精英们，都从不同渠道上收到这一信息。

去，一定要去，巫副主席为受过一饭之恩的养母做八十大寿，此般孝义感天动地，这不是去吃酒，是去接受孝行义举的再教育啊！

县城有头有脸的人物，都在明里暗里谈论这场接客，大家纷纷表示要积极参加。何况，县长也要亲自参加呢！

大哥，人数增加了，你再增加二十桌。巫前贵在电话里说。

巫老板，时间要提前了，二十日就得开始。替巫前贵张罗的人说。

大哥，人数又增加了，你还得增加三十桌。巫前贵在电话里又说。

巫老板，时间又要提前了，十六日，不，十五日就要开始。替巫前贵张罗的人又说。

……

主动向巫副主席讨酒吃的人越来越多，巫前贵委托放风的和帮助接客的人都反馈，届时吃酒人数将超过预期的三倍，巫前贵不得不一再通知大哥增加桌数和提前时间，但底线是月底前要接完，绝对不能碰文件的红线。

小盘，下来帮爸妈干点活！巫前富两口子不怕辛苦，定的酒席桌数越多越高兴，从他们头发梢上都能看到兴奋的笑容。

什么是人缘？什么是平台？

这就是！

新年将至，县城已经提前开启了喜迎新春模式。街上、店铺里、游乐场，到处都挂着迎新年的彩色条幅，呈现出一派欢乐祥和的景象。

巫前贵接客的日子，伸手就可以摸到了。

又是一个通宵未睡，巫前程在电脑上敲出年度工作总结的结束语，伸了伸懒腰，站起身拉开办公室的窗帘，外面已是一片微光。玻璃上结了厚厚的冰花，窗台上已堆积起一层白雪，昨夜下雪了。

推开窗户，新鲜的湿气裹着寒冷的微风扑面而来，吹走了巫前程的困意，他不禁打了一个寒战，寒冬马上就要来临了。

这时，桌上的手机突然响了。

谁这么早打电话？巫前程抓起来一看，是老婆陆梅梅打过来的，她在电话里焦急地喊，妈死了！你快回来！妈死了！你快回来！

妈死了？！

这一天，终于来临了。巫前程突然感到自己像掉进大海，身体被挂在一个巨大的铁锚之上，被拖着朝黑暗的深海急速下坠，却怎么也坠不到海底……

后来，他的身体变得轻盈，紧接着一种漫无边际的虚无向他倒压过来，带着腥咸味的海水包围了他，涌进他的耳朵，涌进他的鼻腔，涌进他的七窍八孔，四处都是漆黑与冰凉……

电话是什么时候挂掉的他不知道，陆梅梅后来在电话里还喊了些什么他也不知道，等他回过神的时候，他才想起陆梅梅的话：妈死了！

巫前程奔出办公室冲下楼去，单位的电动大门还没打开，他拍了拍门房，门房没动静，巫前程等不及，直接从电动门的铁栅栏上翻了过去，却不小心挂破了右裤腿。

妈死了?!

巫前程完全不知道自己的裤子已被撕开一道长长的口子，他站在路边等的士等不到，索性甩开步子，向着家的方向拼命奔跑。

跑着跑着，老家门口的那条小路就出现在他的前方。恍惚中，他突然看到母亲手里拎着一个包袱匆匆地在前面走，妈您这是要去哪里？巫前程在后面追，怎么也追不上，于是他想大声地喊，妈妈您等等我，妈妈您等等我，却怎么也喊不出声来，他看到母亲急匆匆地向前走，一次也没有回头，渐渐地，渐渐地，母亲消失在他的视线中……

遮盖天空的最后一层薄纱已经被掀开，大街上已经一片通亮。路上有行色匆匆赶去上早自习的学生，也有用板车拖着蔬菜的菜贩子，还有三三两两坐在早点铺子上围着小火锅喝早酒的人们，巫前程从他们身边风一样跑过，却没有人侧目，低头赶路的低头赶路，举杯饮酒的举杯饮酒，活在这个世上的人，每个人都有自己的生活，谁会在意裤子豁开一道口子还在拼命奔跑的人呢？

雀二姐安静地躺在床上。她真的死了吗？人死后身体不是冰冷的吗？为什么母亲的手还是那样温热，巫前程跪在床前，将她的手贴在自己的脸颊上，轻轻地摩挲。

妈没死，她是睡着了，巫前程喃喃自语。

床头柜上放着几粒药片，是安眠药。

陆梅梅递过来一张纸，是从天天的作业本上撕下来的，正方形米字格正当中写着：伢儿们对我好，但我（病）疼得没法，我自己走了。

纸的背面，还有用铅笔写的一行字：你们好好接场客。

后遗症

一

崔院长又出差了？我不信。出差、开会、下乡，区法院门卫保安糊弄那些领导不想见的来访者，总是这样一套简单而又固定的说辞。今天又碰上麻脸保安当班，也不知为什么，他只要见到我，总是气不打一处来的样子。

他侧着身子，斜坐在值班室的沙发椅上，左手朝我划桨似的直摆，说院长出差了，走，快走。我又不是上访户，我找崔院长有私事，私事都不行？我张不得嘴，只要张嘴说话他就会更加生气，黑黝黝的麻点纷纷从涨得通红的脸庞上钻挤出来，好像在作临战前的准备。

院长在外出差，你是真听不懂还是假听不懂？他起身把我往外推。

我真不是堵门喊冤的上访户。说来你们可能不信，这幢国徽高悬的庄严审判大楼的最高权力象征者——崔院长，欠我这个挑土（江汉平原方言：临时打替）的出租车司机五十万元，我是来找他讨账的。当然，钱不是崔院长借的，但他是大饼哥向我借钱所打借条上的担保人，大饼哥现在失踪了，我不找他找谁？

北湖市出租车司机一般是白天和夜晚两班倒，我选择开夜班，因为白天上班时间得去区法院蹲守崔院长。近段时间，我每天在黎明前下班，回出租屋打个盹眯上一小会儿，然后刷个牙擦把脸，胡乱往肚子里塞点东西，八点前守到区法院大门口。

你还讲不讲理？看我不肯走，麻脸保安用食指顶住了我的胸脯。

你到底走不走？我仍不动。他气急败坏，抓起了桌上的电话。

值班室里到处是破窗而入的阳光，黄里裹着红，明晃晃的，坚硬得像一块块玻璃，朝我直插过来。

跟你说了一百遍，崔院长不在，你还不快走？麻脸保安拿着话筒，但并没有拨号码。你自己说，你像不像甩不掉的牛皮糖？

我不讲道理？我手里攥着白纸黑字的借条，不吵不闹，我只是来讨账，怎么就成了牛皮糖了？我想不明白。

又停水了？卜先知进了楼道口，一股臭味猛扑过来，让他猝不及防。这幢建于二十世纪七十年代长陵市原拉丝厂的职工宿舍楼，共三层，每层以楼梯口为界，东西各三户，每层楼六家住户共用楼梯口的公共厕所。每遇停水，整个楼道里总会散发出厕所里的臭味。不过，今天臭味更加严重。楼道暗暗的，卜先知用力跺跺脚，感应灯还是没亮，估计灯泡又坏了。每次灯泡坏了，他不换没人管。该换灯泡了，他想。

卜先知摸黑上了二楼，左拐第一户就是他家。到了家门口，浓烈的粪便气味简直要把人熏倒。这肯定不是停水后厕所未冲的味道，卜先知心里立即有种不好的预感。"噔噔噔"，他借着老式手机的微光下楼，从楼下商店借来手电，对着自家大门一照，原来防盗门的铁丝网里，被人塞进了一坨坨粪便。

卜先知是城郊一家乡村福利院的副院长。不过这个副院长并不在编，说穿了只是一个负责后勤的勤杂工。他原先是长陵市拉丝厂管食堂的后勤科长，后来厂子效益不好破产，他也随之下岗，后经人介绍到福利院工作，虽只是临时聘用人员，待遇如隔夜米粥稀薄见底，但好歹也算固定饭碗，干得倒还愉快。前几天，院里两个七老八十的老院民为琐事争吵，其中一个被另一个用铁锹给拍倒在地，死了。人死了得办后事呀，院长是个甩手掌柜，给死人洗澡入殓，跑公安机关开死亡证明，到殡管所联系火化等事宜，全是卜先知一手张罗，把卜先知累得连个喘气的机会也没有。好不容易等到把逝者送走，卜先知回家取套换洗衣服，没想到碰上了这事。

两天没合眼的卜先知在福利院忙前忙后不觉得累，但此刻，他似乎听到自己体内有绳索被绷断的声音，身体瞬间垮塌下来，他一屁股坐在了楼梯坎上。好半晌，他才从衬衣左上口袋里摸出了香烟。

某种透支后的虚弱奔涌而来，与环顾左右而周遭无人的无助交会而至，他太累了。这样的日子什么时候才是个尽头？黑暗中，卜先知手里的烟头明明灭灭，发出幽幽的红光，给这个夜晚无端增添了一些恐怖的色彩。他第一次感到恐惧，这种恐惧并不来自藏匿在暗处的鬼魅一样的那伙人，而是来自一种未知，不能预知期限的未知。

不断有人咒骂着臭味走过来，黑暗中经过卜先知身边时，往往被吓一跳，但来不及辨认这个黑影是谁，便耗子一样迅速逃回自己的家。这里的住户平日大都像刺猬，随时蜷起身子张开尖刺，防御周围的每一个人，即使从厕所进出时头碰头，也只会用狐疑或冷漠的眼神交流而绝不会开口搭一句话。

很奇怪，陆续经过的人甚至尖叫着跑开，卜先知却渐渐闻不到这股臭味了。也许是强烈的窒息感弱化了嗅觉，他的鼻子、口腔、喉管、肚腹，整个呼吸通道被一股空虚之气压制着、挤占着、填充着，渐渐形成一个自然的封闭。等循环上行时，这股空虚之气开始撞击大脑，一波接着一波，一波比一波强烈，他感到头痛。这种头痛很奇异，先是后脑皮层的颤动，再是整个头部有重重的紧箍感，接下来是一阵阵的撕裂痛……他开始有些恍惚，想挣扎，四肢却瘫软无力，想大喊，张着嘴却发不出任何声音，时而清晰时而又模糊的画面在脑海里不停地晃动：他家墙壁进户的电视闭路线被人用斧子齐刷刷剁成一小段一小段；窗户玻璃被击穿，石块掉在了客厅的地板上；楼梯里总是经常站着一个人，左邻右舍好奇地问他干啥的，他低着头压低声音恶狠狠地回应，老子啥也不干，站这里还犯法？

等卜先知恢复了清醒，他知道，刚才的这些片段并不是自己头痛时的臆想，而和今天门被塞入粪便一样真实存在。四年了，邻居们对此一直莫名其妙，但卜先知心里再清楚不过，他摊上事了——他曾在冲动之下干了一件"憨宝"事，这些都是人家在搞报复。

我总算弄清楚了，难怪平时不见崔院长从大门进出，原来只要有牛皮糖上门，他就不走大门，而是通过办公区与家属院相连的另一条通道进入办公室。这个大院里，四处都有他的眼线。

我不得不改变策略，到区法院对门的小卖部去蹲守，就是蹲出个坑来，也要守到崔院长——我太需要借条上的这五十万了，这是我儿子买房的首付款。儿子今年三十岁，老话讲三十而立，要是连个落脚的窝也没有，能立得起来？他是江城一家私人建筑装饰公司画图纸的设计员，底薪低得可怜，全靠画图纸拿提成，我要是不支援他，他就是画一屋子的图纸也买不起一个屋子，你说我能不急吗？

腰再疼，也得撑着。我站在小卖部的窗户后面，两眼死死盯住法院大门，像一个潜伏在黑暗里的狙击手，时刻等着目标出现。我得到消息，今天区人大要来法院视察，按惯例崔院长要亲自到大门口迎接视察组。我的机会来了。

说实话，我以前从没想过自己这辈子还会和法院打交道。更想不到以前和我称兄道弟的崔院长，翻脸比翻书还快。我第一次来区法院求见，他不见我，并通过手下人传话，他根本不认识"莫厚实"这个人。

你叫莫厚实？

嗯。

那请你出示身份证。

我出示不了。传话人用鼻腔呵呵一声，一个连身份证都没有的人凭什么说崔院长是借款担保人，到人民法院这个法理至上的地方，讲这种没凭没据的话真是荒谬透顶。

还有一次，我跟着一个上级工作组混进了办公大厅，还没来得及上楼，就被保安识破并拦下了。闻讯赶来的院办公室主任一副惊魂未定的模样，恶狠狠地用手指着我说，你是谁？谁批准你进入办公区的？你这是干扰审判机关的正常办公秩序，我现在可以拘留你你知道吗？边说，边紧张地朝旁边的一干法警努嘴。两个年轻的法警立马会意，像架送疑犯上庭一样迅速架住了我，把我拖出法院大门，扔在了马路上。

好好好，你们都是讲理之人，那今天我就给你们讲讲理。

挨到十一点，我看到崔院长领着几个人从大院里走了出来，走到法院的正大门口，恭候区人大视察组的到来。我现在和崔院长只隔一条马路，我可以跑过去抓住他不放，但我清楚，这并不是向他讨债的最佳时刻。

我要把握时机。有时候时机比努力更重要。

很快，一辆香槟色的考斯特驶了过来，停到了区法院大门前。车门打开的瞬间，我知道该我出场了。

崔院长——我快步走到考斯特跟前，站在崔院长背后，轻言细语地喊他。

崔院长正全力调动面部饱含油脂的肌肉，组合出不同层次的笑容，和考斯特车上陆续走下来的代表们握手致意，根本没有在意身后的我。

崔院长——我又喊。

唉！崔院长应了一声，带着笑容转过身子，惯性地朝我伸出了手。但看清我那一刻，他脸上的笑容瞬间凝固了，一丝不易觉察的惊慌在那片旺盛的油脂上一闪而过，但顷刻恢复了镇定。

老莫，你好！边说，崔院长把原本缩回去的手又伸了出来，同时，两眼的目光躲开了我，不停地向四周张望。人大视察组一群人眼光齐刷刷地向我俩投过来，他们也很奇怪，怎么突然冒出个莫名其妙的人和崔院长打起了招呼。

他竟然还知道我是老莫？他竟然还记得我这个身份不明的人？

崔院长，您先忙，关于那五十万块钱账的事不急，等您闲时再说。

我故意当着视察组的人大声说道，但语气相当节制又有礼节，因为我不能被人家扣上干扰办公秩序的帽子，否则主动沦为被动了。有朋友教过我，我只需要经常在这种重要场合"提醒"他，随时进行敲打，相信以他的身份，他不得不有所忌讳，进而给我解决问题。

那好那好，再说再说。崔院长的脸部肌肉抽搐了一下，但色彩斑斓的笑容随即在那片旺盛的油脂上铺展开来。

二

"憨宝"是卜先知前妻傅秋秋对他当年一次酒后冲动的评价。其实，按现在的时髦话说，那是货真价实的见义勇为，满满的正能量，在长陵市名噪一时，还上过电视和报纸。关于卜先知英雄救美的版本有很多，但都离不开一个基本事实：拉丝厂干部卜先知和两个同事下班后在小酒馆喝酒，酒后跌跌撞撞回家，途中卜先知尿急，钻进中山公园小树林里小解，而两个同事在公园东头的小卖部买烟。卜先知小解完，从树林里出来时，恰好遇到一个流氓正欲非礼一个下夜班的纺织女工。也许是酒精上头，也许是豪气驱使，平时走路怕踩死蚂蚁的卜先知竟然冲上前与流氓做英勇搏斗，被流氓一板砖拍倒在地，在随后赶到的两个同事的帮助下，卜先知等人将流氓制服，扭送进了派出所。

先知，那个姑娘生得乖致不？厂里人总是笑着追问他。

这……这，黑灯瞎火的，光线又暗，我还真没有过细看。卜先知说的是实话，当时处在混乱中，不要说那女孩长什么样，连流氓的面孔他也没看清。

亏了。大伙纷纷嘿嘿笑，有点遗憾。

长陵市电视台和报纸称卜先知为英雄，大家也跟着叫卜英雄，这把卜先知叫得浑身好不自在。自己其实胆小，在他心中英雄都是像鲁智深和武松那样大碗喝酒大块吃肉的响当当的好汉，自己平时杀个鸡连刀都拿不稳，也能称英雄？当时要不是灌了点酒脑子发热，敢不敢拢边还真不好说呢！每每回想起来，卜先知从没有得意，有的只是后怕。

英雄个屁，两杯"猫尿"灌昏了头！还是傅秋秋了解自己的男人。每有熟人叫卜先知英雄，她总是把这句话接在后头，既是一种谦虚，又流露出些许对男人的赞赏。当时流氓手里本来拿着匕首，不知怎么被打落在地，流氓随手又捡起一块砖头，向卜先知发起还击。好在卜先知躲得快，仅仅脑门挨了一板砖，除被拍成个脑震荡其他无碍。这毕竟也算积善行德的好事么，傅秋秋在责骂男人"憨宝"的同时，心里也乐呵呵的，还是有些受用的。

除长陵市见义勇为基金会颁发了一张荣誉证书，英雄卜先知救人事件在喧嚣过后，很快冷清了下来。听说流氓后来被判了刑，他的名字叫什么、是哪里人、坐几年牢，卜先知通通不清楚。他不关心这些，也懒得去打听，甚至不愿意别人提起。被救的姑娘家倒是在事发后不久的端午节，通过中间人来到拉丝厂，向救她的三人送上粽子和食油，表达感激之情。她本人却始终没有露面，说是姑娘家家的怕影响以后的生活。这些，卜先知都能理解，他原本也认为自己就是一时冲动，根本没想过回报，他不在意。

但傅秋秋在意。刚开始，有媒体轰炸式的采访和铺天盖地的赞誉，这都好说，虽然对卜先知的英雄壮举连一分一厘的奖金也没有，但好歹也没有什么损失，她也没有太多怨言。自从家里经历了几次恶作剧似的报复，她才反应过来，家里这个憨宝，摊上事了。

看你干的叫个么事？每次遭受报复，惊恐的傅秋秋就会把一张嘴长在了卜先知身上。一个红本本，能当饭吃还是当水喝？能保你不下岗？

那时候的卜先知已经下岗在家，靠给一个私营钢材小厂打工为生。不仅拉丝厂的铁饭碗没能保住，他的身体也落下严重的脑震荡后遗症：经常性头痛，记忆力也严重下降，时常丢三落四。有一次，在菜市场买菜，掏了张百元的票子买一把青菜，对方找零他竟然忘了接，回去被傅秋秋好一顿臭骂。本来卜先知的语言表达能力就差一些，和别人争论某个事，简直开不得口，开口舌头就像被夹子给夹住了，往往是满肚子的话盘在嘴边，就是说不出个所以然，因此绝大多数时候，都只有傅秋秋开腔的份，任她一个人滔滔不绝，说得卜先知耳朵都快要生茧。有一次，他被逼急了，反问傅秋秋，要是被欺辱的是你，你还会不会说救你的男人是憨宝？

傅秋秋哑口无言。作为拉丝厂下岗人员家属，她眼里能看到的只是自家大门上被涂抹的鲜红油漆、被石子砸烂的破窗户和楼下晾衣绳上屡屡丢失的衣服，至于当初的被欺辱对象如果换作是她该怎么办，这还真没想过。

夜里接了个长途活，回到北湖市区时，天空已经泛起了鱼白。沉睡了一晚，这个有着上千年历史的古老城市正在醒来，我却困得要睡着了。进了出租屋，我把一把挂面扔进电饭锅里，趁这个空当赶紧刷牙洗脸。刚将暖水壶的热水倒进脸盆，儿子来电话了。

莫厚实同志，你答应的房子首付款到底什么时候可以到位？自前年儿子和我恢复联系后，他一直叫我"莫厚实同志"。我并不恼，只要他还愿意叫我，我心里就欢喜。

快了，快了。我一手握着手机回应他，一手用筷子从锅里捞面条。面条煮过了，瘫软，老是夹不住。

到底有没有，请你给句话，免得人家有指望。"嘟——"不等我回答，儿子挂断了电话。

儿子所说的人家，是他谈了一年多的女朋友，长得啥样我没见过，据说和儿子是同行。虽说儿子 211 大学毕业，不比她读的普通二本学校差，但人家在江城一家规划设计院工作，有事业编制，属于铁饭碗，儿子要能娶到她也算是攀高枝了。人家对咱没挑三拣四，唯一要求是希望结婚时男方能付房子首付，并很体谅地表态余下贷款两人婚后慢慢还，这个要求过分吗？

从他十岁起，你没陪他逛过公园，没陪他打过球，甚至没接送他上下过学，一次也没有。这么多年，他在父爱缺失的环境中长大，即便如此，孩子仍然靠自己努力考上了名校。孩子的成长你不管，现在孩子需要买房家长帮着出首付，这个要求过分吗？傅秋秋在电话里问我。

在这个拼爹的时代，儿子知道自己没爹可拼，大学毕业后，自个在江城租房子、找工作，哪一样让你操过心？儿子事业处于上升阶段，将来肯定能有大发展，但神舟飞船上天也得有个发射架不是，你连基本平台都不给他提供他怎么发展？这个要求过分吗？我也无数次地问自己。

儿子一直在记恨我，我活该。在他心里，我这个做父亲的一直在逃避，在逃避那伙人，在逃避困难，在逃避危险，还逃避了一个父亲应负的责任。你不是长陵市家喻户晓的卜英雄吗？一个十二三岁的孩子都敢在受到侮辱时愤然还手，一个见义勇为的英雄怎么可以被几个下三烂吓得落荒而逃？一个连老婆孩子都可以抛弃的人，算什么英雄？我知道，我们父子俩这些年的隔膜与生疏，不是一两句解释的话语就可以消弭的，我只能等待，等待时间来融合，别无他法。

这些年，我等呀等，等到儿子大学毕业，等到儿子参加了工作，儿子确实对我的态度慢慢有了一些变化：他开始和我偶尔通个电话了，虽然他嘴上叫我莫厚实同志，虽然只有三言两语，但我理解那是一种宽容与接纳，因为他打小就要强，说不了那些温言软语。对此，我由衷感到惊喜，这世间还有什么比曾经冰冷的父子情开始复苏更令人高兴呢，为了儿子，我承受的所有委屈和痛苦，都值了。

三

大饼哥的学名估计整个北湖市也没几人知道。之所以人称大饼哥，在于他最擅长给人"画饼"。当年，大饼哥也给我画了一个饼：他新承接了北湖市峡江集团职工安置房工程，前期需要垫资，而他手里同时开工的工程太多，资金有点周转不过来，找我借点钱。

大饼哥是我在饭店当"莫总"时认识的建筑老板，他从小包工头做到建筑总包商，一路风生水起，毫不夸张地说，高峰时期，北湖市的建筑工地上到处都有他的脚手架。工程越接越多的大饼哥，车换得也越来越快，除第一辆二手普桑开的时间长点外，后来的丰田、途锐、林肯，衣服似的换。开普桑时，车子还经常在泥堆里打滚，到了途锐和林肯，车上就不再落一点灰尘，整天锃亮可鉴。

刚开始，大饼哥在丰田车里给我画饼，我不接招；后来，大饼哥在途锐车里给我画饼，我仍没有接招；再后来，大饼哥在林肯车里给我画饼，我抵挡不住，接招了。一个有着上亿身家的建筑总包商，能骗你那区区几十万？我身边人都这么说。但最终我能放心把自己的所有积蓄借给大饼哥，是因为当时大饼哥的林肯车里还坐了一个人——区法院的崔院长，也是我还是"莫总"时的老朋友。崔院长说，朋友是干什么用的，不就是用来添麻烦的吗？对我而言，这句话比大饼哥画的饼重要。更重要的是，崔院长愿意做担保人，并在借条上签下了自己的大名。法院院长的担保签名就像一根钢钎，把自己的钱钉在了大饼哥的工地上，还有哪阵妖风掀得翻吹得走？

拿到借条第二天，我亲手将五十万现金送到大饼哥手里。当时大饼哥和崔院长正在茶楼打牌，我站在棋牌室门口等，他抽空下场，接过装着现金的旅行背包，大气得连数也懒得点验，转身又上了牌桌。

万万没想到的是，才半年时间，大饼哥居然失踪了。一时间，各种小道消息满天飞，有说是赌博被"做了笼子"，输光了家产；有说是工程投资失败，资金链断裂跑到了国外；还有的说涉及某位已落马官员，被纪委喊去喝茶去了，总之下落不明。他最后一次露面，是春节前半个月，有人看到他的林肯车出现在一个政府经济适用住房的建筑工地上。马上又有消息灵通人士透露，他在跑路前把最后一笔政府工程进度款也卷走了。

　　刚到福利院工作时，过惯工厂集体生活的卜先知很不习惯。拉丝厂车间的机器冰冷，但源源不断散发出生活的热度。而福利院里的院民虽三五成群，却个个像掉队受伤的孤雁，时常充斥的争吵声、嬉闹声、打斗声，也像极了某种最后的哀鸣。衰老和暮气，变成了看不见的尘埃，附着在福利院每一个人身上，卜先知也不例外。

　　每次周末回家，傅秋秋总是让卜先知把全身脱得干干净净，方才允许进门。刚开始，傅秋秋这些要求卜先知都能坚持，他好歹当过后勤科长也是个讲究人，但后来卜先知和傅秋秋还是分居了。分居的原因，既不是两人感情出现了问题，也不是卜先知身上的暮气败坏了夫妻生活兴致，而是傅秋秋在拉丝厂职工宿舍楼住不下去了。她害怕得要命。卜先知英雄救美后不久，总有人针对他家，在暗处搞破坏。搞破坏的人经常在家门口留个小纸条，用钉子钉在门框上，上面写道："某月某日，你命不保。"时间跨度往往十天半月到三个月不等，弄得他俩在这期间提心吊胆。到了纸条所写日期前一天，傅秋秋门都不出，甚至连楼道口的厕所也不敢上，听到楼道有脚步声心就会提到嗓子眼，严重时会紧张得冲进厨房，把菜刀抓在手里以寻求安全感，虽然每次到最后并无什么事发生，但这样的次数多了，巨大的心理压力让傅秋秋变得格外敏感多疑，没多久就患上了神经衰弱症。

　　傅秋秋受不了这种惊吓，一气之下带着儿子搬回娘家去住，惹不起我总躲得起。卜先知呢，反正福利院杂事多，不是这个智障院民偷偷溜出了院子，就是那几个院民为饭里少分得一块肉争吵打斗，事事离不了他，干脆抱着被子住到了院里。有了卜先知这根定海神针，院长乐得自在，"三缺一"的电话一来，犹如蚂蟥听到水声，立马夹着包出门，大大小小事情通通扔给了卜先知。

　　这天，院里百岁老人刘老太婆寿终正寝驾鹤西去。按本地习俗，要请道士，打丧鼓，为逝者做一场法事。刘老太婆一辈子没能生育，也没有侄男侄女，只有一个姓马的继子，是她早逝的第三任丈夫的儿子，听说在邻近的北湖市某所大学当老师，但有好几年没来福利院看望过刘老太婆了。

不管怎么说，马老师是刘老太婆的唯一关系人，刘老太婆现在去世了，知情权他还是应该有的。卜先知通过院里留存的资料，与他取得了联系。马老师称自己正在外地出差赶不回来，继母后事全权委托福利院处理。

刘老太婆生前与世无争，但她对福利院有一个请求：死后要土葬。这话，她对福利院多任院长说过，哪晓得那些院长都死在了她前头，而她却在这人世不紧不慢地活着。现任院长接手后，刘老太婆张着只剩下两颗牙的嘴，"啊""啊"再提这事时，院长总是呵呵几声，似乎她已经老得不需要再给承诺了。刘老太婆在世时，卜先知每天都要上她的房间，看看老人的起居。刘老太婆耳背，他还要扯起嗓子在她耳边问候几句，老人也会"啊""啊"回应几句谁也听不懂的话。

一个百岁老人，生得卑微，活得寡淡，死后连个送行的亲人也没有，甚至连请道士超度亡灵的积蓄也没有，怎么办？还有，卜先知知道刘老太婆的遗愿，究竟是烧还是埋？卜先知将刘老太婆的遗体抱进冷棺后，打电话向院长请示，奋战在牌桌上的院长没有耐心听他汇报，说了句"放一夜拉去烧了"，挂断了电话。

刘老太婆老得连时光也几乎忘记了她。她如草芥般独自生长了一百多年，这是一种何等漫长的残忍？从三十多岁起，她没有任何一个血亲存活在这个世上，只剩下她独自留在这阳世，这又是一种如何蚀骨的孤独？

卜先知带着几个头脑还算正常的院民把灵堂布置好，决定自己掏钱给刘老太婆请两个道士，哪怕是装模作样走走形式，能有人在她棺木前念念经，一个人在人间的最后一程也算是圆满了。

福利院有固定合作的道士队伍。很快，两个身穿阿迪达斯运动T恤的小伙子开着自己的长安奔奔来了。下了车，他们麻利地换上道袍，支起一张破桌子，摊开黄表纸，用软笔开始写"包袱"。

刘老安人的生辰八字？一个道士问。他头上戴的庄子巾檐下，还露出了一缕黄头发。

没人接话，一群挤在灵堂里与其说悼念不如说来看热闹的院民无人作答。卜先知这才想起来，刘老太婆生前曾经交给自己一张发黄的小纸条，上面有她的生辰，叮嘱他等她百年之后，一定要按上面记载的日子写"包袱"，千万别弄错了，弄错了阎王爷会不收自己。卜先知怕自己杂事多弄丢了，便把它夹在了自家相片镜框的背面。

灵堂里到处乱糟糟的，卜先知走不开，便打电话给傅秋秋，麻烦她回趟家，把纸条上记载的日子用短信发过来。

春节将至，大街小巷开始有了节日的喜庆气氛，车站码头到处都是返乡探亲的乘客。流动人口增多，出租车生意就好，我虽然累，心情却好了很多，虽然多挣的这点钱对儿子购房的首付款来说是杯水车薪，但多一个子总比没有强。

有消息传来，大饼哥的合伙人在大饼哥跑路后，又苦苦支撑几年的建筑劳务帝国终于在今年春节来临前彻底倒塌了。工人们开始有组织地到北湖市政府大楼门前讨薪。犹如一个脓包被挑穿，最迫切的是需要消炎以防止感染。大饼哥长年借用资质的北湖市安厦建筑集团成了最有力的消炎药。市政府责令安厦集团负责兜底。对安厦集团来说，这既是一场危机，也是一次展示实力和打响品牌的机遇。关键时刻，安厦集团表现出集团雄厚的实力，立即安排财务人员，用卡车拖着一摞摞大红的现金钞票，齐整整地码在各个工地的简易作业台上，凭记工单给工人们发放工钱。

只要是我集团名下的工地，永不可能拖欠农民工一分一厘的工钱！安厦集团董事长亲自站在作业台上，向整个北湖市宣布。

这无疑是个好消息。伴随这个好消息来的，还有儿子的电话，他告诉我，江城新的地铁规划线路要经过上次看好的楼盘附近，房价可能要大涨。地铁线路怎么规划我不关心，但十几年来儿子第一次叫我爸爸，我却听得真切：爸，我和那个楼盘做设计的老总有交情，他答应我先交一部分预付款，就能按现在的房价把房子给我预留着。儿子在电话里兴奋地说。

从当年我离开长陵市那天起，儿子就没有再喊过我一声爸。哪怕后来有了联系，他也不叫我爸，而是叫我莫厚实同志。我不怪他，我有什么资格责怪他呢？这些年，除给儿子定时寄生活费，我为他又做过点什么呢？儿子现在叫我爸，我竟一时不知所措。接到儿子电话时，我正开车前往安厦建筑集团发工钱的工地，挂了电话，我把车停靠在路边。

我仔细回忆了几遍，没错，儿子叫的是"爸"，千真万确。上一次儿子这么叫我，还是用他稚嫩的童音，现在突然有一个成年男子叫我"爸"，我不禁眼眶一热，大颗大颗的泪落了下来，落在了方向盘上、双腿上、胸膛上……

当我挤进里三层外三层的领薪人群后，很快被人轰了出来：安厦建筑集团只负责兑付农民工工资，大饼哥公司的其他债务一律不予受理。

我瞬间蒙了，像一个大海里的溺水者，千呼万唤，好不容易有一艘轮船朝自己驶了过来，但从身边经过并没停下，连救生圈也没扔一个。对着那些带着恩赐般笑容的安厦集团工作人员，我本来还要说明自己的特殊情况，但来不及再张口，就被后面蜂拥而至的人群给推搡了出来。

我觉得自己再次被遗弃了。曾带给自己巨大希望的那艘轮船远去后留下的波涛，毫不留情地劈开原本苍茫但还算平静的海面，我的双手本能地想抓住点什么，却什么也抓不住，我感到自己被卷进了一个深不见底的漩涡，在激流中上下沉浮，很快失去了知觉……

晕倒在地的我很快被人搀扶起来。我的额头上冒出密密麻麻的汗珠，手有些轻微的颤抖。我记得周围有人问我，你怎么了？我说，没事。又有人问，要不要打120？我赶紧摆摆手，这不过是当年被流氓板砖拍过的脑震荡后遗症，并无大碍。听了我的遭遇，有人给我出主意：上法院，打官司。电视上法制节目里不是经常说吗，公民要学会拿起法律的武器捍卫自己的权利。

提到法院，我又想起崔院长。崔院长现在成了唯一的救命稻草，说什么也要抓住。在我看来，这不仅是五十万块钱的事，某种意义上说，这是儿子在江城继续与"别人"交往的前提条件，也是儿子未来二十年生活的质量保证，更是我与儿子修复父子关系的资本。

但崔院长仍不肯见我，显然上次我的突然出场并没能给他带来什么压力。无论什么时候，我给他打电话，他总是让我别着急，语气的轻重缓急一如平常。只不过，对我的称呼，从"厚实""莫总""老莫""莫厚实"，变成了现在的"哦"。

哦，大饼哥又没长翅膀，飞不到哪里去，你放心！崔院长接到我的电话，不紧不慢地说。

他这狗日的是在忽悠你，告他！周围的人都这么对我说。

四

十几个痴傻呆的院民把停放刘老太婆遗体的小屋挤得水泄不通，有傻笑的，有大叫的，还有的在拉扯冷棺上的塑料花，卜先知呵斥加打手势，才制止住这个，那个又将道士画好的符扔得满地都是。

傅秋秋的电话打过来了。手机听筒先是传来阵阵抽泣声，卜先知问怎么回事，她不肯说话，只是沉默。卜先知心里顿时生出不好的预感。

秋秋，到底怎么了？电话那头还是寂寂无声。

镜框背后的纸条你找到了吗？卜先知又问。

我受不了，傅秋秋突然在电话里放声大哭，我真的受不了了！

卜先知带着福利院炊事员小苏匆匆往家赶，到了楼下，远远就看

96

到站在楼梯口抽泣的傅秋秋。

你个憨宝，瞧你干的好事！待卜先知搂过傅秋秋的脖子，她的身子还止不住颤抖。

卜先知不敢说话，只是紧紧搂住了她，待她心情平复下来，才得知事情的原委。原来，傅秋秋从娘家赶过来，看到几个陌生的年轻人正蹲在自家门口。他们嘴里叼着烟，一副吊儿郎当的样子，看到傅秋秋走过来，直勾勾地盯着她。傅秋秋心里直打鼓，但毕竟在自家门口，于是壮着胆子问，你们蹲在人家门口干什么？见来者不善，她留了个心眼，故意说"人家"，意思是自己只是隔壁左右的住户。哪晓得这群人上下打量了傅秋秋一番，其中一个人阴冷冷地说，你是卜先知的老婆傅秋秋吧！这一问，惊得傅秋秋连汗毛都竖了起来，慌乱中她也不知胡乱回应了一句什么，便赶紧下楼，躲进了楼下的商店里。过了好久，看到那伙人走远了，她才敢拢了过来。

你这辈子，算是被人用万能胶粘上了。傅秋秋从卜先知怀里挣脱出来，哭着走了。卜先知没有追，示意小苏护送她回家。

卜先知这辈子是不是被人用万能胶粘上不知道，但他家的锁芯真的被人灌入了万能胶。天色已晚，街上开锁的早已收了摊，两个道士还等着要刘老太婆的生辰八字呢，写不了"包袱"，超度的系列法事活动自然无法启动。卜先知心里憋屈，顺手抓起走廊里的一根铁棍，三下两下捅开了自家大门。

卜先知带着纸条回到福利院，灵堂里已经开始吹吹打打，嘈杂声一片。有了亡人的生辰八字，两个年轻道士开始上蹿下跳，嘴里念念有词起来。院民们也很欣喜有这样热闹的机会，纷纷跟着起哄和打闹……

刘老太婆的丧事办完后，卜先知也冷静了下来。他独自回到拉丝厂的家里。屋子因为长期无人居住，通风不够，空气中弥漫着腐朽沉闷的味道。桌椅上布满了灰尘，呈现出一派衰败的迹象。但家再破，终究是避风的港湾，而这港湾如今风雨飘摇，人心又怎能安宁？忍一时可以，能忍一辈子吗？无数个夜里，卜先知反复问自己。

报警。

下定决心的卜先知拨打了报警电话。很快，辖区派出所的高警官带着一名协警赶到卜先知家里，他极为耐心地听完了全市表彰的见义勇为先进个人关于这些年所遭受恐吓与骚扰的讲述。

这是赤裸裸的报复。高警官非常气愤，我们的社会怎能让英雄流血又流泪？他是部队侦察连连长转业，责任心强，还能吃苦，决定亲自带人蹲守，一定要将这伙人绳之以法，还英雄一个安宁的生活环境。

说来也怪，那伙人似乎长了千里眼，自打高警官的破吉普停到卜先知家不远处的废旧仓库隐蔽蹲守后，长达一个月的时间，那伙人好像从卜先知的生活里消失了，再也没有露过面。

在警方强大的威慑下，终于送走了瘟神，傅秋秋欢天喜地地带着孩子又搬回了家。

但好景不长，在高警官撤走后不到一周，卜先知家的窗户上，又被人糊上几条还带着经血的卫生巾，远远看去像一张张着血盆大口的嘴，嘲笑着这一切。没办法，卜先知只得又去找高警官反映情况。简直是对警方的挑衅，高警官怒不可遏，继续带人蹲守，而那伙人依然像闻到风声一般，又消失了。

反复几次后，高警官也失去了耐心。更要命的是，前后两个月，他都只是听卜先知描述，而连那伙人的影子也没看见过，因此没有理由不对卜先知反映问题的真实性产生怀疑。

老卜，你有什么要求可以直接提出来。高警官说。言下之意，卜先知是抱怨自己的见义勇为只受到精神奖励而没有物质奖励，一直抱有怨气。

请抓住他们，抓住那伙搞报复的人。开始，卜先知并没有听出高警官话里有话。

国企改革下岗分流是大势所趋，但一码归一码……高警官听人说起过傅秋秋对卜先知下岗有埋怨，进而给他做起了思想开导工作。

好半天，卜先知才明白高警官话里的意思，他有点哭笑不得。但卜先知也不清楚那伙人为什么能把高警官每次出警的时间掐得那么准，面对高警官的合理怀疑，他有苦说不出。

要不，等他们再出现时你及时给我打电话吧？高警官还是对卜先知的解释将信将疑。他丢下这句话，开着自己的破吉普走了。

高警官前脚走，傅秋秋后脚收拾娘俩的衣服，头也不回地重新搬回了自己的娘家。

借款条上的债主是"莫厚实"，而我怀里揣着的是"卜先知"的身份证，这个官司怎么打？

你们应该能猜出来，不错，莫厚实和卜先知都是我。前者是我现在的名字，后者是我身份证上的名字。离开长陵市后，我先后换过很多名字，但使用时间最长的还是"莫厚实"。

我是怎么从卜先知变成莫厚实的呢？这以后再说。话还接着卜先知也就是我之前的遭遇往下讲。傅秋秋搬回娘家不久，那伙人竟跟了过来，报复行为持续进行，把我岳父一家人也搅得不得安生。有一次，傅秋秋大哥晒在阳台上的腊肉腊鱼被撒上了一层石灰，大嫂不是省油的灯，站在阳台上跳起脚骂，骂完搞恶作剧的人，接着又说一大堆"家里出了个英雄，全家跟着沾光"的怪话，句句都朝着傅秋秋的房间说。傅秋秋又不傻，当然听得出大嫂话里的阴阳怪气，但她能忍，给大哥家重新腌肉腌鱼不说，赔礼的话又说了一大箩筐，说得大嫂眉头散开才算罢休。但后来，这伙人嫌恶作剧还不够，发展到要帮我和傅秋秋"接"孩子。有一天，我和傅秋秋同时接到一条短信，内容是卜院长您工作太忙，儿子放学回家要不我们帮着来送？留言中还注明儿子的体态特征和当天的穿着，精准程度让我俩倒吸一口凉气，说明这伙人无时无刻不隐藏在我们身边啊！搞搞恶作剧式的破坏也就算了，但儿子是傅秋秋的底线，任何一个当母亲的都不能容忍将自己的孩子置于危险之中，傅秋秋的脾气没处发，当然只能发到我的身上。

你还说你不是憨宝？她指着手机短信问我。

我自知理亏，不敢抬头看她。

你不叫先知吗？傅秋秋把手机狠狠地朝我砸来。

傅秋秋再咆哮再歇斯底里，我也没有什么办法，只能勤往派出所跑。高警官懒得再蹲守，让我自己想办法去抓，说如果抓到那伙人，扭送到派出所肯定严惩不贷。这话等于没说。那伙人鬼魅般地存在，好像能算准我的日常作息时间，始终不和我正面接触。我就是再有和他们作誓死斗争的决心，但拉满弦的弓没有出箭的方向，只能干着急。

这么一想，傅秋秋说得没错，自己的确是个憨宝，天底下最可悲的憨宝！看来自己当初还是太冲动，好好的喝什么酒？喝酒就喝酒，耍什么酒疯？

实在过不下去了，我和傅秋秋离了婚。

五

莫厚实准备打官司，首先要解决名字的问题。有人给他指了条路，到公安机关开具证明，证明"莫厚实"是卜先知的曾用名就可以了。

莫厚实来到辖区派出所办证服务大厅，时间是下午，前来办事的人并不多。窗口坐着几个身穿协警服装的小姑娘，正你一句我一句聊热播的韩剧里的男主人公。

莫厚实把头凑近窗口，说明自己的来意。姑娘们正聊得起劲，兴致突然被破坏了，一个还在涂指甲油的小姑娘打断他的话，极不耐烦地向窗口外甩出了三个字：不清楚。

那我要到哪里去办理？莫厚实不甘心地问。

那谁知道？另一个小姑娘瞅了他一眼。

公安机关管理公民身份信息，你们怎么会不知道？莫厚实很不满意她们的态度，不自觉地提高了声音分贝，整个大厅里的人都聚拢过来。

你的素质怎么这么差？公共场合吵什么吵？一个保安走过来，拽住莫厚实的胳膊，把他推出了门外。

夜色爬上出租屋的窗户，外面渐渐暗了下来。莫厚实懒得开灯，一根接一根地抽烟，抽着抽着竟然打起了瞌睡。他昨晚拉客拉到天亮，今天白天也没休息，将近一整天没合眼，实在是太困了。原本晚上他要接车，但白班师傅跑了一个长途，返回途中在高速上塞了车，和他调了个班。也好，莫厚实想，今晚可以好好睡个安稳觉。

不知什么时候，莫厚实被一阵剧痛疼醒，原来香烟烧到了他的手指。

饿。被疼醒的莫厚实肚子有了饿的感觉，才想起白天还没能顾得上吃饭。

莫厚实漫无目的沿着街边走，想找点吃的填肚子。走着走着，走到了北湖市最近几年火起来的乔记牛肉拉面馆门口。虽已是晚上八九点，但拉面馆门口仍然排着长队。既然走到了跟前，莫厚实没多想，顺势加入了排队的队伍。

乔记牛肉拉面馆虽然称"馆"，但规模不小，四层楼，内设几十个包房，主食为拉面，同时经营各种小炒和卤菜。馆内人声鼎沸，食客脸上除了满足就只剩下期待，唯有莫厚实没有任何表情，机械地跟着队伍朝前挪动。

莫厚实并没有心情吃特色牛肉拉面，他只是太孤单。之前独居了十几年他不觉得，现在才知道，无助才是真正的孤单。把自己塞进这人群，哪怕是形式上的喧嚣，也好。

莫总，有人喊他。

莫厚实一下子没有反应过来，已经很久没听到别人叫自己莫总了。

莫总，一个右额头密集长着一丛雀斑的女人走到他跟前，兴奋地叫他，莫总，你不认识我了？

叫我吗？莫厚实四处张望，确信对方是在跟自己打招呼，但他还是不敢答应。这个女人是谁？他在脑海里打捞过去的记忆。

我是老乔的老婆啊！对方的眼神一闪一闪。

老乔？莫厚实一下子还是想不起来。他的记忆力越来越差了。

老乔，以前给你酒店送煤气的老乔！雀斑女人开心地帮助他回忆，你救过我们老乔的命。

送煤气的老乔？莫厚实想起来了，以前给兴和顺酒店送煤气的是姓乔。对，对，他的老婆确实额头上有一丛雀斑，自己还给她送过钱。莫厚实仔细端详了一下对方，老乔老婆脸上的雀斑还是那么多，只不过，脸色较以前白净多了。

莫总，楼上请。老乔老婆拉着莫厚实上了二楼最东头的套间，是这家面馆的总经理办公室。

一进办公室，莫厚实就看到当年送煤气的老乔，正坐在宽大的真皮老板椅上闭目养神。老乔，你看谁来了？老乔看到莫厚实，先是一愣，继而惊喜地喊道，莫总，不，不，恩人，什么风把您给吹来了？说着，上前把莫厚实紧紧地抱住，眼里还泛出了泪光。

老乔把莫厚实喊恩人，是有原因的。那年，老乔和老婆才从乡下来到北湖市，靠每天骑着个破自行车给人送煤气为生。有一天，老乔在送煤气的途中被一辆货车给撞了，货车司机肇事逃逸，老乔被送到医院抢救，但人还没出 ICU，老乔老婆缴纳的五千块钱便用光了，医院反复催家属续费，否则停药出院，把老乔老婆急得呀，一个人悄悄地坐在医院广场的华佗雕像下流眼泪，她身上当时已是一个子也找不出，在这个城市两口子一无亲二无故，想找个借钱的对象也没有啊！

不幸中有万幸，正在这时候，莫厚实打老乔电话，让老乔送煤气。老乔电话在老婆手里，她哭着对莫厚实说，老乔怕是再也送不好煤气了。莫厚实连忙问，出了什么事？老乔老婆一五一十把情况说了。莫厚实听了说，要不这样，你先到我这里拿三千块钱去续医药费，能挺一阵是一阵，不行我再来想办法。后来，公安机关及时破获了这起交通肇事逃逸案，医药费有了着落，一个月后，老乔伤好出院。莫厚实关键时刻给老乔的救命钱，用老乔两口子的话说，这一辈子也忘不了。

老乔打了个电话，拉面馆值班经理马上来到办公室。老乔吩咐，除喝酒的凉菜热菜外，将拉面馆所有口味的拉面都上一份，他要陪恩人痛饮，不醉不休。

当年瘦得风都可以吹走的老乔，如今已肩阔腰圆，肚子高高隆起，一副成功男人派头。至此，莫厚实才知老乔正是"乔记牛肉拉面馆"的老板。

说来也怪，老乔这几年的财运，真是门板都挡不住。他原先租住在城南叶子巷，巷里有个开拉面馆的，每次都找他送气。老乔人老实，送的气质量又好，从不缺斤少两，时间一长就和拉面馆老板成了朋友。有时候到了吃饭的点，老乔正好路过拉面馆，便吃碗拉面当正餐。拉面味道不错，但拉面馆地段不太好，所以生意一直不咸不淡。老乔身体恢复后，干不了重活，正好遇上拉面馆转让，老乔靠着车祸赔偿款，就把拉面馆给盘了下来。别的门面转让只转房子，拉面馆老板把做拉面的技术也一并转教了给他。

说来也怪，拉面做法没变，但生意突然火爆了起来，每天都有人慕名前来吃老乔做的牛肉拉面。经营了两三年，积攒了一些积蓄，老乔将门面迁到当街上，并重新更名为"乔记牛肉拉面馆"。生意依然出奇的好，山一样的财富来得像撑把伞简单，连他自己也觉得吃惊。

老乔边说边陪着莫厚实喝酒，一杯接一杯。

知道我刚出院时，生活有多么艰苦吗？老乔指着自己老婆说，出院那天晚上，我和她回到出租屋，锅里连一粒米也没有，晚上拿什么做饭？邻居家在护城河排水渠里网了一筐小鱼，污染重，专门用来喂猫的，问我们要不要，我们连忙讨了过来，洗洗就下了锅。煎鱼要油，我们哪里还有钱买油，最后用半瓶酱油将这锅鱼煎了，吃了两天……

净扯那些丢人的事干什么？老乔的老婆给莫厚实添了酒，在一旁说，每个人的生活都像一节一节的甘蔗，总有一节会是甜的。

我的人生哪一节是甜的呢？莫厚实在心里想。自从当年在一次酒后逞能当了英雄，先后经历了下岗、无休止的被报复、背井离乡外出打工，还有后来的频繁换工作，甚至换名字……这哪一节甜？都不甜，麻烦多得比甘蔗上的节头还多。

那天夜晚，要是没喝酒，自己还会迎着流氓的匕首冲上去吗？要是装作没看见绕道走，自己又会走上另外一条什么样的人生道路？莫厚实脑子里，经常控制不住地出现各种假设，而每次想到这些，他觉得后脑好像有根神经在不停撕扯，扯得头会有要裂开的感觉。真不愿多想了，莫厚实今天只求一醉，他将一杯又一杯酒倒进了自己的喉咙。

恩人，您没事吧？在老乔的疑惑中，很快，莫厚实醉得一塌糊涂。

六

当年，我和傅秋秋离婚后，独自来到北湖市。说出来你们可能不信，一个乡村福利院的临时工，竟然摇身一变成了北湖市兴和顺酒店的总经理。

我不再是卜院长，我成了"莫总"。

是的，我改名字了。"莫厚实"是我在来北湖市的大巴上拾到的一张身份证上的名字。这个名字好啊，做人不能太厚实，太厚实了会吃亏。我把它随手装进兜里，正好我需要一个新名字，我需要将自己与长陵市的卜先知完全剥离开来。

下了大巴车，我开始叫莫厚实。

兴和顺酒店开在城郊的一个小巷深处，但食客不少，大多非富即贵。在这里，上到各种神秘身份的食客，下到炒菜端盘子的工作人员，他们都喊我莫总。

莫总，喊你呢。

刚开始我不适应，反应总慢一拍，后来我习惯了，我便真把自己当成莫总了。只不过，我心里还是清楚的，我并不是什么老总。这家酒店真正的老板，是福利院那个已去世的百岁老人刘老太婆的继子，过去的大学马老师，新任的北湖市马副市长。我只是个白手套。

当年，刘老太婆的遗愿是土葬，但政策和院长不允许，于是我采取折中办法，先把老人的遗体送到殡仪馆火化，然后将骨灰埋在福利院后面的小山坡上，并自己掏钱为她立了个简易的墓碑。下葬的那天清晨，除了给我帮忙的几个院民，我们的院长竟然也来到现场。

孤老死了，一了百了，立碑给谁看？他才从麻将桌上走下来，鏖战了一个通宵，脸色哑黑。

小山坡上埋了并不止刘老太婆一个孤老，但我今天立起的是这片坟茔上的第一块墓碑，不光是院长觉得好奇，院里职工和院民们都觉得不可理喻。

我敢打赌，直到这块石碑风化，这坟头上也不会插一张清明条子（江汉平原祭祀的纸花）。院长说得哈哈大笑。

我没有笑，但我相信院长的定论。这个福利院里有一百多个老人，他们一旦逝去，就意味着从这个世上彻底消失，其一生荣辱成败都不再重要，也失去了与这个世界的任何联系，干净得像不曾在这个世上走过。想想看，有谁还会记得一个后半生犹如活在时光之外的孤老呢？

啊——哈——院长打了一个长长的哈欠，懒得再待下去，他要回宿舍睡觉了。转身离开时，我看见他跟同来的几个牌友边说边笑，还指了一下自己的头。我知道，他在告诉他们说我脑子有问题，有脑震荡后遗症。

江汉平原有习俗，立碑的工匠在将碑栽下去时，会向亡者后人讨要烟酒，叫"彩头"，表示吉祥顺意的意思。孤老哪来后人，替刘老太婆立碑的两个工匠没好意思找我讨，但我也不能亏待他们，给他俩每人发一盒烟，完工后还请他们喝了顿早酒。

一个与我无亲无故的老人，我为什么要这么做？我也不明白。我只是想，每个人无论穷富或是贵贱，从出世到离世，应有的仪式一样都不能少，那样才算是真正意义上的完整人生。刘老太婆无后，也无遗产，但和所有人一样，也曾是这世间一个鲜活的生命，虽然卑微，但同样值得被记录。我替她立这块碑，也算是对她那漫长人生的一种见证。

不过，生活中总有那么一些突如其来的意外。真打赌，院长可就输惨了。刘老太婆墓碑上的字墨迹未干，就有人来祭奠了。这天，福利院里突然驶来十多辆小车，正在外面打麻将的院长接到电话，马上赶了回来。原来，刘老太婆的继子，邻市北湖市新当选的马副市长祭祀继母来了。这位高校教授出身，有着民主党派人士身份的副市长对我的工作非常满意，表扬我不但替他精心操办了后事，老人家最终还得以入土为安。

很多人看到墓碑，才知道老人叫刘毛子，包括院长，也包括马副市长。马副市长脸上始终挂着微笑，不是副市长没有失母之痛，而是百岁老人，真正的百年之后，俗话说白喜事嘛，笑笑很正常。大家都这样认为。直到很久以后，我在酒店接待马副市长的姊妹，才知道刘老太婆是马副市长父亲的最后一任妻子，当时的马副市长全家人最担心的就是老人要与自己父亲合葬，看到刘老太婆的墓地，马副市长岂有不喜之理？

卜院长，太谢谢你了。在墓碑前，马副市长当着那么多人的面，抓住我的手，说了一遍又一遍。

见到马副市长对我赞不绝口，院长不失时机地在对口陪同的长陵市分管民政的副市长面前，提起我当年的见义勇为壮举，并描述得绘声绘色，这令我感到羞愧，我连连摆手，示意过去的事不值一提。

卜院长还是见义勇为的英雄？马副市长感到吃惊，想不到一个小小福利院，竟然还藏龙卧虎？他的眼睛突然一亮。马副市长临走时，要我的电话。院长马上会意，说刘老安人的墓地您只管放心，每年清明，如果市长公务繁忙不能亲自前来祭奠，铲草培土的事就交给卜院长好了。

没过多久，正当我被报复弄得心力交瘁时，马副市长给我打来电话，说他朋友开了家酒店，问我愿不愿意来当老总？

瞌睡时遇到了枕头，我当然求之不得。

我后来才知道，马副市长之所以选中我当酒店总经理，抛开我为他继母办后事办得令他非常满意不说，另一个重要原因是我曾经的见义勇为让他感到安全可靠。当前社会，懂管理的人多，但真正可靠的人太少，一个为陌生人都可以迎着匕首向前冲的人，还担心他会搞别人的名堂？出入这里的食客多是马副市长的朋友或有求于马副市长的人，档次规模并不重要，饭菜口味也不重要，管理能力等统统都不重要，可靠的人品才是总经理这个岗位的核心要件。

　　在马副市长眼里，我便是具备这个核心要件的最佳人选。

　　我是个合格的父亲吗？不是。我在儿子最需要陪伴的时候离开了他。我到北湖市后，我再也没有陪他到图书馆看书，陪他到足球场踢球，没有参加过家长会，连接送他上下学也没有过，甚至，我还不承认他是我亲生的。那年儿子十岁，还在读小学，便成了别人口中的"野种"。

　　等儿子懂事，明白什么是"野种"时，他上初中二年级了。班上有个孩子和他闹了点矛盾，情急之下骂他"野种"，他一言不发，拿起手中的直尺朝人家戳了过去，戳伤了对方的胳膊。老师让他请家长，他不请，也不吭气，自己拿起书本出了教室，在窗户边站了三天。后来傅秋秋得知他戳伤了同学，让他跪在地上承认错误，他还是一句话不说。傅秋秋举着晾衣服用的举杆要抽他，他非但不认错，还挺直身子让他妈妈抽。看到他犟，傅秋秋更生气，每抽一下，他不但不叫痛，嘴里还帮着妈妈数数。不知抽了多少下，直到举杆上的铁钩把他的背上戳出血，他也不肯说一句服软的话。深夜，傅秋秋等他睡熟了，给他的伤处涂碘酒，泪水和着药水都落进了他的伤口……

　　半个月后，在傅秋秋写给我的信纸上，也落满了我的泪水。

　　傅秋秋在信里问我，什么时候才能对儿子说实情？自那伙人连续三次准确地说出儿子早点所吃的食物后，我就下定决心，我和傅秋秋只能采取这种方式让对方放弃拿儿子恐吓我们的想法。我什么都不怕，但儿子是我的软肋，他身上的每一根毫毛都是压倒我的那根稻草。儿子每天穿什么衣服、早餐吃什么他们都一清二楚，我承认，我是真的怕了。从我决定给自己戴上绿帽子的那天开始，我和傅秋秋便决定瞒住所有人，包括我们的亲人，甚至儿子本人，传言越真实越好，越真实儿子就越安全。我捧着已被泪水湿透的信纸，也不知道怎么回答她，等等，我只能说，再等等。

这一等，就等到他上大学。在陪着儿子去江城上大学的火车上，傅秋秋才将这一切讲给他听。儿子听完，没有任何表情，平静得仿佛在听别人的一个传奇故事。

其实我很早就知道。他将手里削好的苹果递给他妈妈，淡然地说，我偷看过他写给你的信。

吃惊的是傅秋秋，她以为儿子一直被蒙在鼓里，万万没有想到真正被蒙在鼓里的是自己和他的父亲。

即便如此，他也不是一个合格的父亲。儿子说完，将脸转向了窗外。动车飞驰在一望无际的江汉平原上，车窗两面铺满了金灿灿的麦穗，已是中稻收获的季节。

为了一纸曾用名证明，莫厚实又去了租住地派出所，窗口那几个丫头片子还是那套说辞：怎么证明你是莫厚实？我还说我叫林志玲呢！

这事，还得找领导。有人善意提醒莫厚实。

巧得很，这个派出所教导员莫厚实认识，当时他还只是副所长，曾为兴和顺酒店的治安纠纷出过警。要说了解，他对莫厚实是再了解不过。

莫厚实在派出所办公室见到了教导员。教导员正在报纸上练大字。听到莫厚实介绍自己，他反复书写"莫厚实"三个字，写了十来遍，终于回想起来，哦，兴和顺的莫总。

他还能记得起自己，看来这事好办了。莫厚实满怀信心，向他说明了来意。

教导员，只有你能帮我了。莫厚实早不再是马副市长的白手套"莫总"，没敢再像以前那样直呼他的名字。

老卜……不，莫总，你知道我这庙小，更改姓名现在非常慎重，我哪敢随便开这个证明？教导员说得不紧不慢。

那次，就是那一次，有人来酒店报复我，你知道原因的，你不会忘记吧？莫厚实急切地表明，自己就是卜先知，这是事实。

老莫，我只能证明你一直叫莫厚实，你说你原名叫卜先知，我从感情上相信你，但你要知道，感情不能代表法律，人的姓名涉及的社会问题太多，甚至还会涉及官司，我一纸证明开出去，将来都是要负法律责任的呀！教导员说得有理有节，好像要再多说一句，都是不支持他的工作。

我这一辈子再也找不回自己的名字了？莫厚实不死心。

你去找我们分局，分局是领导机关，只要他们给我们来个电话，我们马上就照办。教导员给莫厚实出了这么个主意，同时也把自己的风险撇得一干二净。

还别说，公安分局政治部的副主任莫厚实也认识，也是兴和顺酒店的常客，他心里又生出了一线希望。好不容易见到了副主任，副主任也不敢担这个责，但也给莫厚实指明了一个办事的方向：找北湖市见义勇为基金会，他们专管见义勇为方面的事，你是英雄，他们应该管。

就这样，莫厚实找到了北湖市见义勇为基金会。听说了莫厚实的遭遇，基金会一个老干部模样的同志把公安分局和派出所大骂一通，骂完后，他开始问莫厚实话。

你的荣誉证书是不是长陵市见义勇为基金会发的？

是的。

那你还不去找他们？

七

尽管脚下的路好像越走越远，但莫厚实还是拿着这长陵市见义勇为基金会当年颁发的证书，回到了阔别已久的长陵市。

长陵市基金会的工作人员热情接待了莫厚实，但听到莫厚实的诉求后，笑着回复说，见义勇为基金会只能证明卜先知同志有过见义勇为行为，至于卜先知的曾用名问题，还得由公安机关来解决。

万般无奈，莫厚实只得去拉丝厂宿舍辖区所在地派出所试试。所长正是当年的高警官。熟人好办事，本来被当球一样踢得晕头晕脑的莫厚实，心里又升腾起无限的希望，世界上所有人不了解他，替他蹲守一个多月的高警官高所长能不了解他？

老卜，我只知道你叫卜先知，但你说你到北湖市后改名叫莫厚实，这我怎么能证明？

有有有，莫厚实连忙说，高所长你看，我在酒店工作当过老总，我的名片上一直印着"莫厚实"三个字。他给高所长递上一张曾经使用过的名片。

高所长摇摇头。

我还在学校工作过，还办有工作证、健康证，包括进出校门的出入证。莫厚实又递给他一摞资料。

高所长接过来，瞟都没瞟，还是摇摇头。

我还有，莫厚实又说。接着，他开始在随身携带的皮包里翻找。我在北湖生活了十几年，我到处打工，大部分时间都使用"莫厚实"这个名字，我领工资的银行流水单总不会有假吧？

好了好了，高所长不再看莫厚实递过来的资料，而是告诉他，老卜，我绝对相信你是个好人，但我还是不能给你开这个证明。

为什么？莫厚实心里的期望瞬间又跌回到谷底。

属地管理。高所长无奈地摊了摊手。

球踢了一圈，又被踢回到北湖市莫厚实租住地派出所。看到莫厚实，又在练大字的教导员不等他开口，右手继续挥毫，左手掏出手机叫来分管户籍的副所长，指着莫厚实告诉他，这是老莫，以前兴和顺酒店的莫总，他的事具体情况我还不清楚，但你一定要按政策帮他处理好！说完，他又俯下身子，背对莫厚实说，老莫，你看这样行吧？意思是要逐客了。

早在几年前，马副市长就因违规经商办企业和为他人牟取利益打招呼，受到撤职处分，回大学当老师去了。副所长根本不知道什么兴和顺酒店的莫总，但他从教导员"按政策"的指示中明白了处理问题的方式，马上就把莫厚实领到户籍室，交给一个女户籍警，就算交差了。

你得找到足够的证明。女户籍警在玩手机，头也不抬。

什么证明？莫厚实问。

证明卜先知和莫厚实是同一个人的证明。她说。

我不就是来你们这里开这个证明的吗？莫厚实弄不懂这是什么逻辑。

你不能证明姓卜的和姓莫的是一个人，我怎么给你开证明？她抬起头，吃惊地望着莫厚实，仿佛他没能理解她的话。

我怎么能证明卜先知和莫厚实是一个人？我就是卜先知，我也是莫厚实，莫厚实指着自己的脸说，又掏出"卜先知"的身份证和"莫厚实"在学校工作时的工作证，说你看，你看啊，你看我这张脸，和这两个人的照片是不是同一个人？他激动得仿佛能听到胸腔内血液流动的声音。接着，后脑皮层有些发紧，脑子开始眩晕，他赶紧伸手抓住了桌沿。

我看你？女户籍警听莫厚实这么说，停止翻阅手机微信朋友圈，眼皮往上一翻，说，你长得好帅是吧？

从派出所出来，已是傍晚，我走在如潮的人群中，却觉得眼前灰蒙蒙的，城市被天空压得很低，远处的长江大桥在暮色中若隐若现。

突然想喝酒。我在街边小商店买了一瓶白云边酒和一包花生米，下意识往人少的地方走。

长江边散步的人很多，金江大堤像一道天堑将江水托举在这个城市的头顶上。绕过由国内某位著名书法家题写的"盛世安澜"纪念碑，我来到了长江大堤的外滩上。

江水悬在半空中，江面上有一团团亮光缓缓移动。天已经完全黑了，我知道，那亮光其实是一艘艘南来北往的轮船。轮船能在茫茫江面的雾霭中平稳穿梭，因为前方有灯塔的指引。我想到了自己。前方的路怎么走，谁可以指引我？我本来在马副市长的酒店里当白手套当得好好的，以为躲过了那伙人的报复，没想到的是，他们仍没有放过我。我当莫总当了不到两年，他们竟然还是跟到北湖市，而且还打听到马副市长是这家酒店的实际老板，给马副市长发去了看似礼貌实则威逼的短信，迫使马副市长辞退了我。白手套当不成了，我先后在学校当管后勤的副校长，到一家机械公司干销售，也到建筑工地上跑防水工程业务，但都没能干长过，因为总是有举报跟着我走，说我根本不叫莫厚实，名字是假的。一个连名字都不真实的人，谁还能信任你？好在天无绝人之路，正当我四处碰壁时，我接到一个电话，是以前做防水工程业务时认识的一个老板打来的。当年他有个做屋顶斜坡天面防水的小业务，谁也不肯接，我接了，不但没赚到钱，反而还费了工，我什么也没说，只当赚了个经验，但当时还只是小包工头的老板记在了心里。再次给我打电话时，小老板已做了总包，他接了个大楼盘，要做防水时，第一个想到的就是我。就这样，跟他做了两年，我才算是咸鱼翻身攒了点钱。后来遇到了大饼哥，凭着崔院长的担保，借给他五十万，没想到一夜之间又被打回了原形……

派出所让我自己去找证明，我到哪里去找这个证明？我曾经的名片、工作证、工资条，哪一样不能证明我就是"莫厚实"？这不是最好的证明吗？我找过的这些个衙门，明面上讲原则，实质上都是怕担责。我算是看明白了，但看明白又有什么用，越看得透彻，我的头就越感到难受。酒已经喝了大半瓶，不知道是酒精作用还是脑震荡落下的后遗症，我觉得整个人晕晕乎乎的。不远处，渔火在江面上滚动，忽明忽灭。我终于坚持不住了，顺势向后躺下，倒在了身后的草地上。

"莫厚实"究竟是谁？是我，还是我拾来的那张身份证的主人？名字不就是个符号，这个名字我已经用了十多年，大家都把我当成莫厚实，我不就是莫厚实了吗？可是，尽管所有人都认为我就是莫厚实，法律意义上我却不是莫厚实，我还是卜先知。

我真的是卜先知吗？

那为什么我在父亲墓碑上的孝男名单上却又是"莫厚实"呢？当年我父亲去世，灵柩还没出殡，那伙人就放出风来，要弄得我先人在地下也不得安生。为了减少不必要的麻烦，怕他们真砸我父亲的墓碑，我只能在墓碑上刻下了"莫厚实"三个字。我真是个不孝子，我父亲的墓碑上竖刻着：孝男卜先学、莫厚实、卜先识。我是老二，"莫厚实"三个字刺眼地夹在大哥和小弟的名字中间，像是现实生活对我懦弱的无情嘲讽，只要碑石不腐，这种嘲讽永世不灭。

思绪像渔火一样飘忽不定，我又想远了。我心里像被塞进了什么，填充得密不透风，胸口一阵闷得慌。好想就在这江堤上睡过去，不管何时再能醒来。

八

怎么才能证明呢？早上醒来，我在穿衣服的一瞬间，"证明"两个字在脑海里一闪而过，墓碑上的名字难道不能证明莫厚实就是卜先学和卜先识的兄弟，继而证明卜先知就是莫厚实吗？我突然灵机一动。

先是回老家，来到父亲坟上，给父亲磕了三个头，再把墓碑上的碑文拍了下来，到照相馆冲洗。接着，赶到派出所，把照片递给了那位女户籍警。

证明给你找来了，我说。

女户籍警接过照片。她更多的是好奇，想知道一张照片能证明什么。

我兄弟三个，哥哥叫卜先学，弟弟叫卜先识，你觉得老二叫什么？我指着照片上的文字内容问她。

这不写着，莫厚实嘛。她又瞟了瞟照片，然后抬起头，回答我。

老二和老大、老三的名字完全不同姓不同辈分，你不觉得奇怪吗？没想到她思维如此刻板，我得继续引导她。

不奇怪，成龙的儿子还叫房祖名呢。她把照片还给了我。

……

希望再次化为泡影，我沮丧地从派出所出来。刚走出大门十来米，有个穿白色短袖衬衣的小伙子从我后面跟了上来，叫住了我。

大叔，你来派出所办什么事？小伙子还戴着眼镜，边说边把镜框向上扶了扶。

想开个曾用名证明，我脱口而出。

这个小伙子是谁？问我这干什么？我用狐疑的眼光打量他一番。

刚才那个女户籍警为什么不给你办？他问。

她要我自己证明我是我自己。我虽不知道小伙子的用意，但还是很气愤地说，我要自己能证明我就是，我还开这个证明做什么？

哦！小伙子说，你稍等。说完，就到一旁去打电话了。

他这是干什么，与我素不相识，为什么要关心我的事？我在心里暗自思索。小伙子距我并不远，我能隐约听到他好像在和电话里的人说曾用名、证明、资料等，应该与我的事有关。

我突然明白了，他是一个"蓝子"。所谓"蓝子"，就是由社会人员充当"蓝子"角色，与行政窗口单位或执法机关内部个别人里外勾结，先由窗口办事人员将简单办事程序复杂化，甚至百般刁难，使前来办事的老百姓不胜其烦，万般无奈下只能求助"蓝子"出面代办，事成之后向"蓝子"支付一定的好处费。此时，这个"蓝子"应该正在向他在派出所的内线询问办理我这事所需的相关材料。这不稀奇，我以前听人说过交警队车管所附近围了一圈"蓝子"，没想到派出所现在也有"蓝子"了。

你有能证明你使用曾用名生活的相关材料吗？"蓝子"挂了电话，快步走过来问我。

一大堆。我明白他的意思，"蓝子"代办事情也得有依据。我把装有工资条、工作证包括父亲墓碑碑文照片的文件袋递给他，只要能帮我办好，出点费用我也愿意，我实在是拖不起了。

"蓝子"接过文件袋，把里面的所有资料都看了一遍，又用手机拍了一些照片，然后若有所思地点了点头。

这活看来他有把握接，我心里也暗自松了口气。

你这事，我来帮你办。"蓝子"把资料还给我，又存了我的电话号码。

需多少费用？既然是生意，我也就开门见山。

费用？"蓝子"愣了一下，但转瞬似乎明白了，微笑着对我说，你保持手机畅通就行，等我通知，应该很快就有消息。说完，他走向不远处停在路边的一辆小轿车，走到车窗边，跟里面的人耳语几句，紧接着便上车驶离了。

妈的，我早点找个"蓝子"，还用弯这么大一个圈？我狠狠地骂了自己一句。

大清早，在规定时间把车交付给白班司机后，莫厚实回到家，懒得洗漱，一头栽倒在床上。

莫厚实好久没睡过一个囫囵觉了。他的睡眠时间通常被分割得七零八落。只要上了床，他就像一尾离开水的鱼，焦躁地把身子翻来覆去。好不容易睡下，但过不了一会，又莫名地惊醒，而醒来之后，离下一次入眠则是一个漫长而痛苦的等待过程。

有"蓝子"出面，曾用名证明到手看来指日可待。名字问题一旦解决，意味着我莫厚实不再是一个身份不明的人，那么，与崔院长的这场官司也就要真刀实枪地开战了。

告人家，是不是要先打个招呼？古代打仗还要下个战书呢！躺在床上的莫厚实睡不着。一个小民竟然要到法院告院长，这也算破天荒的事了。尽管有懂法律的朋友告诉他拿着这个借条去起诉对方，应是一告一个准，但莫厚实心里还是有些不踏实。

思前想后，莫厚实决定先礼后兵，起诉前还是先到法院再找找崔院长，做最后一次争取，实在协商不了，也算是起诉前的通牒。真到那个时候，那是箭在弦上不得不发，崔院长您就休要怪我了。

到了法院，好在门卫值班室的麻脸保安不在，一个新来的保安告诉莫厚实，崔院长出车祸住院了。

车祸？现在换了个理由搪塞我吗？莫厚实觉得好笑。不对，他转念一想，谁敢帮院长找这么一个不吉利的理由？新来的保安有点八卦，他告诉莫厚实，这事千真万确，法院所有人都知道，听说出事那天，崔院长亲自驾车回乡下老家看望寡居的母亲后，在回城的高速公路上，超车时不慎撞上了一辆并行的大货车，受了重伤，好在性命无忧，但肯定需要在医院住上一段时间。

得住多长时间？

怎么得两三个月吧。

两三个月？莫厚实心里一沉。如今江城房价上涨是以天为时间单位，再拖下去，五十万即便拿回来了，还够不够交首付恐怕都已成问题。儿子已有一个多月没跟自己联系，他越是不催，莫厚实心里越着急。

但一个躺在病床上的病人，能去起诉他？自己好歹也和崔院长朋友一场，这是朋友干的事？

这头是悄无声息的儿子，那头是身负重伤的崔院长；一边是不断上涨的房价，一边是不得不停滞的事实，莫厚实被死死夹在中间，左右为难但毫无办法。

说是朋友也好，说是债务人也罢，崔院长现在住院了，自己该尽的礼数不能少，即便将来两人对簿公堂，自己也算是有礼在先。

莫厚实提着礼品来到了医院。崔院长住的是套间，进进出出来看望他的人不少，仅鲜花多得就摆到了门外走廊上。好不容易瞄到一个空当，莫厚实走了进去。崔院长斜躺在床头上，额头上有些擦伤，胳膊和胸部缠着白色的绷带，但精神状态还不错。见到莫厚实，崔院长很有些吃惊，但旋即恢复了温和的常态，并吃力地摇动缠着绷带的胳膊，招呼莫厚实坐下。

莫总，你来了。崔院长的嘴唇艰难地嚅动了一下。

崔院长，您别动，别动。莫厚实赶紧上前，制止住崔院长身体的前倾。

莫总，我……崔院长声音很小，欲言又止。

今天两人相见的场景实在特殊，莫厚实表面装作一副若无其事的样子，内心却很不平静，他始终竖着耳朵，生怕漏掉崔院长讲的每一个字。

崔院长"我"了两声，终究没能"我"出什么名堂，并且能看得出他精神状态十分不好，还没讲什么，便一脸倦容。

莫厚实有些失望，但又不便追问什么，毕竟对方是个重伤病人。这种状态下，准备打官司起诉对方的事，更是难以启齿。两人一旦都不说话，气氛骤然间就变得尴尬。为缓和这种气氛，莫厚实主动开口了，他讲起一些往事，说刚结识崔院长时，崔院长才三十七岁，刚从北湖市中院下派到基层区院当院长，年轻而富有朝气，一副少帅风范……

快十年了。听到莫厚实夸赞当年的自己，可能触发了他的回忆，崔院长苍白的脸上露出了一丝笑容。

现在的崔院长，风采不减当年啊。莫厚实又随口说道。

这十年，沧桑巨变啊！崔院长说完，慢慢合上双眼。稍停顿片刻，他紧接着又开始讲自己是如何在基层法院院长位置上，励精图治，奋发有为，把刚接手时一个全市排末名的烂摊子打造成北湖市法院系统一面红旗的，等等。在讲述过程中，他的眼睛一直闭合着，既像是在同莫厚实讲，又像是说给自己听，更像是一个十年来工作历程的综述。

莫厚实不明白崔院长对自己讲这些干什么，他实在没有心思听一个官员的自我表扬，既然讨账的事暂时开不了口，他只能瞅准机会起身告辞。

厚实……莫厚实出门时，崔院长从背后叫他。

崔院长有什么话要说？莫厚实立刻站住了，转过身子。

厚实……不，莫总，你慢走。崔院长费劲地举起绑着绷带的胳膊，嘴里嗫嚅了几下，但最终没说出一句话。

九

在崔院长住院期间起诉他，岂不是乘人之危？何异于落井下石？

儿子不催，傅秋秋的电话却接连不断。儿子自打抛出那句"他也不是一个合格的父亲"后，她心里便一直有种莫名的惶恐，而努力给儿子解决最现实的房子问题成了她自认能消除内心不安的唯一方式，所以，她和莫厚实通电话翻来覆去就一个主题：首付款什么时候能到位？莫厚实不知怎么回复她，只能由着她数落。不过，她的埋怨和责怪某种程度上也减缓了莫厚实的负罪感，要是隔几天傅秋秋不责怪自己，莫厚实反倒还不自在。

官司不启动，就谈不上追回欠款。到区法院每天蹲守的紧张工作突然停顿下来，白天对莫厚实来说，开始变得无聊而漫长。出租车白班司机虽然辛苦，但挣的钱也稍多些，莫厚实反正是个挑土司机，他就又换了个开白班的出租车。现在网约车多了，开出租车的利润越来越薄，但多挣一个子贴给儿子，也算多尽了一份父亲的责任，想到这里莫厚实就是再苦也不觉得累。

下班交了车，莫厚实来到乔记拉面馆，他要找老乔喝上一杯，庆祝自己的曾用名证明顺利办成。

今天一大早，莫厚实就接到派出所教导员的电话，通知他带上资料来所里开证明。莫不是教导员就是那个"蓝子"的内线？

但到了派出所，所长和教导员亲自到户籍室接待他，并不多看莫厚实的资料，马上责令女户籍警放下手中的其他事，迅速办理。

莫厚实弄不明白，什么样的"蓝子"有这么大的威力，令派出所的两个主官亲自督办？

女户籍警不再多问莫厚实一句，麻利地开出证明。

莫厚实同志，你还满意吧？所长抓过证明，双手递给莫厚实。

难道真是有钱能使鬼推磨？莫厚实心想，我这好处费还没付呢，对方的服务态度就发生了翻天覆地的变化。

莫总，你还要帮我们多美言几句。教导员搂过莫厚实的脖子，一脸谄笑。

什么美言几句？莫厚实一头雾水。

好了好了，我们相信莫总肯定会支持我们工作的。所长握住莫厚实的手，使劲摇了摇，说欢迎你常来所里做客，多给我们提宝贵意见。

所长走后，从教导员口中，莫厚实才得知，那天答应替他办事的那个小伙子根本不是什么"蓝子"，而是北湖市委巡察组的工作人员。那天巡察组刚好到派出所暗访，目睹了莫厚实办事的全过程，在与莫厚实沟通后，立即责令区公安分局严查此事。

可能要作为"不作为"的典型全市通报，教导员忧心忡忡地说，市局领导为此大发脾气，弄不好还要处分一批人。

原来是这么回事，事情完全出乎莫厚实意料。听了莫厚实的讲述，老乔也替他解气，两人各干了一大杯。

很自然，聊着聊着又聊到了兴和顺酒店，老乔想不明白，当年的莫总现在怎么开起了出租车？他不便多问，但能看得出老莫这些年的落魄。酒过三巡，老乔拍着胸脯说，自己现在打下了北湖市拉面市场的半壁江山，如果恩人愿意重操旧业干餐饮，他愿意提供资金和配方，莫厚实只需用管理团队入股，两人到长陵市合伙再开一家绝对上规模的乔记牛肉拉面馆……

莫厚实没有接老乔的话题，他今天就想吐吐槽，将这十几年积攒的所有辛酸与委屈，就着这手中杯杯粮食酒，一五一十地吐出来。他讲到自己当年英雄救美，危险时刻挺身而出；讲到自己屡次遭受报复，最后不堪忍受不得不抛妻弃子；讲到自己出钱为孤老立碑，不想被马副市长意外选中当了白手套……

莫厚实好久没有这样喝酒了，老乔给他倒一杯，他喝一杯，一点也不推辞。老乔不停地倒，他便不停地喝，很快就醉了。

他的话像灶膛里燃烧的劈柴，越来越旺。后来，他又讲到大饼哥，看大饼哥起高楼，看大饼哥宴宾客，看大饼哥楼塌了。讲完大饼哥，继续讲崔院长，赞叹说当年的崔院长年轻有为，在庄严的审判台上，手执法锤，令人肃然起敬……

跳楼自杀的那个崔院长吗？莫厚实停顿时，老乔便插问了一句。

不，不，车祸受伤住院的崔院长。莫厚实舌头开始不听使唤了，说话有些飘。

是的，听说后来在医院自杀的。老乔说。

自杀？莫厚实脑子嗡的一下，酒瞬间醒了一大半。谁自杀了，崔院长吗？他说出了崔院长的名字。

老乔证实，确实是同一个人。就在莫厚实到医院探望后不久的一个凌晨，等陪护人员睡觉了，崔院长从病房阳台翻了出去，跳楼自杀了。

前来吃面的食客，上至达官贵人下至贩夫走卒，面馆自然成了一个信息集散地。据老乔掌握的可靠消息，崔院长之所以跳楼，主要是因为他好赌，且十赌九输。每次输光了，便从北湖市一些有钱的商人手里拿钱，其中找大饼哥借得最多。商人们大多债务官司缠身，均有求于崔院长，因此不得不对崔院长有求必应。据说大饼哥是根豪华棍子，表面风光，其实手里也没有几个钱，浑身是债。每遇崔院长找自己拿钱，就由崔院长出面做担保找人去借。到最后，十个坛子别说九个盖，盖越来越少，实在盖不住了，大饼哥只能一跑了之。要命的是，大饼哥在外面一直被人追杀，走投无路之下不得不回老家投案自首，对他而言看守所反倒才是安全的地方。大饼哥自首了，崔院长知道大事不好，这些年自己从他手里拿钱，金额数百万的事眼看就要暴露，自己难逃一劫，于是选择了自杀。对于自杀，崔院长也作了精心计划，先是想以车祸的形式，虽惨烈但能体面死去，哪知老天不收他，没能成功。进了医院，他开始寻找机会，最终还是从医院住院大楼上跳了下去。

都只是传说，死人再也开不了口，谁知真假呢。老乔端起酒杯，给莫厚实杯中又续满了酒。

莫厚实好半天没回过神来，崔院长真的死了？几天前自己还和他面对面聊天，他似乎还很兴奋地讲述了自己的辉煌过去，难道他那次是对自己一生最后的陈述？当时，怎么看身居高位的崔院长都不像立志赴死之人啊，怎么说没就没了呢？莫厚实简直不敢相信。但老乔说的那些传言绝对真实，大饼哥找自己借钱就是崔院长出面担保，这么说，那五十万其实是替崔院长借的。

听说崔院长以前是个嗜工作如命的人，后来仕途受挫升迁无望，在一些老板的引诱下才沾染上赌博这一恶习的。老乔继续说。

莫厚实回想起来，那天崔院长反复说自己如何为工作呕心沥血，现在看来，那是他在人生最后的时刻，对自我价值无法实现而感到深深无奈的一种表达，也是一种极其委婉的发泄，只不过莫厚实当时根本没能意识到。

崔院长竟然就这样死了。

莫厚实的额头开始冒出细密的汗珠，原本喝得通红的面孔逐渐变得苍白，眼前有些模糊起来。恍惚中，他似乎看见自己朝思暮想的儿子，正佝偻着腰，坐在某座高楼狭小的写字格里，目不转睛地盯着电脑，右手熟练地移动手里的鼠标。在他的脚下，是厚厚的一摞工程图纸，每隔一阵，就会从打印机里吐出一张图纸，渐渐地，地上的图纸越堆越高，儿子的头部则距电脑屏幕越来越近，最后奇异地钻进了电脑……

"咣当"一声，莫厚实手里的酒杯落在桌上装着卤牛肉的瓷盘上，接着又滚落在地上。他想去捡，弯腰的瞬间，脑袋里有一股热流顺势冲到了颅顶，他的身子不由自主向前倾倒下去。一旁的老乔发现情况不对，赶紧一把抓住摇晃的莫厚实，大声喊：

恩人，你没事吧？

白首为功名

一

方一如从查书记办公室出来，已到了下班的时候。他回到自己的办公室，将刚送给查书记审阅的关于政法委机关"文明庭院创建"工作的汇报材料扔在办公桌上，一屁股坐进长条沙发里，发起了呆。

下班了。隔壁办公室的乔大年下班回家，经过方一如办公室门口时，向他轻声喊道。

哦。方一如朝他挥手示意，脸上艰难地挤出了一点笑容。

刚才，方一如人生第一次顶撞领导。领导脸色难看，方一如心情更复杂。一个关于"文明庭院创建"的破材料，这些年来都是在往年的基础上修修补补应付完事，没想到查书记今年认起了真。查书记说，一如你写的这个材料太空了啊！能不空吗？政法委这个老院子，近十年来就没有修缮过，不说办公室墙面四季泛潮起皮，卫生间冲水马桶大面积损坏，且就说大楼外墙上的污渍横流，远远看去，机关大楼一副衰败相，机关干部数次在民主生活会上提建议和意见，但就是不见改动。方一如一向对环境卫生很讲究，心里本来就有意见，就更不愿意在这个材料上无中生有。

我确实不知道怎么写。方一如说，他话里有话。

你不会编？你是老笔杆子了。查书记不满意地朝他看了一眼。

方一如当然能编。将其他工作移花接木地集中到某一项工作头上，是机关笔杆子的基本功。干了五年政研室主任的方一如，要把这个

"文明庭院创建"工作写出一朵花来,其实是不费吹灰之力的事。

是方一如对材料任务的指导思想出了问题,他已经不愿意下这个功夫了。

"文明庭院创建"工作不是我们单位的主要业务,市直各单位大都在应付,以前曹书记从来不过问这些事。方一如脑子一热,和查书记杠上了。曹书记是上任常务副书记,查书记的前任。

方一如此番话,犯了大忌。

过去的领导怎么要求我不管,但我对材料的要求是要么不写,要写就好好写。果然,查书记脸色一沉,说。

那我的水平跟不上您的要求。方一如脱口而出。

其实,方一如和查书记以前的关系一直不错,直到前不久曹书记退休查书记接班当了常务副书记。

那这个材料还继续修改吗?方一如望着桌子上的汇报材料。坦白地说,这个材料他确实没有用功,不过在往年材料的基础上随手动了动,一来委机关大院管理乱糟糟的,确实没有什么可写的;二来明天的市"文明庭院创建"检查组来委机关听汇报,地球人都知道只是走个过场,在这个材料上精雕细琢有必要吗?

方一如当年转业时,有两个去向可供选择:一是去公安系统,当一名人民警察;二是到市委的工作部门做党务干部。同批转业的大都选择了前者,因为军人和警察在职业上有较强的关联性。唯独方一如主动申请到了市委政法委,且没过多久,就在委机关的政策研究室拿起了笔杆子。同年转业的马小虎不理解他,说咱们去公安局多好啊,脱下军装穿上警服,像个男人一样继续拿枪战斗。方一如嘴上说自己在军营里待了半辈子,实在不愿再过那种值班备勤的生活,其实心里暗暗发笑,燕雀安知鸿鹄之志哉?当个小片警整天街头巷尾地转悠可不是自己未来的方向。他早就研究过了,市委政法委政研室是个不错的跳板,连续三任主任都到县市区任了公检法的"三长"。转业时大家都三四十岁了，如果再从一个基层小民警做起，这辈子想干到这些个位置，那无异于痴人说梦。

政研室需要的是笔杆子过硬，而方一如恰恰就有这个优势，他可是当年全师公认的大才子，写材料对他来说并不是一件很吃力的事。因此，方一如从转业到政法委的第一天，就把政研室主任这个位置当成了他要攻克的首要目标。

不过，副营级转业军官方一如到政法委报到后，分给他的岗位却是维稳办科员。主管人事工作的副书记说，转业军人应急能力强，到维稳办工作是人岗相适。

维稳办就维稳办吧，反正维稳办与政法委合署办公，人员是可以相互流动的。到维稳办工作的第一天晚上，便遇到了麻烦。已是夜里十一点，市委机要局打来电话，让方一如去取个紧急机要电报。方一如虽已经睡下，但接到电话后立马穿衣下床，边赶往市委边电话向分管维稳的谢书记汇报这一情况。通常机要局在这个时候发来电报，都是有紧急情况需要处理。

方一如看到电报内容后，才知道也不是什么要紧事。长陵市前不久发生了一起群众接力在长江边救落水儿童的新闻，这本来是个好事，但在救援过程中，参与救援的两位群众不幸滑入江水中牺牲了。要说救人牺牲也算是见义勇为，但在打捞救人英雄遗体的过程中，参与打捞的渔民为打捞费的事，与事发所在地街道居委会产生了一些误会，事情在网络上发酵成了"挟尸要价"的负面新闻，省委政法委要求长陵市委政法委迅速将"挟尸要价"的情况简要上报。

方一如拿到电报，把它交到早已等候在办公室的谢书记手中。谢书记把电报逐字逐句反复看了几遍，蹙着眉头问方一如，你会用电脑吗？

会啊。方一如说。

那好，谢书记说，我来口述，你在电脑上敲出来。

"挟尸要价"原本是一场误会。当时，打捞英雄遗体的渔民摆手的动作并不是嫌打捞费少而拒绝交出遗体的"挟",而是一个普通的挥手动作。在此之前,图片拍摄者已在网络上做过澄清说明,整个情节和过程都已简单明了,向上的报告只需如实说明情况就可以了。

于是,谢书记口述,方一如用机关文印室的电脑,很快敲出了一份千字的情况汇报。材料大致成形后,谢书记先一步离开文印室,让方一如把材料打印好后送到他办公室审阅。

怎么只有五百多字了?谢书记坐在宽大的沙发转椅上,接过方一如递来的报告,露出了惊讶的表情。

方一如没有吭气,正准备做出解释,但看到谢书记已低下头看稿子,便不再说什么。

谢书记看了一会儿,脸上渐渐现出了笑容。原来,方一如擅自做主,把刚才自己口述的报告内容压缩了二分之一,他认为上级要的是关于"挟尸"情况的说明,而报告中对救人的过程叙述得过于细致,没有必要。方一如已经做好谢书记质问他的准备,但没想到谢书记不但没有生气,反而还表扬了他。

小方,你在部队是做什么工作的?谢书记问。

参谋。

参谋?显然谢书记对部队参谋一职没有概念。

就是军事机关的干部。

那写材料吗?谢书记认为方一如对自己口述内容的改动是建立在一定的材料功底上的,他自己公安刑侦专业出身,对文字工作并不擅长。

写。方一如长舒了一口气,说。

二

没过几天,省里由宣传、政法、民政等部门组成的综合工作组下到长陵市来了。工作组的主要任务是对接力救人的"人链"精神进行深度挖掘，进一步讴歌救人英雄群体的英勇事迹。同时，对"挟尸要价"的情况也一并做全方位的调查，给社会关注的热点问题一个满意的答复。市委政法委对口参与了与省工作组的对接工作。

省工作组让市委政法委上报一个关于英雄救人及"挟尸要价"的综合报告。政研室主任鲁小虎在市委党校脱产学习，这个任务谁来完成？

书记办公会议上，包括最有可能承接这一任务而列席会议的办公室主任也不吭气。机关跑跑颠颠的人多，但能写材料的人少，每当有材料任务，平时喜欢提建议放"炮"的人面对可能落下的材料任务时，基本都闭嘴熄了火。鲁小虎经常调侃说，每每这个时候就"各家各户，小心火烛"，生怕引起领导注意导致材料任务落到自己头上，往往到了最后，稍大一点的材料都是政研室主任鲁小虎的了。如今鲁小虎不在，负责常务工作的曹书记也犯了难。

我推荐个人，谢书记说。

谁？一筹莫展的常务书记急忙问。

小方。

新来的那个军转干部？曹书记感到有些意外。

方一如用了一个通宵，第二天早上把五千余字的汇报材料放到了曹书记的案头。在部队时，方一如所在的师司令部参谋长经常在下班时交给他一个材料任务，然后拍着他的肩说，方参谋，晚上不要搞太晚了，早点休息，明天上班时把材料给我就可以了。方一如是军人，首长交办的任务就是命令，哪能打一点折扣？什么也不说，马上开工。先是根据材料的任务列提纲，通常列到三级提纲以下，再开始补充素材和资料，最后开写。无数个夜晚，方一如在写到材料结尾时，已传来起床的军号声。方一如校对完稿子，拉开窗帘，外面一片光亮。当时网络还不流行，自然不能从网上找到可以借鉴的材料。但方一如有一个好习惯，每次看到好文章便进行剪贴，各种文体的剪贴本加起来有十多个，每篇文章中好的句子他还要摘抄下来，久而久之，这些词语句子自然烂熟于心，因而材料也"来得快"。在此次有关"人链"的汇报材料中，方一如重点写"人链"的产生，主要在于长陵有着侠义古风的地域文化滋养，而"挟尸要价"非但不是网传的"挟"，而是打捞英雄遗体的渔民在保护遗体时作出的肢体努力，是对遗体的尊重，与本地乐于助人的民风一脉相承。当然，方一如不是信口开河，这也是长陵警方针对此事的调查结果。

曹书记不但对方一如的材料质量满意，对他写材料的速度更满意。

不愧是军人作风。曹书记说。他发自内心表扬方一如。

这个材料在报送到省综合工作组前，还要送市委常委、政法委书记许天侨那里，需要他最后把关签发。许书记曾担任过省委政研室副主任，是名副其实的材料专家，一般的材料很难入他的法眼，通常一个材料不改个三回五回很难过关。但出人意料的是，方一如的这个报告许书记一个字也没改，直接就签发了。许书记的评价是，小方的这个材料很"干净"。

至此，方一如转业到长陵市委政法委工作还不到一个月，便因为一个汇报材料而一炮打响。在维稳办工作了两个月，方一如调到政研室工作，并被任命为副主任。据说，这是许书记的亲自提议。市委常委一句话，让方一如一步跨过了普通人需要很多年才能越过的坎。

上午八点半，"文明庭院创建"工作检查组一行人来到委机关。在会议室坐定后，查书记开始代表政法委向检查组汇报文明庭院的创建情况。方一如作为工作人员，列席了会议。查书记掏出皮包里的一份汇报材料，逐字逐句地念了起来。方一如注意到，查书记念的那份材料并不是自己起草的，很显然，他安排别人重新撰写了一份。这份材料果然高大上，特别是移花接木的功夫下得足，不单纯是文明庭院的创建内容，它硬是把机关的党建、综治和信访包括年度业务工作内容也全部移植过来，甚至把门房传达室魏师傅换了件工作服，也作为"规范信访接待程序"的重要一环大书特书，这让方一如感到可笑。

但笑过之后，方一如再细细一想，这些年自己不也是这么写过来的吗？

这个材料是谁捉的刀？方一如心里暗自纳闷，同时也有一丝淡淡的失落。

看来，委机关有人代替自己重新起草了材料。

这是一个信号，一个开始被边缘化的信号，而且是自己主动要求被边缘化的。

参加工作二十多年，方一如第一次感到偏离自己所拟定人生航向的悲壮。从十七八岁穿上军装的那天起，方一如就立志要干出一番事业。无论是当汽车团战士时开着解放牌大卡车远赴太行山拖煤，还是在军校毕业时的300公里长途拉练，包括在连队当排长，后来到师机关任参谋，方一如始终像一个上足发条的钟表，任何时候都没有松过劲懈过气，而现在是怎么了？

这种工作上的懈气，逐渐变成了懈怠，其中的原因，他自己也清楚。方一如在市委政法委工作了九年，按他最初给自己设立的规划，在政研室主任任上工作三五年后，下到县市区做法院院长或检察长。这并不是妄想。长陵市委政法委连续三任政研室主任的去向都是这样的安排，方一如做副主任时的政研室主任鲁小虎就顺利下到五河县当上了县检察院检察长，仕途之路也是路，前面有无数人蹚过，后面的人走起来也就顺利多了。许书记在上次党委政府换届时，调到省里某个国企任老总了，级别还是副厅级，属于平调，关键是从行政转到企业，仕途也基本到头了。许书记出于对方一如工作能力的欣赏，在换届前也想把方一如下放到五河县任检察长，当时鲁小虎已升为县委常委、政法委书记，但没想到市检察院检察长却抵住不同意，他希望能将自己检察院的公诉处长下派，从而加强五河县的检察业务能力。当然，这是台面上的话，私下里流传检察长的原话是，五河县检察院又不是市委政法委的自留地，凭什么每次空缺都由市委政法委下派干部？每次干部调整，其中都不乏背景的比拼，许书记自己将要退出政界主流，说话的底气自然也少了几分，便不再坚持，方一如在向前挺进的关键时刻，被搁置了。

这一搁，就搁到了现在。

三

关于"文明庭院创建"的汇报材料，方一如原本是重新改过了的，开会时，他把稿子放到了查书记桌子上。但他没有想到，查书记汇报时，念的是另外一篇稿子。查书记让别人另写了一篇。查书记汇报的声音抑扬顿挫，像一把凿子，字字句句凿在方一如的心坎上。材料能力是衡量一个机关干部工作水平的重要指标，也是方一如在政法委机关的立身资本，方一如没有什么关系和背景，材料就是他的靠山，如今却被查书记一声不吭地给抽掉了，像抽一张抽纸那样轻易和自然。

汇报结束，政法委作为党委工作部门，工作自然不落后，甚至文明庭院创建与党建两手抓两手硬的做法还得到检查组带队领导的充分肯定。汇报在一片你好我也好的相互赞美声中结束。走出会议室大门时，方一如的腰杆子好像变弯了似的，全身软绵绵的，一点精神也没有，他怅然地回到办公室。以前每次在会议室受领材料任务后，方一如内心再憔悴，但整个人的气势是沉稳的，走路的步伐虽不是昂首挺胸，但不紧不慢踱着碎步的样子总会给人一种胸有成竹的感觉，哪怕他偶尔发起牢骚来，都是一副乐在其中的骄傲感。现在，仅仅一个材料，让这一切瞬间发生了变化。

方一如思想滑坡了。用现在的时髦话说，对材料的重视程度在思想上那可是断崖式下滑。以前，他对所受领的每个材料任务，从接手那一刻起，就像雕刻家面对一块上好的羊脂玉料，从颜色、瑕度、纹理到形状，无不做全方位的思考和设计。现在他变了，不再对每一个材料都下狠功夫去"啃"，一般的单项材料，他像把一桶颜料泼在纸上，再根据自然形状随手勾勒几笔就算了事，写成什么样就什么样，不再修改。特别是每年的固定工作材料，他找出往年的材料，修改几个数字和添加几个例子就应付上交了。

那个把材料质量视若自己毕生追求的方一如变了，对材料开始敷衍塞责，变得不求过得硬只求过得去，而这个"文明庭院创建"的汇报材料在领导面前连过都没有过去。

材料高手方一如第一次在材料质量上出了问题。

哪里出了问题？思想上出了问题。就像古罗马不是一天建成的，方一如的思想巨变当然也不是一天两天才形成的。其实，早在许书记调走前，那次不成功的干部动议就给了他当头一棒，好比一锅香喷喷的鸡，都已经端到他面前，正待他下筷，突然服务员又给端走，告诉他上错菜了，这让他好不失落，虽然表面上风平浪静，内心里却已翻江倒海，好不消沉。好在消沉归消沉，但并没有为此影响工作，他还是一如既往地写材料，反而更加勤奋更加用功，材料的字斟句酌也更加细腻。因为他不仅有失落，更有不甘，而不甘往往又变成工作的助推剂。

转业才五年，在许书记的关心下，他已任正科实职两年，这已是很多人十年都难以达到的高度，他本应知足了，一次不成，以后不还有的是机会吗？

小方，可不能懈气，你年轻，能说会写，在市委机关还有的是机会。时任常务副书记的曹书记宽慰他。是啊，作为全市政法系统的头号笔杆子，谁还能比他更有机会呢？

其实不用曹书记做思想工作，方一如早已把那份失落揉碎扔到身后。许书记走后，新任林书记与机关县处以上干部见面会过后，等所有领导拎着皮包出了会议室，方一如独自在办公室将政法委近五年来的工作情况进行梳理，形成了正式的汇报材料，第二天一大早便交到林书记的秘书手中。

新任书记如许书记一样赏识方一如。也难怪，领导对机关干部的印象往往是通过材料开始的，方一如的这个汇报材料不仅全面介绍了委机关的整体情况和过去取得的系列荣誉，而且最让林书记感到意外的是，材料中对省委即将在全省政法系统开展全省政法队伍纪律整肃工作的贯彻落实提出了一个大胆建议，即根据省里的活动要求，结合长陵政法的现状和实际，提出在全市政法系统内开展"守严展"主题教育活动——何为"守严展"？具体来说就是"遵守政治规矩""严肃党的纪律"和"展示队伍形象"——并提出具体的落实措施，这引起了林书记的极大兴趣。

这个材料是我们的机关干部搞的？林书记面无表情地问曹书记。林书记在这次党委换届中，才从下面县委书记的岗位提拔到这个岗位。他长期居于权力中心，早已习惯不轻易把情绪表现在自己脸上，基层千头万绪的具体工作，迫使他做任何工作都不像从省里空降的许书记那样注重文字内容，而更侧重于落实措施，他需要的是那些能够看得见摸得着抓落实的"干货"。

是的。曹书记有些紧张，他不知林书记何意。

还不错。林书记说，但仍不动声色。

曹书记随即笑了，马上向林书记隆重推荐了方一如，喋喋不休地列举方一如工作的勤奋与刻苦。表扬的话落到最后，说上任许书记曾有意将他下放到县里，但因种种原因未能启动。

哦。林书记若有所思，点了点头。

对于许书记的喜好，大家都是知道的。许书记政研室干部出身，每天最爱做的事就是琢磨材料。每有大会讲话任务，他通常是先把方一如叫到自己办公室，让秘书给自己和方一如分别泡一杯上好的龙井，两人边品茶，边开始"挖航道"。所谓"挖航道"，通俗点说就是搭一篇材料的骨架，即列提纲。通常情况下，许书记只负责材料的主骨架也就是几条"大江大河"的"开凿"，那些二级提纲三级提纲也就是"大江大河"的"支流"，以及"支流"下面的"沟沟渠渠"，就让方一如自己去"挖"好了。"航道"确定了，依附在"航道"上的"沟渠"自然就清晰了，接下来就是引"水"入"渠"了。"水"就是素材。素材太多了，政法系统下辖的法、检、公、司等部门，随便哪个部门都有取之不尽用之不竭的素材，就看写材料的人平时用不用心，只要用心，全市政法单位每幢大楼里每个科室所做的每一项工作，都是冒着热气的素材。

回过头来继续讲许书记和方一如"挖航道"的事。许书记总在"航道""挖"好后跟方一如聊往事：多少多少年前，自己也像方一如一样青春洋溢，为省里某个大领导写材料，大领导是如何在案头万千材料中对自己写的材料青睐有加，自己又是如何通过材料一步步走到现在这个位置的。总之，千言万语一句话，材料能力就是工作能力，材料思维就是领导思维，写得了材料，当领导的水平就差不到哪里去，等等。这些话方一如记没记住不知道，但有一句许书记时常不经意冒出来的话他是暗暗记在了心里：领导哪有时间逐字逐句看内容？几个段落的标题不错，材料就不会错。

难怪许书记从不和自己谈论那些"沟沟渠渠"，还以为许书记忙没时间，敢情是形式从来大于内容，领导的关注重点最终落在材料形式上啊！想想也正常，领导的工作任务不就是抓大放小吗？

四

在方一如转业的第十年，也就是他在政研室主任任上的第七个年头，长陵市又迎来了五年一度的党委政府换届。换届工作最重要的是人事调整。每次换届后，总会有一大批年轻干部脱颖而出，走上重要领导岗位。

方一如已经40岁了，如果能在换届过程中顺利地下到县市区任公检法"三长"，那也算赶上了年轻干部的末班车。

这是仕途的一个重要时间节点，对此方一如心里有着太多的期待，但不能表现出来，全埋在了心里。同时，也有忐忑与不安：此次能进入领导视野吗？能被组织提名吗？能顺利进入推荐程序吗？这一切，使得他像一个出嫁前的大姑娘，喜悦与担忧，期待与害怕，五味杂陈。

到了七八月份，进入换届的前期阶段。方一如原本不安的心反而稍稍静了下来。曹书记在一次签阅材料后不经意地说，一如，这个讲话材料整体不错，但在党管政法方面的内容还少了一点。之后，又补充了一句：你要提前考虑考虑。

　　提前考虑？这个"提前"是什么意思？方一如心里一惊。

　　这个材料是为政法委第一副书记、市公安局局长在政法干警岗位大练兵动员会上准备的。方一如考虑到讲话的领导虽然是政法委的第一副书记，但主业是公安局局长，讲话的主要对象是公安干警，所以就重点突出了政法业务，但曹书记现在说，要加强党管政法内容，而且要"提前考虑"，莫不是？

　　方一如心里有一道闪电划过，兴奋得不敢往下继续想。他接过材料，连声对曹书记说，是是是，我马上改，便退出了曹书记的办公室。

　　回到自己那不足十平方米的小办公室。方一如给自己规规矩矩泡了一杯上好的正山小种，那是以前许书记让秘书送给他的，他一直舍不得喝。

　　他端着茶杯，站到了办公室的窗户边，望着外面的车水马龙，在这狭小的斗室中第一次有了天高任鸟飞的无垠天空的意味。方一如开始慢慢地回味刚才曹书记的话。

　　提前考虑？我就一个政研室写材料的，需要提前考虑党管政法的内容？

　　这个"提前"是要我提前修改材料，还是别的什么意思？

　　提前修改这个思路似乎说不通，明天市委政法委第一副书记也就是市公安局局长就要在会上念这个讲话材料了，还有什么可提前的？作为汉语词汇，这个"提前"肯定不是指讲话材料的主人，而是材料的撰写者——方一如。作为整天与文字打交道的高手，他断定。

　　曹书记让自己提前考虑什么？方一如继续往下推理。

　　考虑把这个材料提前写好？这显然不符合逻辑。方一如很高兴地否定了这一错误的思考方向。

"党管政法""提前考虑"，方一如把这八个字再联系起来，刚才在曹书记办公室电光火石般闪现出的一个想法清晰地在他脑海跳了出来：这是一个党委政法委书记该考虑的事。曹书记让自己提前考虑，是不是暗示这自己将要担任这么一个角色？

方一如心里其实早有这种强烈的预感，经过自己的思维推导，更加坚定了这个结论：听说组织部门马上要来单位推荐考察干部人选，如果自己的推论不错的话，或许自己将被推荐到县市区任常委、政法委书记。

这是方一如最为理想的去向，尽管有些难度。一个市级机关的科长，跳过法检两长而一步到位成为县市区的常委，并不多见。但又有什么不能呢？从理论上讲，应该没有障碍，市委组织部前一阵，还把自己部里的办公室主任下派到金河区任区委常委、组织部部长呢。都是市委的工作部门，组织部的干部能够这样安排，政法委的干部不可以？

县级党委的常委。方一如心里再次掂量了这个职务。

一个几十万甚至上百万人口的县城，政治和经济等社会发展各个方面的大事小事，最后都由这十多位常委在决定、在定夺——这是一个无比显赫的核心位置。方一如列席过市委常委会，不，列席也算不上，是服务过市委常委会。每次市委常委会议都显得格外隆重和神秘，特别是那些常委们进入会场时，那些等在会议室外走道上平时威风凛凛的市直局办一把手们，见到常委们过来，明明没有障碍，却非要起身，再侧着身子让道的情景，给方一如留下了极为深刻的印象。什么是权力？常委就代表着权力，代表在一个单位、一个系统甚至一个地方有着绝对的权力。如果能走到这个位置，眼前窗户外的那些公路、高楼和桥梁，都可以在一个常委心中一夜拔地而起——常委的地位决定，这个职务配套有这么大的权力。一个男人在体制内生存，最大的驱动力在哪里？甘当革命的螺丝钉没有错，但仕途进步仍然是支撑工作热情最好的燃料。自古如此。一代名将岳飞不是说"白首为功名"

吗？哪个男儿不在追求仕途追求功名？仕途就是功名。功名是什么，功名虽与利禄紧密相连，但不等于利禄，功名是一个男人胸怀天下的最好平台与最切实的体现。方一如从入伍当兵到转业在政法委工作，他从来都有自己的想法。这个想法，往小了说是干事创业是有一番作为，往大了说是建功立业是齐家治国平天下。说实话，方一如尽管只是一个小小的政法委政研室主任，他心里却对政法事业、对政法工作有自己的观点和看法。每次组织市直政法部门负责人和县市区委政法委书记开会，方一如虽然只是一个列席人员，但看到个别领导在汇报工作时，或思路不清，或官话套话，或推三阻四，他打心眼里瞧不起，作为一个地方的重要政法领导干部，必须胸怀全局，必须敢作敢当，哪能像走路怕踩死蚂蚁、出门怕被树叶打破脑壳的样子？

如果自己走上这一岗位该怎么干？方一如甚至开始憧憬起来：首先，要学会讲话。好口才来源于自己肚子里有没有"货"。哪些领导脱离稿子开不了口讲不了话，干部群众心中自然有一杆秤，嘴里服气心里却不服气。方一如肚里是有"货"的，这一点他很自信，如果自己的屁股坐在那么重要的领导岗位上，他一定不会让别人替自己写讲话稿，对于日常的政法工作，他随口就能说出个一二三来。作为政研室的笔杆子，方一如此时想起许书记曾说过的话：材料思维就是领导思维。此言不假。其次，要学会做事。大家都在做事，为什么有的领导把事做得好让人信服能解决问题，而有的领导做事就让人瞧不起呢？原因在于，你是不是真正想把事做好，是不是在做事的过程中夹杂着太多"私货"？这个"私货"往往不是经济利益，而是自己的名声和前途。有的干部处理问题四平八稳，不想担一点担子，走路都扶墙。方一如可不想当那样的太平官，作为政法领导，守着自己的帽子做事，不敢为正义做主，这样的官当得再大又有什么意义？想到这里，方一如又想到了许书记，许书记虽然对自己不错，但许书记主政长陵政法系统四年，有一个让人诟病的毛病就是太专注于文字材料而不愿直面矛盾，很多问题都一直拖着，尽量不去动它。许书记有他自己的想法，即问题是个炸药包，虽然有隐患但不解决它它一般不会轻易引爆，要是碰得不好可能粉身碎骨，总之，有一种拖延的消极观念。方一如在这个问题上与许书记观点不同。真正当领导，就是要在解决问题上体现出个人的领导能力，如果见到问题就躲就跑，那组织上还要你这个领导干什么？最后，方一如还想到怎么做人的问题。自己当个小办事员，见多了领导的各种面孔，他发现一个有趣的现象，越是没有权力的领导越容易摆架子，越是大权在握的领导，反而很和气很低调。如果自己能够当上一个地方的党委常委、政法委书记，处于权力的中心，怎么才能适应这个位置呢？方一如想到有个年轻的领导，心性很高，在主政一个县时，有年在县里组织的团年酒会上，政协中有个比他年龄大很多的老领导下位走到他面前给他敬酒，他不但没起身，连身子也没侧，只是斜着身子跟人家碰了一下酒杯，这件事让那个老领导耿耿于怀，每次提到这个年轻领导从来没有一句好话。其实这个年轻领导工作能力很强，特别是不畏地方隐性的强权势力，也不计较个人前途，为当地遗留问题的解决做了很多有力的推动，但后来安排不好，一直没有得到提拔。方一如能听到这个故事，说明很多人都知道，这位年轻领导的前途之所以不明朗，与平时人际关系的处理不无关系，这也让他明白了一个道理：一定要谦虚谨慎，要真正发自内心尊重每一个人，哪怕是你的下级。当然，方一如不是出于为自己前途着想而想着要同下级搞好关系，他骨子里还是有平等意识的，大家无论职务高低，都是为了工作而走到一起，为什么要居高临下颐指气使呢？

五

方一如在办公室加班，修改一个林书记在全省政法工作座谈会上的发言材料。这个材料是方一如第一次"返工"。之前方一如根据自己的想法起草了一个，但林书记看了之后，觉得没有表达出自己的思考和想法，于是又专门召集政法有关领导干部进行了座谈，与会领导都从自己的认知角度作了一些发言，提出相关意见，会议最后，林书记将这些意见综合起来，谈了自己对这个材料的思考，交给方一如重新撰写。会议一直开到晚上九点，散会时，大家都拎着皮包和水杯出了会议室，各自坐车回家，把方一如一个人扔在了办公室。

方一如知道，这注定又是一个不眠之夜。他先是到卫生间洗了一把脸，然后沏上一壶茶，开始了漫长而艰辛的文字跋涉之旅。写到凌晨一点，这个材料终于进入收尾阶段，眼看大功就要告成，没想到突然停电了。方一如一下子傻了眼：自己忙着把材料拼命往前推进，忘记了随手点击保存。这是一个写作人不应该犯的错误，方一如不知该如何是好。半夜三更突然断电，文档丢失了多少？方一如心里没有底。材料明天早上领导要带到省里，今晚无论如何得想办法把材料完成才行。方一如只能找朋友求助。电话打了一圈，总算有个不错的消息，一个开建筑公司的朋友告诉他，自己公司所在写字楼有发电机。方一如只得把沉重的电脑主机搬到了朋友公司的写字楼下。朋友还没来，他只能站在寒风中等待。

过了大半个小时，朋友才慢腾腾地开车过来。朋友停好车，老远朝方一如打趣地说，你等得不耐烦了吧？我他妈从麻将桌上下来替你开门，另外三个麻友把我快骂死。

方一如哪敢不耐烦，只差连声说一万个谢谢。重新连接上电源，方一如最关心的是文档在没有保存的情况下，丢失了多少内容？开了机，方一如打开文档，一篇快要结尾的文章竟然丢失了三分之二，这让方一如失望极了，恨不得把这个主机给砸了。

猴子捞月亮，白忙活一场。方一如气急败坏地说。

再写一遍呗！朋友不知道写材料的苦，以为像抄一遍那么容易。

你以为写材料那么容易？方一如用手指了指自己的头发，说，你看，已成白发老翁。确实，方一如这些年用脑过度，四十岁才过，白发便已悄然上头。

你为了什么？朋友半开玩笑地说，以你这样的工作状态，到我公司来，我给你开三倍工资。

我们追求的东西不一样。方一如摇了摇头。

有什么不一样，还不是为了名利？

不，不，我是为了功名。方一如说，白首为功名。

说来说去，功名不是名？不是利？朋友哈哈一笑，拍了拍方一如的肩膀说，你继续为功名，我继续去打麻将。

朋友走后，方一如独自在朋友的办公室，从丢失的部分重新写起。因为不在自己办公室，有很多资料没有随着主机一同带过来，全靠自己的记忆，写作过程很缓慢，这一写便写到了天亮。好在朋友办公室电脑打印设备一应俱全，方一如又将写好的材料打印了两份。忙完这些后，他丁点困意也没有，只有材料完工后如释重负的轻松感与成就感。

离上班还有一个多小时，睡觉是不可能了。朋友办公室除了办公设施，简直就是一个小会所，红酒与咖啡及各种饮品，都摆在酒柜里。方一如干脆给自己泡了一杯浓咖啡，他要提提神。咖啡是蓝山的，味道很对方一如胃口，他端着珐琅金边的咖啡杯，突然思考起一个问题来：自己追求的所谓功名，与朋友眼下的生活，区别究竟在哪里呢？

期待已久的换届考察组终于来了。

整个政法委机关显得格外沉闷，气氛也似乎变得诡秘起来。方一如很快便听说，要从市委政法委机关干部中推出两名干部，从现任班子成员中推一名到市委任副秘书长，另外从科长中推出一名任副县级领导职务。方一如不关心谁去市委任副秘书长，那与自己无关，而准备推出去的那个科长，会是自己吗？方一如在心里把委机关的七八个科长反复盘算了一遍，论年龄和任职资历，只有三个符合人选条件。一个是老干科科长，那是一个老同志，他自己很早就表过态，自己不想出委机关，不想再折腾，一辈子就想待在政法委养老。一个是维稳办的科长，但平日表现并不出众，也应该不会是他。如此算下来，那最有可能的是谁？方一如心里一喜，肯定是自己了。副县级领导干部？组织部门已经明确是提拔重用，那是不是重用到县市区？方一如知道，通常情况下，组织部门启动某个干部的提拔程序，都会事先跟单位主要领导沟通。前段时间曹书记所说的那番话，会不会是事先沟通的结果？这么再细细一推，方一如觉得，此次应该是推荐自己到县市区任职。

胜利的曙光终于要照临到自己那个几平方米的小地方了。

方一如抑制不住内心喜悦，在委机关里表现得仍如平常。他到楼下打印室去处理文件，遇到了机关的打字员。

方科长，你今天穿得好干练啊！女打字员笑吟吟地说。

方一如每天都是一副后军人时代的穿着，为什么今天她独独提起他干练？是不是打字员听到什么风声了？方一如很想问，但还是管住了自己的嘴，话到嘴边又收了回去。

美女，请帮我把这个材料印 20 份，谢谢。方一如不知怎么接她这个话，只好主动调转话题。

好嘞。打字员仍是一脸的笑容。这个笑容，在方一如看来，怎么都有一种说不出的别样味道。

干部口上的事，该政治部管。政法委政治部主任虽然对方一如很好，跟方一如关系也不错，但他天生就是搞干部工作的，平时干部工作方面的任何信息都从他嘴里打探不到，嘴巴比保险柜还锁得严实。方一如想来想去，还是打消了上政治部主任那里探听消息的念头。

第二天上午正式推荐干部，政法委机关的几个书记便早早地站到办公楼前的大门口，他们边聊天边等候市委组织部的干部考察组。方一如拿着一个年度的总结报告，楼上楼下地找领导签阅，却找不到人，后来才知道上午市委组织部要来机关推荐干部，领导们正忙着去接待考察组。

这次是不是搞你？在卫生间里，方一如碰到近五十岁的维稳办科长，维稳办科长面部表情很复杂地问他。

对方用的是一个"搞"字，这里面的意思可就多了。对于关系好的人来说，这个"搞"字代表了亲昵，有说话随意的成分；对于关系不好的人来说，这个"搞"字也包含着不屑，表示自己没有把这个位置放在眼里，顺带把对方也不当回事，这是一个正说反说都揪不住尾巴意义却气象万千的词。

怎么可能？方一如赶紧表示了一种谦逊。在这个时候，千万不能翘一点尾巴，否则，往重里说往往千里之堤溃于蚁穴，往轻里说也给人一种小人得志的印象。况且，此事还没最终揭晓，什么时候都不要把话说得太满。

这个科长曾经少年得意，二十八岁就干到了正科，不过这二十多年来仕途的脚步像被什么黏住了，竟然无法再往前进一步，让人百思不得其解。而且，他遍历机关除政研室主任外的所有科室主任，阅历也极为丰富，但不知道组织上为什么就不提拔他。

真不是你？他再次向方一如核实。

我想不是。方一如心里有点虚，留了一手，用了个"想"字。

找你谈话没有？他又问。

没有。这一次，方一如回答得理直气壮。

确实没有人找方一如谈话，也没有任何领导找方一如说过此次干部选拔的事。每次干部调整前，单位领导一般会找机关干部谈话，有时候是跟被提拔对象谈，有时候也会跟不被提拔的干部谈，总之，根据干部调整的需要，视情况而定。

如果组织上定的是你，或者是我，相互要抬抬桩啊。同样两鬓斑白的他沉默了一会儿，艰难地说出了这么一句话。

方一如瞬间明白了，意思是不管组织最终定的是谁，都要服从大局，投彼此一票。

嗯。方一如点了点头。

六

万万没有想到的是，组织上除推荐一名书记到市委任副秘书长外，还推荐了一名科长干部提拔，但不是传闻的重用下县市区任职，而是在本单位提拔任副调研员。更让人意外的是，人选也不是之前方一如在心里盘算的包括他在内的那三个人，而是一个转业到委机关才一年多的一个副团职军官。要说，那个副团职军官本身虽然被安排的是科长职务，但一直享受着副县实职的工资待遇，提拔成副调研员后反而成了副县虚职，他本人没有太多的主观提拔意愿，但按组织原则上面这么安排，方一如也没有话说。但此次换届未能争取到一个提拔重用的机会，让他有些不遂意。

干部推荐会后，紧接着是找机关干部座谈。座谈会上，维稳办科长不干了，直接向考察组的同志发起了牢骚：自己干正科长达二十年，当自己年轻时，有副调研员位置不提拔自己，说这是为老同志解决待遇问题的；前几年自己年龄也大了，就想往前进一步，好不容易县市区空出位置，又说把重担交给年轻人，依然没有自己的份；现在又有了给老同志解决待遇问题的副调研员职称，怎么又变了？未必自己是扬叉捣兔子，尽在空里钻？

考察组几个年轻同志听了维稳办科长的牢骚，也只能陪着笑了笑。

国庆长假结束后一上班，查书记便把方一如叫到办公室，让他拿出一个关于在全市政法系统开展作风纪律大整肃的方案。

这是林书记交办的。查书记强调。

查书记……方一如停顿了一下。

有什么难度？查书记也是心直口快，看到方一如欲言又止的样子，问他。

作风纪律整肃不是纪检组和政治部的工作吗？方一如向查书记讲

起了条件。

交办大于分工。查书记不满意地说。

方一如当了这些年政研室主任，最反感的就是领导说"交办大于分工"这句话。术业有专攻，谁的娃哭谁抱，该谁的活谁去干，凭什么要靠交办？政研室主任专司材料写作不假，但不是什么材料都往他这里交，自己这里又不是材料的垃圾桶！长期以来，委里的书记们觉得方一如材料来得快质量又高，因此有个大点的材料都"请"他捉刀，这一"请"就"请"成了定势，"请"成了应该，久而久之就成了方一如分内的工作，仿佛政研室主任写任何材料都是天经地义。方一如也想反抗也想学别人那样拒绝，但那些拒绝的话往往滑到了嘴边，却禁不住书记们一个赞许的眼神和一句漂亮的夸赞，自己先没了底气，最后乖乖地缴械投了降，又万般无奈地接过了活，在办公室开始抓耳挠腮。

回到办公室，方一如赌气式地把刚才查书记交给他的一摞会议资料扔到沙发上，他像一个溺水者沉在水下，憋得喘不过气来。

窗台上盆栽的红运当头不知被哪些个烟鬼往里插满了烟头，红花已经枯萎了。方一如不知道它还有没有救，拎着水壶往里浇了浇水，权当是死马当作活马医吧。

按照领导的意思，此次全市政法系统作风纪律整肃方案无非又是老三篇：第一阶段学习、第二阶段整改和第三阶段形成制度。唉，这些工作手段和措施多年来没有任何创新，方一如感到腻透了。其实，他可以在以前多次的整肃方案中随便找出一个改头换面，再加点新元素就可以了，本质上说简单至极。但就这么简单又不用动脑子的工作，方一如在电脑前坐了半个小时，他一个字也不愿意在电脑上敲。

看来，他的工作态度真出了问题。出了大问题。

以前，写一个材料，为写出思想高度，他会反复揣摩领导的意思；为了一个好的句子，他会仔细打磨每一个词语。每一篇大型的综合材料写完最后一个字时，他都会大病初愈似的，既有如释重负的轻松感，也有工程完工的满足感。接下来，送领导审阅，这是一个忐忑不安的过程。有的领导喜欢大修大改，甚至推倒重来；有的领导则在小处挑几个错字，加上几句，算是认可了。对于前者，方一如是既爱又恨，爱的是每改一次就是一次提升自己的锻炼机会，恨的是又要陷入字斟句酌的周而复始；对于后者，方一如的心情也有喜有忧，喜的是轻松过关，忧的是领导不改动在某种程度上不一定是肯定，而是对材料不重视不看重。如果写的是重要领导的讲话材料，方一如每次都会在会场专心致志地旁听，一句不落听下来，生怕出现错误。但如果领导不按材料讲，而是甩开另讲一套，就说明领导已经否定了材料，那方一如可就要失落好一阵子。这些年，方一如为领导起草材料的日子里，有欢乐，也有痛苦；有收获的快感，也有被否定的失落；有漫漫长夜里煎熬的艰辛，也有迎来黎明朝阳的愉悦，总而言之，喜欢材料也罢痛恨材料也罢，他都在认真地写，不停地写，这一写就是七八年，全靠一股心底里的气撑着，那是一股向上的气、一股奋斗的气、一种有着希望和未来的气。但如今这股曾经直冲云霄的气似乎轰然倒塌了。

这是个最简单的方案，放在平时，方一如根本不需要翻阅任何资料，也不需要借助任何外力，就可以根据领导对这个纪律整肃的时间、方法、要求等任务部署，在电脑上源源不断地把这个方案流水似的一字不顿地畅快敲出来，然而，现在方一如像一个已进入暮年的老人，面对那些曾经信手拈来的句子和词语，进入了失忆的状态，每写下一个字都那样艰难。在他看来，自己即将要写下的这些话是如此苍白，苍白到如同一碗白开水，寡淡无味；自己即将要制定的措施是如此机械，机械到不过是对以往千百次工作的简单重复。方一如感到了深深的厌倦，那是来自骨子里对写材料的厌恶与反感。他知道，根源还在自己的身上，在那股气上面，那股气一旦消失了，写材料的动力也就没有了。

方一如连电脑也没关，他出了办公室。市委政法委机关大楼在长陵古城下。出了古城墙的瓮城，是城墙的外环。

晚上七八点，正是生活在这个古城内外的百姓们的饭后休闲时间，外环道上全是三三两两散步的人们。

夕阳的照耀下，每个人头上都像漂染了一层金粉，像一个个滚动的太阳在城墙下攒动，熙熙攘攘。

外环道上有推着婴儿车的夫妻俩，有穿着长衫提着宝剑的老人，还有戴着耳机奔走的跑者，这种生活的场景再平常不过，但方一如感到既熟悉又陌生，他寻思自己，有多久没有静下心来感受这些平凡的生活了？

什么是生活？这不是最具有生活气息的生活吗？自己为什么那么追求在一个地方指点江山挥斥方遒？做一名普通的老百姓，在饭后推着自己年幼的孩子或陪着自己年迈的父母散散步，难道不是一种生活选择？方一如在城墙下边走边思索这些漫无边际的问题。

参加工作这些年来，方一如从没有一刻放松过自己的神经，哪怕是中午，想睡个午觉都不敢放开了睡，怕眼睛一闭就误了下午的事，困得不行也最多只在办公桌上趴上一会儿。但自己每天开会、写材料、到基层调研，再返回单位写各种方案和计划，周而复始地忙忙碌碌，它的实际意义又在哪里？

方一如想起了前些天在微信群里，几个发小相互邀请到家中吃饭。发小们现在大都在农村做虾稻养殖，正值小龙虾上市的季节，尽管平时很忙，但每到夜里，承包田亩少的会主动到承包田亩多的家里去帮忙，凌晨三点一起下水田里干活，取虾笼、装箱、上车，一直忙到上午八九点，等把虾卖给前来收虾的贩子后，就在一起喝早酒。而每天早上这个时候，走在上班路上的方一如，会听到手机不停地震动，微信群里又吆喝开了，来我家喝早酒啊。很快就看到群里出现了各种早酒食物的图片，持续个把小时后，发小们纷纷回自家里睡觉了。下午午睡醒来，给小龙虾喂过饲料后，群里又炸开了，今天到这家，明天到那家，大家携妻带子，集中到其中一家去吃晚饭，他们在一起喝酒聊天，其乐融融的样子令他羡慕不已。发小们知道把他喊不来，就往群里使劲扔图片，让他过过眼瘾……

到底哪一种才是自己值得过的人生？像发小他们这样，每天没有时间上的严谨，没有对工作失误的担心，没有交际上的逢迎，全凭四肢的劳动和汗水来生活，普通而平凡，不好吗？这种普通与平凡中，有着日子向前流淌的充实，有着对阳光与雨露的期待，真切、踏实而朴素。而此时的自己呢？每日在办公室的空调下，长年伏在办公桌上已经让身体变得虚弱和臃肿，不过才四十出头，但肚子逐渐外凸，头发也开始变白，特别是他的内心开始变得格外敏感，时常有着莫名的焦虑。方一如看着朋友群里热闹的场景，时常羡慕发小们的生活，但让自己放弃目前的状态去追求那样一种耕作生活，那又是自己内心的志向吗？

不不，不可能。方一如清楚，如果真让自己去那样生活，或许有三天热度，但时间一长肯定坚持不了，他内心还是有自己的向往和追求的。作为一名男儿，身处庙堂心忧天下才是他应该有的目标。不是吗？他无数次在心里鄙视那些整天把各种理论和空话套话挂在嘴上的领导，开会说不到点子上，做事又没有半点方法，方一如有时候都替他们着急，心想如果把这个事情给我来干，我该怎么干？这个场合由我来发言，我该怎么发？

七

好事多磨。换届迎来了干部密集调整，先是动市直的干部，接着又开始调整县市区的干部，只有把地方四大班子和"两院"的领导干部全部调整到位，才能确保开一个顺利的换届选举大会。

目前，长丰县空出来了一个法院的院长的位置，但听组织部的人说，共有三个人选：一个是市委政法委的中层干部，一个是市中级人民法院的中级正职，另外一个是市委组织部的干部监督科科长。市委政法委中层干部不用说，很明确地指向了方一如，市中级人民法院的人选据说是一个年轻的副庭长。三人各有优势，市中院向基层院派人天经地义；而组织部门占了部门优势；方一如作为政法委政研室主任，按以往惯例下到县市区任职也在情理之中。

三选一，最终花落谁家？

消息往往长了翅膀，很快就有人给方一如打来电话，是他在部队时的老营长，现在在长丰县某个派出所任副所长。

一如，咱哥俩多久没聚了，这个周末有空吗？

首长今天怎么想到我了？

老营长以前在部队时，曾当过方一如几天领导，比方一如早一年转业回老家，主动选择进了公安队伍，经过这些年打拼，干上了副所长。

大院长，别给我装，我还想着赶紧烧烧冷灶么！

老营长在电话里告诉方一如，现在长丰县政法系统早就传开了，说现在长丰县空缺的法院院长最新人选是从市委政法委下派，姓方，是个写材料的老转。

你就别给我装啦，周六还是周日，你定时间，我来安排。营长在电话里恳切地说。

越是在关键时候，越是要注意自己的言行，怎么还敢在组织未定下人选的时候聚餐喝酒？老营长打来电话，方一如心里暗喜，既然小道消息已传到长丰县去了，说明自己有戏，这个戏份应该还很足，俗话说无风不起浪嘛！但胜利在望，切不可倒在黎明前的枪声里啊！

方一如以目前手上事多，婉拒了老营长。

真有事？老营长半信半疑，又心有不甘。

我下周再约你。老营长挂掉电话前，又不死心地说了一句：战友几年不见了，真想你了。

但人选很快定了下来，是市委组织部的干部监督科科长。据说理由很简单，市委要加大干部的交流力度，而且那个科长本身通过了司法考试，具有任职资格。

方一如听到这个消息时，他正准备向组织部报送一份党建汇报材料，综治办的同志请他顺便把干部提拔前综治考核征求意见的表格捎到组织部机关。方一如拿着那份关于征求那位科长综治考核意见的表格，里外反复看了几遍，心里五味杂陈：原本以为这张表会写上自己的名字，自己也为之奋斗了半辈子，几次都快要够着了，但最终差了这么一小截，人生仕途的分水岭俨然成了长陵市头顶的荆江，横在他前进的道路上。

小方，想得通吧？时任常务副书记的曹书记怕他有想法，专门把他叫到了办公室，与他谈心。

消息已经传开，委机关上下都知道方一如此次下派没戏了，因此和他尽量不提这个话题。但曹书记不能回避，他得做通部属的思想工作。

在干部任用问题上，曹书记也只有推荐权，真正的决定权还在组织部门，此次最终确定人选又出自市委组织部机关，这能怨谁？怨曹书记没有据理力争？不不不，方一如知道争了也没有用，人家有拿得出台面的理由，自己从某种程度上说，优势并不比对方明显，甚至在任职资格上还不如别人，对方通过了司法考试，而自己只有"五年以上政法工作经历"这一微弱长处，无话可说。

怪只怪自己的仕运不好。自老营长打来电话，方一如已在心里又一次对未来的职务作了设想：他如何在第一次与全院干部职工见面时发表讲话，如何主持审委会，如何把长丰县法院面临的最为压头的积案来一次大清理……但这一切，又一次成了泡影，与他无缘了。关键是，以他的年龄，这一次不能上去，今后最多只能在委机关内部解决个副县级直到退休了。

方一如朝这条路上一想，立即想到了委机关几个年迈的副处级干部，他们虽然是副处级，但每天干的活与科级干部无异，完全没有县市区副处级干部的状态，工作权责也有天壤之别。县市区一个副处级干部基本就顶着那片土地的"天"，大手一挥，一条路、一座桥、一幢楼会拔地而起在手指向处；大笔一落，一个干部的政治前途和人生命运会发生翻天覆地的变化，权力所指之处皆变化，那里才是一个男人真正干事创业的大舞台。而政法委机关呢，堂堂的处级干部还在为一个不打紧的材料上的某个词语争来辩去，还在为机关的值班表上的人员安排讨价还价，与县市区那些"诸侯"们哪敢比肩。说话、交人、处事，等等，格局、力度、权力，所有的一切，根本不在同一个层面上，按老话说那是黄牛和水牛的区别，毛色都不同。

县市区的副处平台再高舞台再大，但上不去又能怎样？人这一辈子，很多事它就是不能如你的愿，就不会按你想象的方向去走，你奈它如何？方一如走出曹书记办公室，知道自己下放县里已无可能，大局已定，无论曹书记如何安慰，心里还是有一阵阵强烈的失落感潮水般涌来。

我本将心照明月，奈何仕途无意于我，不如回家抱娃去。一直鼓鼓囊囊满身斗志的方一如心里被什么刺穿了一个缺口。

正值周末，方一如破天荒地没在办公室加班，而是好好地陪儿子玩了两天。上午在家给儿子辅导作业，下午则带儿子在城墙边骑自行车，也不亦乐乎。

周一上班时，方一如迎着古城走，沐浴在初升的朝阳中，他突然想到，老营长说这周末约他聚一聚的，但没有打电话过来。

要说最近几次干部选任对方一如没有打击，是不真实的，方一如无论再怎么要求自己，但内心有了缺口，那股气就始终再也提不起来了。

方一如对材料开始有了区别对待：对书记的讲话稿子，采取中规中矩的写法，不追求创新但也保持基本水准；对一般性的总结或汇报材料，再也懒得在细节上雕琢，而只在过去的材料上动动手脚，改一改时间，换一换案例，应付过关。

这倒是个好办法，思路一变天地宽，方一如自采取区别对待的工作方式后，他竟然觉得工作干起来没有以前那么大难度了。到底是过去工作难度太大还是现在工作难度变小了？方一如后来反复琢磨，材料还是那个材料，为什么以前在一个材料上会拈断十根须，而现在却是得来全不费功夫？

自己水平陡然提升了？

当然不是。

是自己的想法变了，变得不再那么高标准严要求了，变得不再那么在意材料中一字一句的得失了，甚至说变得不再那么在乎领导的看法了。

看来，放下也挺好。

方一如觉得自己和以前相比，已是一身轻松。记得以前有一次，方一如到饭堂里吃午饭，心事重重走下楼来，一个人打饭盛汤，坐在机关众多干部中，挑着饭而不发一言，同事们欢声畅谈他全然不在意，有人小声向他打招呼他也不回应，大家纷纷地说，方主任怎么了，有心事？

他确实有心事。他将林书记在市委党校的讲课材料中的一个用词反复在脑子里斟酌，是用"下好先手棋"还是用"凡事预则立，不预则废"？

大家看他还是呆呆地不说话，都相视一笑。

先手棋。方一如在内心里敲定了这个词，情不自禁脱口而出。

什么先手棋？有人见方一如说话了，问。

哦哦，方一如意识到自己失态，连忙低着头笑着解释没什么，一时走神了。

如今好了，不再在心里为一个词反复掂量，其实用什么词不可以呢？"抓手"和"着力点"这二者有区别？"上台阶"和"新提升"这两个说法有差异？

迂腐。

方一如感叹过去的自己，太迂腐。那些个近义词，选择哪个词汇放进句子里，都是同样的意思。择来择去的意义，除了费脑子和浪费纸墨，还有什么？

又是一个周末，方一如带儿子去长陵新修的关羽塑像公园游玩。在一个卖旅游纪念品的小摊上，应儿子要求，方一如给他买了一个火漆制作的葫芦，他看到上面有一句佛家的偈语：这是一个娑婆世界，娑婆即遗憾，没有遗憾，给你再多的满足你也不会幸福。

方一如把火漆葫芦上的这段话念完，心里某种一直飘忽不定的东西被击中了，他似乎突然为自己并不情愿的放纵找到了某种难以自证的依据：这个世间，哪里没有遗憾？

自己感到的那些难过和失望，不正是佛家所说的遗憾吗？

最近这一两年，方一如对材料质量标准的放低，并不是无意为之，其实他是刻意的。这种放低，其中蕴含了他对自己仕途无望的反抗与斗争，本质上是对自己仕途不得意的自嘲，包含着太多人生的不如意。但这又如何？命运已将自己裹挟进这条河流，谁又能逆流而上？

每个人生存在这个世界，从宇宙的角度来看，都不过是一粒微小的尘埃。放在长陵市来看，一个县市区的处级干部确实可以做许多事，确实有着世俗看来可以施展才华的舞台，但放到全省放到全国呢？不过是一个芝麻粒大小的官，又能释放出多大的能量？

真正做一番事业，非要在人前和台上？

在这个全球最大的关公塑像下面，方一如和儿子站在关羽的一只脚指头上合了个影。他再回首仰望关老爷，只能看到关老爷巨无霸的膝盖，甚至连关老爷的长衫也看不到，更别说关老爷的大红脸了。

人，在一个塑像下都显得如此渺小，何况在这浩渺的宇宙中呢？又何况在这漫长的历史长河中呢？

八

方一如决定换一个岗位，他把在全市政法工作大会上书记的讲话材料写完后，向曹书记提出了自己的想法。

你想好了吗？曹书记有些替他惋惜。毕竟政研室主任是委机关提拔使用干部的一个重要岗位。

方一如去意已决。他从部队开始就从事写材料工作，从二十八岁调到师机关当参谋开始，一直写到四十五岁，整整写了十七年，人生大好的年华，基本都在办公室加班度过，他确实感到疲倦了。

市委政研室差个副主任，前些天我还向市委马秘书长提起过你。曹书记又说。

马秘书长是市委副秘书长，兼着市委政研室主任，他那里常年差人，方一如相信曹书记所说的话。但即便是调到市委政研室又怎么样？解决个副处级，继续埋头写材料，一直写到退休？临退休时再解决个正处级待遇？

方一如一想到这辈子要与材料打交道到底，心里不禁有些悲凉。当了一辈子机关干部，就在办公室长年累月写着那些反复咀嚼的话语，这是自己向往的仕途吗？自己曾经渴望的仕途之路是在机遇和挑战面前的果断抉择，是解决群众种种困难时的当机立断，甚至是为造福一方而壮士断腕的悲壮……

一辈子写写画画，无论级别有多高，地位有多么显赫，与自己理想的仕途皆相去甚远。

既然不是所期待的，自己还追求吗？

我还是想换个跑腿的岗位。方一如没有犹豫，向曹书记袒露了自己的心迹。

任何一个机关，从来都不缺跑腿、打电话和陪客的干部，但哪个机关都需要那些能坐下来写材料的苗子，方一如这一去，谁来接任他的岗位？说实话，如果需要提拔一个副县级干部，委机关有排着队的科长，但挑个合适的研究室主任，还真缺少能够提锅上灶的人选。

继续写下去，机会总是会有的。曹书记还是作了最后的挽留，他不仅为方一如的前途着想，也为自己难以物色到合适人选考虑。

请书记看在我在委里写了十年的分上，放我一条生路。方一如不想把这个辞请搞得太悲情，故意诙谐地说。

既然方一如再三坚持，曹书记也不便再说什么。

我知道了。曹书记朝方一如挥了挥手。

老去功名意转疏，独骑瘦马驱长途。方一如从政研室主任调整为老干科科长，出乎机关很多人意料，但又在情理之中。

天天在办公室加班加点写了十多年，连个副处级干部都没混上，谁愿意再吃这份苦？

自己的仕途没能再向前进一步是方一如封笔的原因，是，也不全是，从他当上老干科科长后，可以得出这么个结论。

老干科科长是机关较为边缘的一个职位，这些年来基本就处于休养状态，大多都是临近退休而又始终无法解决级别的老同志在干，方一如却在这个岗位上做得有声有色。

每次党小组会或是机关过组织生活，方一如总是一个个地耐心打电话通知老干部，只要是在本市且身体条件允许尚能来机关参会的老党员，方一如都会亲自上门接送，这一点令他们感到很满意。那些垂垂老矣的老干部们，对过年过节多发一袋米一瓶油不太在意，但要是组织生活会让他们来学学文件发发言，他们会十分看重，有的老党员甚至针对每次会议的主题，会在家里提前拟好发言提纲。只要老同志们有精力参加，方一如不但接送，如果时间来得及，还会将那些老同志们用钢笔写在纸上的发言稿用大号字体打印出来，发到每个人手中，这令老同志们开心得不得了。这在以前是从未有过的事，退休后被组织遗忘的感受减少了，革命的热情又回到逐渐衰老的躯体当中，在组织生活会上，老同志们发言一个比一个积极。

热情是相互的，方一如自己也没想到，他对老干工作产生了极大兴趣。和那些退休老人在一起，陪他们去钓鱼，和他们聊天，上他们家维修水管、通下水道等等，方一如一点也不觉得枯燥和劳累，每天跑上跑下，他没有任何怨言。老人们的生活也是那样鲜活，这让方一如觉得有趣，因有趣而又生出了工作的意义。

随着对老干部工作越来越熟悉，各项工作从接手时的不知所措到逐步进入了正轨，方一如的日常也平淡起来，很多时候，他真有了一种花开花落云卷云舒的感觉。

这不正是自己真正想要的生活吗？

新来的政研室主任是从市中级人民法院挑过来的。小伙子姓段，原本是个法官，但因为爱好写作，一篇通讯被领导看中，便被借调到法院的政研室工作，原本说好只是借调，但没想到领导觉得还算"好用"，这一"借"，就成了刘备借荆州，有借无还了。法院的政研室属于法院政治部主任分管，政治部主任开导小伙子：在政治部工作，不比当个法官前途大一些？

段小伙倒不是想前途，主要是不敢跟主任争辩，只得连声说"是是是"，这一"是"便"是"成了政研室的人。在法院政研室写了三年，又被正急着找人顶方一如缺的曹书记给物色上了。

政法委是市委工作部门，材料在哪里都是写，在市委工作部门写不比在业务部门写前途大一些？曹书记搬出了法院政治部主任的那套说辞。

段小伙又好一阵"是是是"，很快又被"是"到政法委政研室了。虽然是个副主任，但曹书记发话了：主任这个位置只留给写材料的人，你在这里写，谁还抢得走？

段小伙并不一定想当这个主任，但曹书记接下来的一句话，像一颗铁钉，把他最终牢牢地钉在了政研室。

我们政法委的政研室主任，都要下到县里当法检两长。曹书记说得没错，只有方一如例外。

刚进政法委的时候，段小伙很谦虚，每次碰到方一如，都会尊称他为前辈，毕竟是政研室的老主任嘛。方一如呢，也不妄自称大，每次看到段小伙的材料，他都送上一些称赞的话。其实，段小伙的材料功夫还属一般水平，但年轻人嘛，肯定为主，肯定能增强人的信心，这一点方一如是懂得的。

段主任这个材料结构很紧致，语言也很利落。跟那些在材料碰头会上对段小伙材料指指点点的人不同，轮到方一如发言时，他很少指问题，总是会夸赞一番。每逢材料碰头会，很多人说起材料来头头是道，下笔却畏首畏尾。方一如知道搞材料的人辛苦，不会轻易对人家辛辛苦苦写出来的材料说三道四。

材料搞得多，段小伙的文字水平也渐渐"拖出来了"。写材料么，又不是搞科研造原子弹，无非是一个模式，只需写材料的人肯下苦力，加进几个新名词，最好再融入一点本单位本系统的特色工作，出来的材料就活灵活现了。段小伙本是个聪明人，上手自然也快，很快就得到林书记的肯定。这一肯定，人也不由自主地有些飘了。

方科长，你今年的老干部工作总结缺了点"味"啊！段小伙对方一如交到政研室的总结材料不满意了。

说实话，老干部工作放在往年，连个总结都未必有，还是方一如笔杆子出身，主动写下了这三千多字的总结，想不到段小伙竟然嫌弃材料不行，怎么，还想把老干部工作做成一朵花？

我的材料只是提供一个靶子，供段主任你参考。方一如微微一笑，说。

我认为老干部参与学雷锋工作这一项，还可以展开写。段小伙指着方一如的总结，毫不客气地说。

老干部都多大岁数了，基本没有参加过社区的学雷锋活动，没有活动，怎么写？又靠编？方一如最反感的就是编造没有做过的工作，尽管他以前也编了不少，但内心深处对此深恶痛绝。

那麻烦段主任帮我们无中生有呗，方一如依旧笑吟吟地说，不，是锦上添花。说完，他扬长而去。

九

到了年底，政法委老干部工作破天荒受到了市委老干局的通报表彰，除基础工作扎实以外，还有一个很大的原因，方一如写的长篇纪实文章《为了那抹古城夕阳红》在全国老干工作权威杂志上刊出，这不但给市委政法委争了光，还给长陵市老干工作添了彩，这也是长陵市老干工作经验第一次大篇幅亮相中央媒体，分管老干工作的市委领导很高兴，所以政法委老干工作理所当然稳居全市靠前位置。

不知道为什么，以前方一如没日没夜地写那些公文材料时，总感到心力交瘁，但在写这个老干经验材料时却异常轻松，甚至在写到老干部参加主题党日活动别开生面时，那些平日艰难异常的词语竟然像泉水一样喷涌出来，没有丝毫的违和感。也难怪，方一如组织老干部做了那么多真真切切的工作，优良做法和工作经验不需编造，只要把做过的事和取得的成绩记录下来，就是一篇好文章，真可谓得来全不费功夫。

接过市委颁发的奖牌，方一如心里的成就感油然而生，什么才叫事业？为单位写公文材料，用文字指导全市政法工作叫事业；指挥千军万马铺路架桥，解决民生疾苦叫事业；领着一群退休老同志钓鱼打麻将，组织他们过好党日开好组织生活会叫不叫事业？干事业有难易之别，还有高下之分？

方一如第一次感到满足，这种满足不是来自材料完成后的自我欣赏，而是来自把一件小事做好后的内心收获，就像一个农人在机械化大规模生产的今天，哪怕只种了一小垄油菜，仍然会徜徉在菜花丛中，像抚摸自己的孩子一样打量着眼前的这片金黄。

姜还是老的辣，出手就是放大招。机关的同志都称赞他，曹书记也忍不住人前人后表扬方一如，说金子放在哪里都发光，没想到一个不起眼的老干工作，方一如硬是把这项工作做得有声有色，经验还推广到全国去了。

领导和同事的赞誉一多，特别是"大招"这样的词汇频出，段小伙坐不住了，自己从法院调来政法委机关写材料也已经有两三年了，虽然任务是勉强完成了，但一直没有得到过领导的高度评价，自己累死累活地一个材料接一个材料地"啃"，抵不上方一如写一个材料的影响大，心里多多少少有些不爽。

只要肯下功夫，铁板上也能雕出一朵花来。段小伙没有直指方一如关于那篇备受关注的《为了那抹古城夕阳红》经验材料，而是在机关干部谈到如何写好材料的问题时，数次抛出这个观点，言外之意，方一如的那篇经验材料是建立在长时间的精雕细琢上的，没有什么大不了。

"前世做了恶，今世搞写作，写又写不好，推又推不脱。"段小伙接下来又用一首打油诗调侃，自己一年四季都在材料中打滚，心血耗尽，好想和方主任一样去当个老干科科长。

这些话，还是慢慢地传到方一如耳朵里，他置之一笑，别人认为段小伙傲慢或者不虚心，但他是理解段小伙的，下了班之后谁不愿意陪老婆孩子在家做饭看电视，谁又愿意一个人孤零零地在这幢办公楼的某个小房间里通宵达旦地咬文嚼字呢？

写材料的苦，谁解其中味？

一晃又是三年过去了，方一如已经四十八岁，伸手就能摸到天命之年的边沿了。

干部政策又发生了新变化，为解决干部晋升"天花板"的问题，开始在干部中实行职级并行。但这个政策主要倾向基层，轮到市级机关，向上晋升的职数就不多了，再具体到政法委，因为过去提拔的一批副县级干部还未能消化，按编制比例，偌大的委机关只剩下一个四级调研员的名额。

已接替曹书记的常务副书记查书记说，四级调研员也就是过去的副调研员，按资历和工作成绩，无论从哪个方面讲，此次都应当轮到方一如了。

查书记为确保方一如在推荐中胜出，不再出现任何幺蛾子，他还亲自与机关每个符合晋升条件的同志都谈了一次话，意思是方一如也是快五十的人了，现在解决个职级算是对他那些年辛苦付出的一个交代吧。

机关干部能理解，其实不用查书记谈，这是众望所归，谁还和他去争呢？那是糊涂。

四级调研员虽然是副处待遇，但不属市委管理的干部，组织部门便将考核程序委托政法委自行组织。这样一来，查书记的把握就更大了，委机关自行组织，很多话几乎可以说到明处，机关干部谁心里不是一碗水明晃晃的？

一如，把自己的现实表现材料写好一点，认真写。查书记在考核的前两天，又专门把方一如叫到办公室做了交代。

四级调研员虽然算不上领导，但好歹算是迈进了处级干部的门槛，也算是对自己工作一辈子有了个交代，更重要的是工资待遇有了一个质的提升，每年算下来可多领一万块呢。冲着钱去想，方一如也就欣然接受全委上下对他的照顾。

待方一如把一切都准备好，就等着开会推荐的前夕，问题还是来了。

查书记把方一如叫到自己的办公室，告诉他晋升的事可能遇到了一点麻烦：段小伙在不久前给林书记写的一个材料受到充分肯定，林书记一高兴，便同他聊了起来，得知他符合晋升条件，便在同查书记交代工作时重点提到了他。

在这个时候，提出段小伙的名字，这让查书记倍感压力。

虽然方一如顶撞过查书记，但查书记了解方一如，这个同志过去吃了那么多苦写了那么多材料，现在老干工作又做得那么好，不晋升他，说得过去吗？

推荐工作暂时停一停，我再来向书记汇报汇报。查书记虽然心里没有底，但还是想为方一如争取时间。

不比许书记，林书记是在县里做过书记的，多年来身处权力核心位置让他说话形成了一锤定音的风格，查书记要再去做工作，确实有一定的难度。

相信我。方一如出门前，查书记走上前，拍了拍他的肩。

方一如忽然觉得有些对不住查书记，自己厌烦写材料，当时还跟查书记杠上了，没有想到查书记根本没有说他的不是，反而在这个关键的时候力挺他，面对强势的顶头上司、市委常委，还要坚持为他说话。

不过到了最后，晋升的还是段小伙。这怪不得别人，是方一如自己主动放弃的。一方面，方一如不希望查书记为难。当然，他并不知道查书记已取得林书记的同意；另一个重要原因是，段小伙亲自找到了方一如，对他说好话，请他"让路"。

段小伙说得很真诚，这次他要是晋升成功了，下次换届，也就是明年的七八月份，他下到县市区任职便顺理成章了，副处级到县里任法检两长只算是重用，比正科级提拔下县里要相对容易一些。

望着段小伙满怀期待的眼神，方一如仿佛看到了自己当年的影子。当年自己每时每刻都坐在材料堆里煎熬，不也是做梦都想着能够脱离这文字堆，到县里去当"一方大员"吗？这差不多是每个材料人的共同理想。试想，一个人每天都以领导的语气在自己内心里发言讲话，那些或宏大或平实的各种词汇在脑海里跳来跳去，与真实的讲话没有任何不同，唯独它是无声的，始终无法跳出自己的胸腔这个狭小的舞台，这对精心组织那些语言的人而言，难道不是一种悲哀？

方一如什么也没有说，他同意了。

他不但自己坚决给段小伙"让路"，他还决定要为段小伙"助跑"，从某种意义上说，成全段小伙就是在成全自己，段小伙一肚子的讲话词也是自己肚子里的讲话词，这些讲话词如果最终有了一个宽敞的舞台，值了。

方一如主动找到查书记，说这次的晋升指标有限，还是遵从林书记的意思，让政研室段主任先晋升吧。

他的一级主任科员才满两年。查书记说。他为方一如的想法感到很吃惊，如果方一如错失了此次晋升机会，那下一次晋升就不知道是何年何月的事了。虽然晋升不论资排辈，只要满两年就可以，但晋升不完全等同于提拔任职，从实际操作来看，对于年龄大资格老的同志，还是会优先考虑。从这个角度讲，方一如较段小伙更有优势。

方一如没有跟查书记过多解释，自己内心真实的想法怎么同领导说？让贤？还是替段小伙仕途助跑？好像都说不出口，他只能说不愿意让查书记为难。

我跟林书记已经报告过了，林书记基本同意委机关酌情考虑合适人选，无论是选你还是选小段，他都表示认可。查书记告诉方一如自己确实向林书记有过一次详细汇报，已经取得了林书记的支持。

段小伙是山西人，小伙子通过公务员招考考到长陵市，把家也就安在了长陵，老婆没有工作，家里的经济条件也不是太好，方一如和查书记深入谈到了段小伙的家庭状况，每个月多个大几百上千块钱，对方一如来说算不了什么，但对段小伙的家庭无疑是一大笔收入。

还是先考虑他吧！方一如真诚地对查书记说道。

一如，你……

十

一级主任科员方一如在老干科科长的位置上干得有滋有味。这个位置既没有人同他争，也没有什么工作压力，总之，就像是为方一如量身打造的一样。

方一如也开始参加发小们的聚会了。休息时间，他们一群都已年近半百的人，孩子似的在微信群里呼朋唤友。现在，方一如也开始响应这种召唤了，积极抽空参加。他开始有点喜欢喝点小酒，一上桌就抢着端酒杯，一端酒杯就会醉。醉后不知天在水，满船清梦压星河。这种逢酒桌就会微醺的生活，在他看来，不亦快哉！

接近天命之年，曾经的所有雄心斗志与向上欲望，都开始悄无声息地减退，生活已进入慢节奏，每天除了上班，方一如把更多的时间交付给了业余爱好，他专程去造访了本市一位治印名家，开始学起篆刻来。

老师很惊奇，你作为市委的机关干部，能坚持每个周末到我这里来学印？

方一如浅浅一笑，他知道，他肯定能。

五十而学印，太迟了。老师摇摇头。

如果当作消遣呢？方一如问。

那倒是一个极好的打发时间的方式。老师拗不过他，从挑选石头原材开始，手把手教他。

学印谱、上石、磨刀、打格、执刀……每一步，方一如都学得极其认真，经常在练习印稿一个环节上，一练就是一整天，拓得书房到处都是墨色的印稿纸。

老有所乐。方一如这是在给自己未来的退休生活设计退路，他这前半生一直都在伏案写作，除了几个发小外，一无交际圈二无一技之长，将来退休了，这慢悠悠的光阴如何度过？

学了一年，方一如的治印技艺大增。他的中指上磨出了厚厚的一层茧，但他很享受这个治印的过程。在小小的青石之上，交换着切刀冲刀，外人看来不过雕虫小技，而在他心中，却有一种驰骋沙场的快感，方寸之间仍是一块广阔的舞台。发展到后来，他能握住刻刀在石头上琢磨一整天，乐在其中简直不能自拔。

为配合精准扶贫工作，在扶贫日这天，市直机关工委牵头组织了一个全市的以扶贫为主题的书画篆刻展，方一如的老师作为市书协的副主席，成了此次展览的评委，他特意交代方一如也创作一幅作品参加。方一如不便违背老师的旨意，特意创作了一幅作品，交到了市直机关工委。

以方一如的篆刻水平，又在评委老师的精心指导下学习了一年，入个展应该没有问题，但最终评选出篆刻作品三十件，方一如意外落选了。

是方一如的创作水准达不到？肯定不是，是内容出了问题。既然是以扶贫为主题的书画篆刻展，创作内容肯定离不开扶贫工作，实在要偷懒，抄句领导的讲话或与扶贫有关的关键词都可以，但方一如用鸟虫篆创作了五个字：白首为功名。这是什么创作？与本次展览的扶贫主题毫无关系。外人不知方一如为何落选，只有方一如七十高龄的老师看懂了，他一看到方一如的作品，立即撤到一边，笑着骂年近五十的方一如：这小子！

就要过年了，方一如从发小家喝完酒回来，抱着小区一棵香樟树呕吐，虽然头重脚轻有些醉意，但他还是从树干上闻到了早春的气息。

万万没有想到，这个春天来得如此与众不同。

到了农历腊月二十八，大街上准备过年的气氛陡地变得严肃起来，听说武汉出现了一种类似非典的新型肺炎，且"人传人"。到了当日下午，仅半天时间，这种紧张气氛再次升级，微信朋友圈有消息说武汉可能要封城。封城是什么意思？难道把进出武汉的通道全部堵上？这似乎不大可能，千万人口的大城市，别说封闭起来，连车辆限行都会有困难。

腊月二十九的下半夜，官方正式发布消息，武汉"封城"了。长陵市距武汉一百多公里，武汉封城，长陵势必会受影响。果然，除夕当日，正值万家团圆吃团年饭的时候，长陵市委市政府作出了两项决定：一是长陵市也紧随武汉之后，实行封城；二是所有公职人员停止休假，随时待命。

接下来，城区所有小区开始实行封闭式管理，全体市民被禁足在各自家中，一切生活物资采购供应都由社区及志愿者来负责。单位暂时没有安排，方一如正好乐得待在家里不出门。往年过年都是亲朋好友聚在一起吃吃喝喝，这下可好，宅在家哪也去不了，他正好利用这个空闲时间练练刀法。上次创作的"白首为功名"一印，自己故意选了这么一个与征稿主题不符的内容，不愿参展不假，但后来老师也指出他这幅作品的不足：其使用的冲刀法过于急躁，速度过快过猛，致使线条上有残损。老师不愧为方家，点到为止，方一如还是内心火气太盛。他决定利用这个封闭的假期，重新来设计印稿，采用相对平和的"切刀法"，在清新的意境和趣味上下功夫。

印稿出来后，方一如开始动刀，从大年三十到正月初七，反反复复。同一块石头上，刻废了磨掉，磨平了再刻，任手中钢刀在青石上耕犁，碎石飞舞，溅得书房到处都是。终于，一方鲜红的印面出现在宣纸上，"白首为功名"五个篆字相互渗透，彼此补溢，整体端庄大气，刀拙而锋锐，貌古而神虚，尽显汉印风流。

方一如捧着这方印，反复欣赏与把玩，简直有些爱不释手，他决定再给这方印雕个印纽。雕个什么动物呢？方一如想到正在肆虐的新型冠状病毒疫情，干脆就雕个吞万物而不泄的貔貅，古代神话传说中它可以阻止瘟疫的发生呢。

正月初八早上，方一如刚完成纽雕的勾线描图，手机短信提示音响了，是小区物业发来的，方一如所居住的小区出现了2例新型冠状病毒感染者，是一对夫妻，现在已送入医院。小区即将实行全封闭管理，要求全体居民们不能走出自家家门。同时，社区驻小区工作志愿者服务队决定在本小区业主中征召一名专门送一些有特殊需求的居民上医院的驾驶员志愿者，请大家报名。

方一如知道，所谓那些特殊的居民，大都是一些必须阶段性上医院的慢性病患者，如做血液透析的、打胰岛素的。

正在这时，方一如的老婆在客厅里叫他，给他安排了一个活：赶快把卫生间的地漏给堵住。

堵地漏干什么？

你没看新闻？现在出现了气溶胶传播，新冠病毒可以从卫生间的地漏里钻出来。

方一如老婆把一副橡胶手套放到他的桌子上，叮嘱道，这个病毒太狡猾了，现在家里的任何窗子都不要开，否则有感染风险。

快去堵地漏呀！她继续催促道。

方一如若有所思，放下手里的印石，拿起桌上的手机发出一条信息。之后，他站起身来，告诉老婆从明天开始他就要去当驾驶员志愿者了，专门负责送特殊人群上医院。

现在这个时候你还敢往医院跑？她一脸的惊讶。

是的，总需要人跑。方一如很平静。

你不要头脑发热。她不解地问，你图的是什么？

算是图个功名吧！方一如费力地想了想，说。

癣　斑

一

入了冬，天黑起来便绝情得很，天地间的光亮一旦抽身离开，比那些被父母催喊着回家的孩子们跑得还快，这不，下午六点钟不到，锦绣生活小区刚才还热滋闹滋的小操场，很快被孤零零地遗弃在黑暗中了。

"一百一十七，一百一十八……"航航一边走，一边用乒乓球拍向空中挑球。真进入了属于夜的时间，稠黑开始逼近大地，光线也越来越差。不停被挑动着的白色乒乓球几乎要消失在航航眼前，但他凭借着良好的手感，仍然没有出现失误。

"四百九十五……"当他快数到五百时，已经走到了远远家楼下。远远家住一楼，航航便站在阳台边扯起嗓子喊：

"远远——"

并没有人应话。

"远远——"

航航继续喊。

远远是航航的同学，家同住一个生活小区，两人关系不错，放学时经常结伴回家。航航妈妈为方便自己在夜场上班时联系航航，给航航买了个手机放在家里。有了手机，航航便下载一些游戏，邀请远远到自己家里来玩。但小学生从放学出校门到回家门的时间，家长控制得很死，每次远远在航航家最多只能停留三五分钟，所以总不能尽兴。

小孩子玩性大，日子长了，远远放学路上所需的时间越来越长，渐渐引起了爷爷的警觉。远远的爷爷是个退休老干部，自领导岗位退下来以后，把照顾孙子的生活起居当成自己革命工作的延续。有一天，他通过一路跟踪，终于把蹲在航航家楼梯口凑一起玩游戏的两个小家伙逮了个正着，从此远远同航航就被爷爷有意隔离开来。以前，航航想上远远家玩，基本畅通无阻，远远的爷爷还曾感叹，远航远航，远远和航航将来一定会扬帆远航，多好的寓意啊！通过手机游戏事件进而得知航航父母的状况后，远远的爷爷又感叹，近朱者赤近墨者黑，古人的话有道理啊！

前后两句话，远远的爷爷都是当着航航的面说的，航航听不懂，他只知道后面那句话说过后，再去找远远，远远家的门就很难再敲开，即便敲开了，远远的爷爷也总是说远远不在家。

"远远——远远——"

航航喊了好一阵，远远的爷爷的身影才出现在阳台上。果不其然，他不紧不慢地告诉航航，远远不在家，上"小星星"补习英语去了。

但航航今天来的目的并不是来找远远，而是远远家新养的那只哈士奇深深吸引了他。多漂亮的狗子啊，纯净的灰白皮毛，散发着梦幻的光泽，而它总是歪着脑袋，用两只闪耀着玻璃蓝光的眼睛斜视着你，随时都让人觉得滑稽搞笑，萌得简直不要不要的。就在前一阵儿，当远远把这只和自己身高差不多的狗牵到操场溜达时，一群正打乒乓球的孩子立即被吸引过来，大家纷纷试探着靠近它，却又害怕它，你推我搡。有胆大的孩子问远远：

"它会咬人吗？"

"只要是狗都会咬人。"远远严肃地说。他扯了扯套在狗脖子上的牵引绳，然后自豪地宣称，"但它永远不会咬我。"

"你打它，它也不咬你？"有小朋友表示不信。

"奶糖，坐下！"远远见有人怀疑，马上命令这只叫奶糖的哈士奇。

奶糖听到小主人的命令，立即一屁股坐在地上。

"呀呀——"孩子们发出惊叹。

"它真不咬你？"还有小孩将信将疑。

"它敢？"远远见还有人不信，用力掰开奶糖嘴里的上下獠牙，然后将自己的一只手掌塞了进去。奶糖尽管被弄得很不舒服，但只是难受得左右摆头，甚至不敢用力，害怕自己的牙齿刮伤了主人。

"啊啊——"孩子们又是一阵欢呼。

远远将手掌从奶糖嘴里伸进拉出几个回合后，大家终于相信这只哈士奇确实是不敢咬主人的，纷纷表示对远远的羡慕。接下来有个孩子向远远提出，能不能请远远命令奶糖坐好，大家都伸手摸一摸它？远远点头同意，但只允许他们摸奶糖的头，每人顺毛摸三下。

可以亲手摸摸狗头，孩子们都很兴奋，但手一伸便忘了只能顺毛摸的要求，有的捏狗鼻子，有的敲狗头，不过奶糖也真是好脾气，不但不恼，反而还傻拉吧唧地配合孩子们，任由他们"蹂躏"。航航心里既紧张又期待，他也想摸摸奶糖。但还没轮到自己，就有家长开始喊自己的孩子回家了。小孩们的聚散，有着巨大的传染性，一个孩子回家，一群孩子便一哄而散，像一只只飞舞的蛾子，往自家亮着的灯光扑去……

远远牵着奶糖也回家了。航航家没有灯光，他便尾随远远和奶糖，一路跟了过去。

二

进入生活小区人行道，航航从书包里掏出乒乓球拍，又开始对空挑球。他是个很普通的孩子，学习成绩又不太好，平时很少得到表扬，除了挑球。正常情况下，航航单次能将乒乓球空挑上千个，同学们都很惊讶，他怎么能挑那么长时间而不失手。别人越是佩服，他练得越起劲，他的最终目标是单次破万，因为他有的是时间练习。课外时间，别的孩子总是被家长领着马不停蹄地在各种培训班间赶场，而航航不同，放学后的大多数时间都属于他自己。他一个人玩，一个人看电视，自己洗漱、脱衣、上床睡觉等妈妈，每次等到他进入了梦乡，妈妈才会回来。航航是个单亲家庭的孩子，爸妈三年前就离婚了，他跟着妈妈过。

今天放学回家，航航才挑了五百多个球就停住了，他第一次觉得挑球不怎么好玩。回到家，他又坐在沙发上玩手机游戏，玩了一会，突然觉得游戏也没什么意思。他脑子里，窜出的总是远远家那个叫奶糖的狗。

航航又来到了远远家门口。好不容易敲开门，远远的爷爷只把门打开了一条缝，很慈祥地告诉他远远没在家，去写字班学书法了。远远不在家没关系，能不能让我和奶糖玩一会儿？他这么想，但没说出来，他习惯把想说的话都憋在心里。

"航航，还有事吗？"远远的爷爷边问，边把门给关上了。

航航怏怏地离开，当他从楼道出来绕过远远家阳台时，却看到远远的身影出现在他家书房里。远远正在台灯下写作业，他妈妈坐在他身旁，时不时将一小块切好的苹果用叉子送到他嘴边……

航航家和远远家分别住在锦绣生活小区东西头，中间隔着条水泥路。路边是一排夜市摊，有卖热饮的、制作特色卤菜的、炒饭的，还有一个烧烤摊，炭火上烤着的鱿鱼、烤肠正冒出阵阵白烟，发出"嗞溜、嗞溜"的声音，老远就能闻到诱人的香味。

卖烧烤的是个瘦高的中年人，一条肥大而油腻的迷彩裤里套着他的两条长腿，立在烧烤摊前像两根仁着的电线杆。烧烤的香味唤醒了航航的饥饿感，他才想起来自己还没有吃晚饭。

"两个鸡爪和两根肠？"见老顾客走过来，电线杆马上报出航航的喜好。记住食客的喜好，是他揽客的本事。

航航点点头。等待时间，他只顾低着头玩起手机游戏来。

"啊!"航航突然发出一声尖叫,他感到脚下好像有什么东西碰到了自己的小腿,低头一看,一个长毛动物从他两腿间穿过。

顾客发出的叫声引起了电线杆的注意,正在捻动烤肠竹签的他探出头来一看,顿时生出一股怒火,马上从烧烤炉这头绕出来,冲到贴着地面嗅来嗅去的长毛动物跟前,狠狠踢了一脚。

"汪——"长毛动物发出一声惨叫,原来是条狗。肮脏的长毛裹满全身,看起来像个拖把。它猝不及防地被电线杆一脚踢翻在地,又迅速从地上爬起,逃命似的窜进附近的一个巷子里。

"没事,它不咬人。"电线杆安慰航航。

"是你的狗?"航航问。

"不,不,是只流浪狗。"电线杆赶紧澄清。

"妈的,它要是敢再来,老子把它给烤了!"电线杆似乎怕航航不相信,说完,咧着嘴朝航航笑了笑。

航航抬起头,朝电线杆看了一眼。电线杆把烤好的鸡爪和烤肠递过来,正好迎面遇上航航的目光。他怔了一下,紧接着说:"流浪狗没打过疫苗,有狂犬病,要是咬到人就麻烦了。"

"你不是说它不咬人吗?"航航一手举着鸡爪,一手举着烤肠,转身走了。

航航没有回家,而是走到了那只流浪狗刚才逃窜进的巷子口。

冬天的夜晚格外清冷,巷子通道也因光线昏暗而变得幽深,航航不敢深入。他站在巷子口,希望能见到那只拖把一样的流浪狗。

等了一会儿,仍不见流浪狗的影子。

他决定喊,想通过声音把这只流浪狗吸引出来。

那喊它什么呢?即便是条狗,也应该有名字的。既然它像一个拖把,那就叫它拖把吧。

航航顿了顿,轻唤起来:"拖把——"

三

十岁的小学五年级学生航航，靠着香味四溢的烤肠和不懈的坚持，终于在几天后的中午，把那只叫拖把的流浪狗从巷子里给唤了出来。

尽管航航手里的烤肠散发着诱人的香味，但拖把还是不敢靠上前来。它远远地站在离航航两三米远的地方，任凭航航友好地呼唤，就是不肯再进一步。航航把烤肠向它伸过去，它卷出舌头舔舔嘴唇，稍后，甚至涎水挂到嘴角，四只脚却不自觉地向后退了退，坚决不让航航靠近自己。

"拖把，你来，来吃呀！"航航急了，把手伸得好长。

但航航每上前一步，拖把就往后退一点；航航站着不动，拖把也不动。

"拖把，你不要怕……不要怕……"

"这烤肠就是给你买的，你快来吃呀！"

十多分钟过去了，拖把的戒备似乎有所放松。它试探地伸出前爪，迟疑地向前迈进一步，过了几秒，又迈进一步。

一步一步，它慢慢向前，向航航靠近。

"拖把，吃，快吃！"拖把快要走到航航跟前时，航航心里开心极了，他赶紧把烤肠伸过去。但航航的动作快了一点，似乎惊到拖把，它急速后退两步，并迅速转身，再次跑到距航航四五米远的地方停下来，站在那里一动不动，两眼警惕地望着航航。

好不容易建立的信任，随之又退回到几米之外。

航航有些小气馁，他赌气地朝拖把喊："你爱吃不吃，你不吃我就走了啊！"说着，他转过身慢慢向前走。边走，边不时回头瞅着身后。

然而，拖把看到航航走，它竟悄悄地跟上来。航航走得快，它就跟得快，航航脚步一停，它也停下来，但始终保持一定的距离。

瞬间，航航觉得拖把好可爱，他干脆回过头，问站在不远处的拖把："你到底想不想吃？"

拖把好像能听懂似的，又卷出舌头舔了舔嘴唇。

"吃吧！"航航把手里的烤肠朝拖把扔了过去。

烤肠刚落地，拖把飞快地冲上去，叼起烤肠转身就跑，没等航航反应过来，它便一溜烟地消失在航航的视线中。

第二天，好不容易挨到中午放学，航航拿着妈妈给的五块钱，在超市买了一包火腿肠，急匆匆来到老地方找拖把。

像约好似的，拖把竟早早地趴在巷子口等他。见到航航远远朝自己走过来，它霍地起身，脖子前伸，眼睛直勾勾地盯住航航，虽没有贸然迎上去，但尾巴左右不停地晃动。

"拖把——"航航看到它，轻轻唤道，并把手里的火腿肠扬了扬。

看到航航向自己靠近，拖把没有再往后退，而是前腿直立，后退弯曲，保持着一个随时转身的姿势。不过，尾巴左右摇摆的幅度更大了。

航航已经走到拖把跟前，拖把仍没有后退或跑开，显然它已能感受到航航的善意。它直起身子，屁股后面的尾巴摇得更欢了。

航航把一根火腿肠的肠衣剥掉后，塞到它嘴里，说："拖把，快点吃，吃了还有！"边说，又抽出一根火腿肠在它面前晃了晃。

拖把把航航给它剥好的那根火腿肠叼在嘴里，却不吃，而是围着蹲在地上的航航绕来绕去。

"拖把，你吃呀！"

拖把还是不吃，只是将火腿肠牢牢叼在嘴里，并伸出一只爪子，将航航拿着另一根火腿肠的那只手挠了挠，作出讨食的模样。

"好你个贪心的家伙，担心这根不给你是吧？"航航剥开另一根火腿肠的肠衣，说，"这根也给你！"

拖把急切地微微张开嘴，把这根也叼住了。但它依然没有吃，而是仰着脖子，迅速调整嘴里两根火腿肠的位置，等两根火腿肠都被牢牢咬住后，迅速转过身，又撒腿跑进了巷子。

巷子由毗邻的两幢居民楼构成，不宽，也不窄，能容两人并行通过。拖把在前面跑，航航好奇地在后面追。可能拖把对航航已没有戒备，跑得也没有之前那么快。航航边跑边走，跟着拖把穿过巷子后，来到一幢老式居民楼后侧的一个垃圾池前。垃圾池背靠一堵围墙，三面砌砖，面向居民通行的一条小路这面安装了两扇对开的铁门，其中一扇铁门已经锈蚀，向外张开着，里面的垃圾已经溢了出来，散落到路上。

叼着两根火腿肠的拖把一头钻进垃圾池与围墙间的墙缝中，再也不见出来。

这是它的窝吗？航航很好奇，他屏住呼吸，强忍住垃圾堆散发出来的各种腐臭气味，凑近一看，天哪！那么一个狭小的空间里，在一个破旧的布沙发坐垫上，还有三只发出轻轻嗷叫声的小奶狗，正在争夺撕啃拖把刚叼回来的火腿肠，而拖把则静静地趴在一旁，时不时伸出舌头舔自己的脚掌。小奶狗们浅黄色的皮毛油光水滑，看起来还没满月，吃起东西来却是厉害，顷刻间两根火腿肠便被卷进了它们的肚子。

四

拖把和它的三个孩子遇到航航的第四天，它们搬了家。

住在垃圾堆后面太危险了，附近的居民中有好多人果真是来"扔"垃圾的，他们甚至懒得多走一步，而是将手里的垃圾袋远远地朝垃圾池扔过来。垃圾袋里要是纸屑、烂菜叶之类还好，要是一些瓶瓶罐罐，那垃圾堆后面的拖把和小奶狗们就危险了。航航曾亲眼看到一个老头将手里的垃圾袋飞了过来，一个装过调料的玻璃罐砸在垃圾池后面的围墙上，碎片横飞。

这里不能久留。很快，航航为它们找到了一个好去处。航航家后面有一幢待拆迁的楼房，住户已经全部搬离，空荡荡的，四周砌上了围墙，围墙上用大红油漆写着"拆"字。马上就要过年了，这幢楼的拆除工作年前肯定不会动工，这是拖把和孩子们一个绝佳的安身之处，等它们熬过了这个寒冷的冬天，一切都会好起来。

航航找来一个纸箱，将三只小奶狗放了进去，抱着它们往待拆楼走。一路上，拖把跟在航航身后，眼睛紧盯着航航怀里的纸箱，寸步不离。航航在待拆楼里找到一套三居室，作为拖把和孩子们的新家。房子里四处散落着作业本、破烂衣物和一些肢体残破的儿童玩具。这里太安静了，要是以前航航会感到有些害怕，但现在，航航觉得安静了好，对拖把一家子而言，安静意味着安全。

整幢待拆楼房窗子的玻璃都支离破碎，不仅人和动物，连冷风和寒气也来去自由。航航把拖把一家安置在这套三居室空间较小但相对暖和些的厨房里。厨房里还留有原主人丢弃的陶瓷碗和一个塑料盆，航航正好用来给拖把装食物和盛水。

三只小奶狗太调皮了，一点也不安分，开始是在纸箱里爬来爬去，成功地把纸箱弄翻过一次后，它们的胆子越来越大，一只小奶狗甚至爬到了房子的楼梯口，拖把刚把它给叼回来，另外两只小奶狗也不老实，爬到了其他屋子里，似乎是在和妈妈玩捉迷藏。拖把叼完这个又叼那个，追着孩子们满屋子跑。

小奶狗爬出房子多不安全，航航找到一块木板，挡在了大门口。待拆楼里到处都是原住户搬走后留下的各种废弃生活物，航航很容易就找到一个塑料的储物箱。储物箱很大，航航把拖把和三个小奶狗放在里面，一点也不拥挤。塑料底壳冰冷，航航又找到两个棉布靠枕，垫在储物箱底部，这样就暖和多了。

把拖把和它的孩子们过冬的新家建好后，接下来，航航决定给拖把剪剪毛发，洗洗澡。

待拆楼没有水，航航偷偷地把拖把带回了自己的家。或许从没洗过澡，拖把身上散发着一股浓浓的腥臭味。它的毛发长而杂乱，脖子和屁股皮毛上还粘有一些口香糖或是沥青，结卷成一团一团的，很难清洗。航航找来剪刀，开始一刀刀地剪拖把身上不知蓄了多久且到处打结的狗毛。

剪到拖把尾巴处时，尾巴根靠近背部处赫然露出一块褐红色的癣斑，潮红溃烂，这着实让小小年纪的航航吓了一跳。但他很快镇定下来，他曾在一个宠物店门口张贴的画报广告上看到过，这是狗狗的一种皮肤病。航航剪得更小心了，生怕碰到癣斑部位而弄疼了它。狗毛终于剪好了，像是为拖把脱掉一件穿在身上多年的笨重的脏棉袄，虽参差不齐甚至坑坑洼洼，但它变得精神和干练多了，轻松又欢快地飞奔着，围着航航转了一圈又一圈。

剪完毛，航航把拖把抱到卫生间洗澡。拖把不太习惯，但很听话，趴在喷头下任由航航给它打泡沫、搓洗，一动也不动。冲洗完，航航正准备用毛巾给它擦身子，拖把却急不可待地冲出卫生间，在客厅里拼命甩动身上的水珠，并钻进衣柜最底层一格的衣服里打滚，气得航航连水龙头也来不及关，赶紧把它拖了出来。

"拖把，你想挨揍吗？"航航举起拳头，吓唬它。

拖把很会看眼色，瞬间知道自己做了错事，赶紧匍下身子，歪着头，可怜巴巴地望着航航。

看到拖把那怯生生的模样，航航顿时心软了。他摸摸它的头说："好吧，原谅你了！"

也许拖把胆小，航航的拳头吓着了它，待航航用毛巾帮它擦完身子后，它还是趴在原地，也不敢再乱动一下，这让航航很心疼，"我都说过了，原谅你啦，记得再不能往柜子里钻啊，我妈妈最怕长毛的动物了！"

五

有了拖把和它的三个孩子，航航的世界变得丰富起来。他对手机游戏失去了兴趣，也不再练挑球，每天放学后总是迫不及待地回家，

174

把家里的酸奶、饼干、肉脯等零食统统带到待拆楼，喂给拖把和它的孩子们吃。很快，拖把干瘪的身子像充了气一样饱满起来，身上的毛皮也渐渐泛出油光，几个小狗仔更是养得肥肥壮壮。

流浪狗拖把自有了主人，便对主人产生了强烈的依赖，除给孩子喂奶，拖把更多的时候都趴在地上，全身心地等待主人。只要楼道口有一点动静，它立马竖起耳朵，待航航的身影出现在门口，它会欣喜若狂，一跃而起，扑向主人并在主人脚边蹭来蹭去。而当航航回家要离开，它则蹲在窝边，眼睛一眨不眨地望着主人，依依不舍地用目光送主人出大门。

拖把似乎能听懂航航所说的每一句话，甚至连航航的一个眼神、一个面部表情，它都能分辨出其中的意思。航航眉头一皱，它会迅速停止嬉闹；航航咧嘴一笑，它又开始上蹿下跳，这一切，简直太神奇了。更多时候，航航甚至不觉得它是一条狗，而是自己的朋友，一个可以倾诉心事的好朋友。后来，航航开始跟拖把说话，他说自己因学习不好而自卑，在老师课堂提问时，哪怕遇到会的题目，也总不敢举手；他说自己经常想爸爸，回忆以前爸爸和妈妈不吵架的日子，但爸爸不会再回这个家了，听说爸爸那个家里又生了一个小妹妹；他说自己好羡慕远远，远远的爸爸妈妈总是陪着他做作业，还会把水果切成一小块一小块，用叉子叉好……以前航航想到这些的时候，总是会难过，总是想哭，事实上他曾多次在夜里等妈妈下班时，一个人悄悄地躲在被子里流泪，但他从没有跟别人说过，全藏在心里。拖把也像是听懂了，航航讲自己的心事，它便乖乖地蹲在主人脚边，像个孩子似的把脑袋搁在航航的大腿上。航航轻轻抚摸拖把的脑袋，说着说着他就不觉得那么难过了，有时候还会笑，笑得眼角挂起了泪花。有时候，他也会问拖把：

"你呢？拖把，你的爸妈喜欢你吗？它们又在哪里呢？"

小朋友的幸福像咳嗽一样掩藏不住，航航终于忍不住把喂养拖把的秘密和远远进行了分享，并把远远带到待拆楼，现场向远远示范了拖把的聪明与机灵。看到拖把能准确接收航航的系列指令，远远虽然也觉得惊奇，但他提议把拖把和奶糖两只狗弄到一起玩耍。远远知道，他家奶糖虽没拖把灵通，但颜值高，特别是会装傻卖萌，他有继续炫耀的底气。

能把拖把带到人群中玩，无疑是一件非常快乐的事。再等到远远把奶糖牵到生活小区操场上玩耍时，航航把拖把也带了过去。

刚开始，奶糖仗着个头大，熟悉环境，一副不把拖把放在眼里的架势。而拖把呢，好像知道自己出身卑微，虽然现在有了主人，但还是畏怯地不敢向奶糖靠拢，只是远远站在一边，眼巴巴地望着一群小朋友围着奶糖逗乐。

"别怕。"航航轻轻地安抚它，把拖把抱到了小朋友中间。身边一下围过来这么多人，拖把紧张得把尾巴夹得紧紧的，头一个劲朝航航两腿间乱拱。也有小朋友想伸手去摸，但一看到拖把尾巴根部那块发红的癣斑，立即吓得缩回了手。

有了新竞争对手，远远便对小伙伴们放开每人每次只能摸奶糖三下的门槛，只要想摸，大家尽管和奶糖亲密接触。孩子们当然更喜欢奶糖那一身松软如雪的毛皮，个个伸出小手在奶糖身上揉来揉去。奶糖果然是个人来疯，它时而仰头嚎叫，时而伸出舌头在孩子们的小手上乱舔，舔得小孩子痒痒得受不了，有的故意装作害怕地逃窜，有的咯咯大声喊叫，操场四处都落满了孩子们的嬉闹声。

受到冷落的拖把似乎什么都明白，它蜷伏在航航脚边，把头埋进自己怀里，尾巴贴住地面，一动不动，好像害怕别人看到它屁股上的癣斑。拖把不受小朋友待见，情绪显得低落，航航心里也难过，他希望拖把能像奶糖一样，被围在孩子们中间，和孩子们一起嬉闹。

不就是屁股有癣斑吗？航航决定带拖把到宠物门诊去看医生。看病要钱，航航可不敢找妈妈开口，妈妈要是知道儿子整天和一只癞皮的流浪狗在一起，还不知会怎样责骂自己呢！没有钱，航航就只能在自己身上打主意，每天上午饿着肚子上课，把一个星期的早餐钱省了下来。拖把屁股上的癣斑其实就是真菌和螨虫的混合感染，并不难治，航航用宠物门诊医生开出的药给它涂抹了几天后，皮损处就开始褪色，随后又结出一层薄壳，癣斑便不再那么明显。

癣斑有了好转的拖把渐渐恢复了自信，航航再牵着它去操场，它也敢凑近个头大它几倍的奶糖了。平时一副高冷模样的奶糖，对拖把的主动示好，却表现出令人难以置信的害怕。看到拖把围着自己的屁股嗅来嗅去，它以为拖把要进攻自己，立即就尿了，吓得在人群中钻来钻去，四处躲闪。奶糖的狼狈样逗得孩子们哈哈大笑，大家都嘲笑说远远家的奶糖没有用，一个孩子还说哈士奇就是二哈，吵架没输过，打架没赢过，"二"得很！

"哈哈哈！"孩子们笑得更夸张了。笑声过后，他们又转而围着拖把，这个摸它的头，那个摸它的肚子，称赞拖把比奶糖聪明一百倍不止。

这时，远远的脸瞬间拉了下来。看得出他非常生气，但又无可奈何，奶糖向上攀着脖子，非要钻出人群，它想要回家。远远狠狠拽了一把牵引绳，又拿脚去踹奶糖。奶糖见主人伸脚，连忙躺在地上，露出肚皮向主人要赖服软。在小伙伴们面前丢了面子，远远哪里会停脚，冲着奶糖的肚皮狠狠踢了一下。奶糖根本没想到主人会来真的，来不及躲闪，疼得它嗷嗷叫唤，条件反射地翻身起来赶紧逃命。

"远远，你不是说奶糖无条件服从你吗？"看到奶糖逃跑了，有人问。

"我看你这牛皮吹破天了吧！"又有人取笑道。

孩子们顿时发出了一阵欢呼。

远远的脸色更难看了。他走出人群，去找他的狗。

"看奶糖像条傻狗，肯定不认识回家的路，该不会成流浪狗吧？"又有孩子在他背后调侃说。

"奶糖不会成为流浪狗，"听到小伙伴们的奚落，远远突然转过身来说，"拖把才是流浪狗！"

六

生活小区的水泥路边停着一辆警车，两名警察与远远的爷爷隔着阳台正在交谈什么，引来不少看热闹的居民。原来，有人打了 110 报警，说远远家奶糖咬伤了自己的孩子。

"笑话！"远远的爷爷曾是这座城市政府某个部门的领导，他正背对警察给阳台上的盆栽植物剪枝，好一会才转过身，冷笑着向警察包括围观的居民发问，"你们谁听说过哈士奇咬人？"

的确是奶糖弄伤的，只不过不是咬伤。报警的是那天和奶糖玩耍的一个孩子的父母。当时，奶糖冷不丁挨了远远一脚，翻身起来的一瞬间，爪子误蹭到那个孩子，当时并没有明显痕迹，但到了第二天，孩子手背上出现了一道淡淡的印痕，细心的孩子父母发现后，再三询问孩子才得知原委。这还了得，他们把孩子送到疾控中心打过狂犬疫苗，转身便上远远家兴师问罪，谁料远远的爷爷听了对方指控，轻蔑一笑："谁说是我家奶糖弄伤的？拿出证据来！"

孩子父母你望着我我望着你，气得干瞪眼。

报警，报警，小区里有疯狗伤人！

就这样，警察来了。远远的爷爷自是岿然不动，还是那句老话："谁都知道哈士奇性格是出奇的温顺，不可能伤人，你们是不是找错对象了？"

这种事又不能搞 DNA 检测，警察自然无法查实，又算不上什么大不了的事，简单问了几句就回去交差了。

就这样不了了之？到了第二天下午，被伤孩子的父母还是咽不下这口恶气，继而迁怒于警察不履职，再次拨打 110 报警。有警情必应，警察只能再次出警。不过，这次他们没有去找远远的爷爷，而是找到报警人做他们的思想工作，远亲不如近邻，希望邻里和谐相处的话说了一筐筐，意思是别再报警了，之后，便离开了。但出警的警车还没回到派出所，局指挥中心又接到报警，指令他们第三次出警。显然，第二次出警调解失败，警察只能再次找到远远爷爷，说无论如何也得有个解决办法，不然对方没完没了地报警。

"咬人的都是……都是流浪狗，你们为何……为何非得赖到我家的狗身上？"警察屡屡上门，让退休老干部觉得很失面子，他气得快要说不出话来。

"流浪狗？"已被这件事折腾得精疲力竭的两名警察眼睛同时一亮。

已是深冬，寒风夹杂着雪粒，从早到晚肆虐着这个城市。整个下午，课堂上的航航总是走神。这么冷的天，拖把和它的孩子们会不会挨冻？本来中午应该给它们送吃的，但因考试耽误了，现在它们的肚子是不是已经饿得咕咕叫唤？

到了下午四点，放学铃声一响，航航便飞快冲出教室，赶回家中，从衣柜里翻出一张旧毛毯。还在课堂上他就想好了，将毛毯搭在塑料储物箱顶上遮挡寒气，那么这个冬天，拖把和它的孩子们就不再惧怕这一股又一股的寒流了。

航航抱着毛毯，一步一跳进了待拆楼。

到了大门口，航航发现用来挡大门的木板被掀翻到一边，心里顿时一沉，他有种不祥的预感。

走进厨房，三只小狗仔还在储物箱里熟睡，但拖把不见了。

"拖把——"航航大声喊。

只要孩子在，拖把肯定不会走远。

它会去哪里呢？

"拖把——"航航冲出待拆楼，开始四处寻找拖把。拖把肯定就在附近，孩子们还在等它，主人还在等它。航航又张大了嘴使劲喊：

"拖把——"

航航把待拆楼每套居室都找了个遍，仍然没有。当他走出待拆楼的围墙，突然呆住了：他看见一个警察手里提着淌着鲜血的拖把，把它随手扔进了马路边一个垃圾桶，姿势自然得犹如扔一个腐烂的冬瓜或是一双破旧的皮鞋。另一个警察则对着手里的对讲机严肃地说：报告，锦绣生活小区狗患已成功处置！

　　"拖把——"航航不顾一切地冲到铁制的垃圾桶前，双手抓住满是污秽的桶沿，费力踮起脚，将头探进桶内，对着那一团血糊淋剌，又唤了一声"拖把"。许久，他看到它的尾巴轻轻地动了一下。再唤，却怎么也不动了。

我要敬您一杯酒

一

你莫吵！菜刚上桌，有人一把扯住正欲起身敬酒的肝炎雷，说你先等领导讲话。

这句话像按下了播放机的暂停键，包房里各种吵闹声戛然而止，大家都把目光投向上座的领导。干瘦的领导顶着一头花白头发站起来，他发表了一通洋洋洒洒的讲话，抚今追昔格外伤感。末了，这位曾经的连队指导员在今天的战友聚会上铿锵发令：弟兄们，酒场就是战场，酒力就是战斗力……

我先来！不等领导话音落地，肝炎雷急不可耐地举起酒杯，表态自己要当尖兵上火线。

搞搞搞，这群曾在同一个连队当兵的"嫡亲战友"都嗷嗷叫唤，争先恐后要向领导敬酒。

等一下！桌上另一位当年连队的领导，也是此次战友聚会的发起人司务长伸手制止住肝炎雷，说指导员年龄大了，应酬又多，今天跟在场每个人都喝酒身体受不了，他提议谁想给领导敬酒，得先说出一个非常好的理由。

能不能做到？最后，司务长霸气地发问。

能！众人齐声回答，声音震耳欲聋。

花着个脸的肝炎雷像蚯蚓一样伸缩着身子从货车底下钻出来，一把扒掉身上的迷彩服上衣。八月的酷热，让躺在一张破凉席上修车的他，只差被烤成一道锡纸基围虾，虽没有遍体通红，但后背毛焦火辣。

晚上还有一趟活，耽误不起，他得叫搭档也就是自己的小舅子来帮忙修车。肝炎雷用破棉手套擦了擦手上的机油，掏出手机后看到一条未阅读短信：战友会晚餐地点在长陵县兴和顺酒店天和厅。点开内容再一看，短信发送时间正是今天，发短信的人是他的战友罗上士。

战友聚会这么大的事怎么现在才通知？肝炎雷赶紧拨打罗上士电话，对方却没有接。过了一会肝炎雷忍不住再打，打了几遍又都是忙音。狗日的罗上士，做事从来没有计划，锣鼓都敲响了还在找戏子，能不忙乱？肝炎雷放下电话，在心里狠狠骂了一句。骂完，肝炎雷不禁得意地笑了，自己到底也是有圈子的人。

现在社会上流行聚会，上过学的有同学会，做生意的有商会，同乡有老乡会，甚至买同款车的人也组成车友会，谁还能没有个圈子呢？可肝炎雷偏偏没有。要说他也跨过乡下中学的门槛，孙鸡母、邓小黑、蒋卷毛等玩得好的同学有不少，但他们不是在地里割谷插秧，就是在外乡打工觅食，微信群里除了有人偶尔发个搞笑小视频外，平时冷清得经常沉底，更没人提到过聚会，甚至连个想显摆的同学也没有。也难怪，肝炎雷打小家里就穷，除当兵三年外，其他日子都像活在打过"百草枯"的地里，哪来的绿草如茵呢？没有同学聚会，据说在部队讨得过几口热乎气的肝炎雷心里自然就特别期待战友聚会。

没想到，战友聚会说来真就来了。

肝炎雷心里挂不住事，他车底车外钻进钻出好几次。小舅子在电话里说就来，一个小时过去了却连他的鬼影子也没看到。现在已是下午三点，从这里到老部队驻地长陵县坐大巴还需两小时，要是稍稍再耽误，晚上的战友聚会就要迟到，到时候那些多年不见的战友不把自己骂得狗血淋头才怪！其实不用战友们怼自己，自己都说不过去：二十年一次的聚会，就你忙？一个开大货车的，还能比局长忙比老总忙？

但现在肝炎雷的大货车正在漏机油，死狗一样趴窝在公路边。按计划，晚上还要去城郊瓜地运西瓜，业务虽小但好歹是笔生意。现在运输业不景气，说好的事你要晚到一分钟马上就会有人跑过来打抢，货车司机们都活像饿死鬼，捡到篮子里就是菜嘛。

肝炎雷心里更着急了，便踮起脚站在路边不停地张望。

我能干现在的活，全赖当年在连队当司号员时打下的功底，一个在县政府当秘书科长的战友讲出了他给指导员敬酒的理由。

司号员每天就负责吹几遍号，不写也不画，肝炎雷不知道这是个什么底子。不过，司务长却说这句话讲得好，高高竖起大拇指表示赞赏，并带头鼓掌。在热烈的掌声中，科长战友站起来跟身旁的指导员连干了三杯酒。

科长战友敬完酒，他邻座一个当交警的战友也起身，大大咧咧地说自己没文化不会讲话，但他是发自肺腑地感谢老部队感谢老领导，正是因为有了部队这段经历，自己在公安局工作的老爹才有理由把儿子顺利弄进了交警大队。

这倒是一句老实话，司务长对他的评价也很高，实在人说实在话，交警战友也得到大家一致认可，同指导员喝了满满一大杯。

肝炎雷坐不住了，"嗖"地站起身，也要讲他的理由。

不急，慢慢来。还没等肝炎雷开口，指导员夹了一筷子菜，放到嘴里嚼了嚼，不紧不慢地说。刚才连喝了几杯，他肚子里全是酒，有些烧心，需要吃点东西垫垫底。

肝炎雷卷了卷舌头，立即不吱声了。

这时，服务员端上一盆鸡汤。正欲坐下来的肝炎雷屁股还没挨到椅子，马上下位替指导员和司务长各盛了一碗鸡汤。

指导员用汤勺搅动碗里的鸡汤，回忆起了一件往事：有一年连队参加上级组织的演习，在瓢泼大雨中徒步行军至深夜才抵达宿营地。炊事班从附近一家养鸡场买回几只肉鸡炖鸡汤，天黑得伸手不见五指，只能借着灶火光亮拔毛。当时，战士们都又困又饿，炊事班需要抢时间，所以也就顾不得鸡毛拔得干净不干净，差不多了就往锅里扔。鸡汤炖好后，喝着喝着就有软绵绵的东西塞住嗓子，用手抠出来一看，是鸡毛。讲到这里，指导员指着肝炎雷笑骂道，你哪里是炖鸡汤，分明是一锅鸡毛嘛！

当时负责杀鸡拔毛的是肝炎雷，他不好意思地摸摸自己的头，解释说，天黑，看不清。

看到肝炎雷的囧样，回想起当年的糗事，有人忍不住扑哧笑出了声，有人还笑得弯下了腰。

指导员，我来……肝炎雷又坐不住了，他起身要给领导敬酒赔罪。

要说责任，那在我，司务长打断了肝炎雷的话。他端起酒杯朝指导员恭敬地说，我是管后勤保障的，理当负领导责任。

哈哈哈，指导员长笑一声，说全连都喝鸡毛汤，我是主官我负责。说罢，主动将杯中酒一口喝下肚去。

领导作风还是那么硬朗，司务长说，随即也将自己的酒干了。

尽管是鸡毛汤，不过味道那真是一个鲜，指导员指着面前青花骨瓷碗里的当归鸡汤自言自语道，如今的鸡汤哪还有鸡味呢！

我们的战友情谊就像当年那锅鸡毛汤，虽不精致但味道醇厚，令人回味无穷。司务长附和着指导员的话打了个比喻，便立即引来大家的共鸣，喝酒，必须喝酒，司务长又同指导员喝了好几杯。

在酒精的作用下，鸡毛汤成了引子，桌上的人开始记忆倒带。当年点点滴滴的回忆迅速如同碟片一张张从每个人的脑海里挑拣出来轮番上映，时而快进时而慢放，每到高潮处就有人击掌叫好，并举杯畅饮。

鸡汤还是带毛好，感情不过战友深，司务长提议大家一起举杯敬指导员，感谢领导当年与大家一起喝鸡毛汤。

放下酒杯，指导员动情地对司务长说，真想再喝你炊事班做的一碗鸡毛汤啊！

二

肝炎雷当然不是他的学名，战友们之所以这么叫，是有故事的：他入伍第二年拟被推荐到司训队学开车。那个年代，开车当驾驶员对于农村入伍的战士来说，不仅能掌握一门手艺，还意味着今后转志愿兵"跳农门"的概率大大增加，这简直是天上掉馅饼。不过，当他打好背包正准备到司训队报到的前一天，体检却被查出转氨酶值过高。没办法，连队只得临时换人，同年兵雷电去了司训队。后来，雷电在司训队结业后没回连队而被调去给首长开小车，再后来顺利转成志愿兵，娶了师医院的一个漂亮护士做老婆。那是后话。

据说转氨酶值过高与肝有关，于是大家给他取了个"肝炎雷"的绰号，这其中带有一种深深的惋惜。战友们都说，假如你雷建不是得了肝病，雷电现在顺风顺水的路就该你走。当然了，生活这部词典里从来就没有"假如"二字，如今肝炎雷虽然也是司机，但是个没日没夜载重拖货的货车司机，与雷电那个整天吃香喝辣的小车司机不可相提并论，好比水牛与黄牛，毛色都不一样。

这就是命。复员离开部队那天，与肝炎雷关系不错的罗上士隔着运送退伍老兵返乡的大巴车窗玻璃对他说。

退伍回家的肝炎雷成了磨盘上的蚂蚁，磕磕碰碰地爬了很多条道，三天两头换行当。干的时间最长的是在城管当临时工，主要任务是上街掀摊子。有一次在与一个卖烧烤小贩的推搡中，不小心碰到小贩在一旁板凳上写作业的七八岁的女儿，孩子的哭声点燃了围观人群的不满情绪，肝炎雷被打得头破血流抱头鼠窜。后来，在新闻炒作下，以他这个临时工被开除平息了舆论。肝炎雷倒也不在乎这个看似威风其实窝囊无比的工作，被开除后的他干脆仗着跟城管人熟有优势，在街边架起炉子准备卖烧烤。烧烤炉才架上，就被城管新进人员一脚给踹翻了。搞错没有？他还想摆摆城管的老资格，却被紧接着又飞来的一拳打得眼冒金星半天喘不过气来。

关系还是热的又怎么样？却偏偏连个炉子你都烧不热。

打人者钻进那个自己无比熟悉的城管小面包车扬长而去的时候，肝炎雷突然想起罗上士的那句话，这就是命。

你不来修车，干吗去了？

在聚会，肝炎雷在电话里大声回答。你快喝快喝，他把手机开了免提，方便一边跟小舅子通话，一边劝别人喝酒。

你还有聚会？显然，小舅子不太相信开货车的姐夫还有聚会。

和哪个喝酒哦？电话里确实有嘈杂的闹酒声音，小舅子接着又追问。

首长，和我的老首长在一起。现场很吵，肝炎雷把"首长"两个字说得格外响亮。

下午等小舅子赶到货车趴窝的地点时，肝炎雷已等不及先坐车离开了。小舅子对修车不精通，面对这要死不活的货车连腰都不愿弯，就知道给肝炎雷打电话。

现在嗯个办呢？小舅子虽然对肝炎雷在哪里喝酒、和谁喝酒没有丝毫兴趣，但也没了刚才的怒气冲冲，你说嗯个办吗？

去修理厂请个师傅，肝炎雷不耐烦了，一个战友批评他喝酒就喝酒，屁事多。

请师傅不花钱？小舅子在牌桌上大进大出，但对能省的钱一点也不含糊。

钱我出，不要你摊，肝炎雷大气地表态。战友们二十年才得一聚，今天要和指导员喝很多杯酒，修车费算个屁！值。理由？每杯酒都可以说出一箩筐理由。

当年，肝炎雷还是新兵时，每天晚上睡觉前将扫把藏在连队猪圈里，第二天提前半小时起床，跑到连长指导员的窗台下打扫卫生。清晨，起床号吹响前的营房显得格外空寂，扫地时发出的沙沙声，每一

186

声都划进了领导的心里。

这家伙怎么呆头呆脑的？有人在背后指指点点。这不是图表现吗？还有人说。对，他图的就是表现。农村兵没有出色的表现哪会有机会？后来果然来了机会，连队破天荒分来一个学驾驶的名额，指导员力排众议推荐肝炎雷。凭啥？就凭他每天比别人早起的三十分钟，堵住了给连队干部挤牙膏洗裤头的那些人的嘴。

作为你肝炎雷，该不该给领导敬杯酒？

该。肝炎雷在心里自问自答。如果当年不是指导员处事公平公正，全连人都眼巴巴望着的这个指标不可能轮到他。要说敬酒的理由，这算不算一个最合理的理由？这个理由谁能说得倒说得过？

自己太应该给领导敬杯酒了。肝炎雷打定主意，便把这个铁打的理由滚到了嘴边，他要用它来敲开向指导员敬酒的大门。

此时，酒桌上司务长又在忆苦。发了财的司务长从来不思甜，他一有机会就忆苦，讲自己贫苦的出身，讲自己所受的磨难，讲自己的许多不易，有了悲惨过往的底色铺陈，如今的司务长愈显光彩夺目。

同司务长相比，自己这些年所遇到的困难又算得了什么呢？他原本想着等司务长稍一停顿就把自己默念好几遍的理由吐出来的，但大家似乎都沉浸在司务长的励志故事中，肝炎雷听着听着也被感动了，甚至，他觉得自己的理由也没了刚才的理直气壮。

听司务长这么一说，这个开着卡宴越野管理百十来个员工身家上千万的老总似乎活得比谁都遭罪，过的简直不叫一个日子，肝炎雷心里竟然生出同病相怜的感觉来，他忍不住把酒杯高高举起，说司务长我敬你酒，你永远是我的标杆和榜样。司务长正讲述自己每天陪人喝得跟猪头一样的生活，因此一脸的痛苦表情，瞅也没瞅肝炎雷一眼，把酒杯放到嘴边象征性地啜一下，又欢快地继续向大家倒苦水。肝炎雷见状，只好讪讪地收回被晾在半空中的酒杯，悄悄将酒咽进肚子，再次加入听众大军。

不知过了好久，司务长终于对自己的苦难作出总结，他说走南闯北这些年，唯有战友情谊最真诚。这话一出，大家连连鼓掌叫好，纷纷干掉自己杯中酒表示一百个赞同。

你掘得第一桶金的秘诀是什么？还是有人忍不住问司务长。

司务长谦虚地摆摆手说，哪里掘到什么金，解决温饱罢了。不等别人追问，他说狗屁秘诀，然后用手指了指自己的头，意思是要动脑子。接着，他给大家分享了自己的故事：有一次他和表哥在一起喝酒，一个大项目的总包老板不住地打表哥电话，表哥喝多了没有接。表哥的手机放在桌子上，他便记住了号码，偷偷跑到洗手间用自己的手机回拨了过去，原来那个总包老板嫖娼被公安联防队员抓住了，等着交罚款。司务长二话没说，拿着准备寄回家给孩子报名的五千块钱学费赶过去，只说是表哥安排他来的。第二天，表哥酒醒后看到手机上的未接来电，给总包老板打电话赔罪。总包老板开始时一头雾水，但很快明白过来。又过了一阵子，总包老板派人将头发上还黏着沥青的司务长从工地上叫到他的办公室，开始了一番谈话。半个小时后，他再从总包老板办公室出来时，就变成了"总"，开始了自己的第一笔业务。与表哥不同的是，总包老板给他的业务不仅包工，还包料。

高，实在是高！大家一致伸出了大拇指。

这算不算把筷子伸到别人碗里去了？在一片颂扬声中，肝炎雷突然没头没脑地问了这么一句。

三

陵水市与长陵县毗邻，不过复员后这二十年肝炎雷却没有回过老部队，因为他是个"栽猫子"。陵水本地方言，管混得差的人叫"栽猫子"。既然叫"栽猫子"，除了有"栽"的处境，还有猫的敏感。离开部队后的肝炎雷一直过得像只没有安全感的野猫，他有太多的害怕：只要有老年人走到他的货车旁，他就认定是碰瓷的；路边的警察向他招招手，他就担心会被罚款；更怕遇到过去的熟人，那会让他在别人的光鲜面前浑身不自在。总之，只要有人靠近自己，他便迅速跳开，逃到某个角落藏起来。不过，整日垃圾里刨食的野猫，对曾偶尔喂食过自己的人记忆会格外深刻，就如肝炎雷感恩指导员一样，虽然今天到现在他还没能给领导正式敬上一杯酒，但他一次次举起酒杯，这酒杯里的酒就是藏在他肚子里二十年要说的话。

虽然当年肝炎雷最终没能去成司训队，但指导员对他的好仍一如既往，甚至自己的爱人和小孩来部队探亲时，也时常叫当过炊事员的肝炎雷到家属房去帮着做饭，全家人和肝炎雷一个锅里盛饭一个碗里夹菜，对他的肝病丝毫不避讳，如此厚待自己的领导，就是自己的贵人啊！无论如何，今天肝炎雷也要给贵人敬上一杯酒。

指导员正亲自给司务长倒酒，他要敬司务长一杯。显然，他也感受到司务长刚才的隐隐不快，为调节桌上略显尴尬的气氛，指导员拍拍司务长的肩膀，打趣地说你这是成功逆袭的典范啊！老伙计，老规矩，喝三杯，为你那股永不服输的精神。这句话是指导员搬到他面前的一个台阶，刚才还像被踩住尾巴的司务长脸上重新泛起了油光，马上顺着往下走，嘴上连连说不敢当，双手抓起酒杯，与指导员狠狠地碰了碰杯。

我来喝！就在指导员正准备喝第二杯酒时，肝炎雷冲了过来，他要为领导代喝酒。

司务长脸一沉，斜着头看了肝炎雷一眼，把剩下的一杯酒连同自己手中的那杯酒，一齐倒进自己的喉咙。喝完酒，抹抹自己嘴角的酒沫，对指导员说老领导，您随意。

指导员轻轻推开肝炎雷伸过来的手，也将杯中酒一饮而尽。

好，司务长朝指导员拱了拱拳，脸上又泛起了笑容。

领导喝酒起了示范作用，大家开始相互敬酒，碰杯声、划拳声此起彼伏，好不热闹。很快，就有人说话开始舌头打结，有人下座位敬酒时身子摇摇晃晃。

肝炎雷不敢放开了喝，他把眼睛长到了指导员的身上，得瞅准一切机会和指导员喝酒。酒桌上那些座位靠指导员和司务长近的战友们个个话都说得好，指导员无法拒绝，同他们喝了一杯又一杯。肝炎雷根本插不进话，干脆悄悄地站到指导员身后，一边替他端茶送水一面等他的空当，近水楼台先得月嘛。

指导员喝得憋红了脸，伸手去转餐桌上的转盘，他身后的肝炎雷连忙弯下腰问领导您需要什么？他以为指导员要盛汤，迅速抓起汤勺。指导员指了指自己的空酒杯，肝炎雷没想到刚才接连五杯酒下肚的指导员还要喝，赶忙扔下手里的汤勺去抓酒瓶，不料手滑，酒瓶一下砸到玻璃转盘上，"咣当"一声裂成几瓣。酒瓶滑落的瞬间，肝炎雷慌了，急忙用手去抢，酒瓶没抢到却抓到了碎片，顿时血就涌了出来。

指导员离肝炎雷最近，递上湿纸巾，问他伤到哪里了。肝炎雷接过湿纸巾将出血口给按住，连声说没事。又说，我笨手笨脚让领导见笑了，来，我敬您！说罢，左手按住右手掌伤口处的湿纸巾，右手用拇指和食指夹住酒杯，将酒杯端到胸前。

血还没有完全止住，湿纸巾的血渍面积还在扩大。有人找来纱布和酒精，示意他先包扎一下，肝炎雷推了回去，他要先给指导员敬酒。

指导员，我喝完您随意。肝炎雷正要先干为敬时，被司务长一把给挡住了，肝炎雷你的理由呢？

我是真心……真心敬指导员。肝炎雷平时说话很顺溜，但每到大众场合就有点结巴，他嗫嚅着向司务长和大家解释，指导员有……有恩于我……

指导员对谁没有恩？司务长不等肝炎雷多讲，他举起酒杯说要说感恩，应该是我第一个敬指导员酒。说罢，他侧过身子朝向指导员，当年我在连队当司务长，战士们不提伙食方面的意见，都是因为指导员把经费管得死，连队干部想加俩菜喝个小酒都不行，当时我还不理解，现在看来严是爱松是害啊，老领导您说是不是？

说罢，司务长招呼人拿来一瓶酒，将自己的高脚杯倒满，说人生难得几回醉，一生能遇到指导员这样最好的领导、最好的大哥，醉它一回又何妨！他咕嘟咕嘟一口喝尽，然后将酒杯倒过来，示意已经滴酒不剩。指导员也要端杯，司务长红着眼睛压住了他的手，领导您别喝，您今天已喝了不少，我要保护您。

大家都被司务长的豪饮震住了，桌上出现了短暂的沉寂。

这杯酒下肚后，还说要保护老领导的司务长很快就醉了，仰着脖子，头歪靠在坐椅靠背上，喉咙里发出哇哇作呕的声音。指导员拍拍他的脸，伙计伙计喊了几声没反应，便示意罗上士扶着他去了卫生间。

过了一会，罗上士回到包房，要找杯温水给司务长漱口。说到底祸还是自己惹出来的，肝炎雷马上端着杯温水到卫生间，找到还趴在马桶上干呕的司务长，替他揉揉后背，又将水杯递给了他。

背对肝炎雷的司务长反手接过水杯，喝下两口温水后，终于哇哇吐出一堆还没来得及消化的酒菜。

谁让你通知他来的？司务长还呕出一句话。

肝炎雷一只手替司务长按下马桶的冲水键，一只手不停地抚揉司务长的后背，他不明白司务长说什么，莫名地反问，通知谁来了？

听到是肝炎雷的声音，司务长猛地将头从马桶里抽出来，回头看了他一眼，又迅速地低下头，重新趴回马桶拼命呕吐，却再怎么也呕不出东西来了。

脸色惨白的司务长重新回到包房后，话明显少了，看来刚才真是吐伤了元气。他不说话，酒桌便冷清了不少。从不吸烟的指导员，竟然点了一根烟，用笨拙的手夹着，样子就有些滑稽。

机会又来了。

时机很好，那些会说话的战友们都停了下来；气氛很好，看得出指导员现在兴致很高，竟然还叭叭地吸起了烟；效果也会很好，自己的理由一点不比他们差，自己敬完酒肯定会有掌声……

一切都很好，肝炎雷肚子里的话又滚到了嘴边。

他将酒杯托在右手掌被血洇得鲜红的湿纸巾上，朝指导员跌跌撞撞地走过去，激动地说，指导员，我要敬您一杯酒，当年我在部队没关系没背景，要不是您……

肝炎雷又有些结巴了，端着酒杯的手都在颤抖。

今天差不多了吧？司务长突然清醒过来，他指了指手机的屏幕时间，给也有些微醺的指导员提出建议，天下没有不散的宴席，下次他组织大家再聚。此次聚会，他还有一个重要目的，就是几十万平方米的北湖大市场防水工程。自己当年的指导员也就是如今的长陵县建设局局长是一个关键人物，几批同行已经在这个软硬不吃的老领导面前败北而归，但以他这些年攻城略地的经验，有自己这层战友关系可谓稳操胜券。他晚上得和指导员摊牌，什么时候摊，怎么个方式摊，火候非常重要，酒喝少了有些话说不出口，但酒喝太多那就是醉话了。

指导员也抬起手腕看了看时间，朝肝炎雷投去一个歉意的眼光，说，下次有机会再喝。说罢，他站起来大声宣布，今天聚会到此结束。

众人听到号令，纷纷起身离席。

指导员，肝炎雷在背后喊。

你说，走到包房门口的指导员停了下来，回过头望着他。

我要敬您一杯酒！我要敬您一杯酒！肝炎雷端着酒杯，连说了两遍。他的手不停地抖动，酒也溢出来不少。

好了，今天结束了。罗上士劝阻道，上前扶住了直哆嗦的他。

您，您不是想再喝鸡……鸡毛汤吗，我……我给您……肝炎雷结结巴巴地一句话没说完，肚子里的食物一下子涌到嗓子口，他来不及转身，"哇"地将一大口秽物吐到桌子上，红的绿的喷得到处都是，现场顿时一片狼藉……

四

出了酒店大厅，司务长的车早就等在门口。司务长上前一步替指导员拉开车门，又把指导员扶进车，两人一起去宾馆。一路上，两人

192

好像都喝多了，谁也没先开口说话。

进了宾馆的电梯，司务长才慢慢凑到指导员身边，低声说当年您发现团崔副参谋长电话中指定的学驾驶人选是雷电而不是雷建时，您让我临时组织炊事员体检，并宣布他转氨酶值偏高，采取的这一紧急措施是对的。又说，您看他那好酒贪杯的样子，汽车方向盘都握不住怎么握得住人生方向盘？

——嗯。半晌，一直盯着电梯不锈钢内壁中自己和司务长的影子的指导员才若有若无地哼了一声。

貔　貅

一

过了东西湖大桥，余怒甩了一把方向盘，把汽车驶上了京港澳高速。改变路线是他临时决定的。上武汉三环线前给汽车加油时，余怒突然收到项目部短信通知，原定明天召开的春节安全工作会议因新型冠状病毒疫情严重，改为以手机视频的形式召开，这等于给正在年休的他又腾出一天休息时间，于是余怒决定拐道陪母亲去一趟韶山。瞻仰主席故居是她和父亲多年未遂的心愿，现在父亲先走了，他不想母亲也留下遗憾。

已是农历腊月二十八，高速公路上行驶的大都是出城的汽车，它们像从武汉这座大城市向四面八方射出的一支支利箭，迫不及待地朝着家乡的方向飞去。

上午八点的阳光明亮、清澈，从远方的天际吹了过来，给这个寒冷的早晨带来了些许暖意。一路上，余怒不时从汽车后视镜里瞅瞅母亲，后座的麻二姐一句话也不说，始终保持上车时的姿势：扭着头，把脸朝向窗外。余怒想跟她聊点什么，却发现自己根本张不了嘴，张嘴气氛会更紧张。母亲和他这个小家庭的关系，不，严格说是和尹露的关系，已经非常紧张，婆媳之间明里暗里发生了太多的摩擦，这些摩擦好比一筐已经开始变质的橘子，余怒不敢碰，碰到哪一个都会是一手的霉菌。进了湖南境内，他还是告诉了母亲自己现在打算陪她去韶山的决定。什么？麻二姐迅速把脸转了过来。

194

她知道吗？麻二姐嘴里的"她"，当然是儿媳尹露。

余怒双手紧握方向盘，没有回答她。

她批准你了？麻二姐又问。

等了一会，余怒还是不吭气。儿子在那个女子面前软得像锅煮熟的面条，这怎么可能？他也只敢图个嘴巴快活。算了。麻二姐叹了口气，脸又朝向了车窗外。想那年儿子第一次带那个女子回家，自己心里那个高兴劲呀，恨不得领着她从村头走到村尾，向乡亲们宣布我儿子有女朋友了，女朋友还是武汉城里的医生呢，说起来多有面子啊！万万没想到，儿子结婚后，才知道这个女子太挑剔，在她眼里横竖都是我这个乡下老婆子的不是。自己和她相处的时间不多，但怄气多，多到有得卖。儿子今天开车送我回老家泽河，要是转道去了湖南，那个女子知道了那还了得？

为什么要经她批准？余怒突然说话了。

麻二姐再次把头扭过来，她有一种难以置信的吃惊，再看儿子时，眼神开始变得柔软了起来。她觉得很受用，不是因为儿子要陪自己去韶山，而是他刚才这句话，代表了某种态度。

过了长沙，车朝着湘潭方向行驶。此次改道去湖南，意味着今晚不可能回家，真不给尹露打个招呼？余怒虽说刚才在母亲面前口气强硬，但心里还是有些不踏实。余怒是一家大型国有建筑集团下属分公司的技术工程师，平常公司和家里两点一线，没有特殊原因，他基本不会在外过夜。

犹豫再三，余怒决定还是给尹露打个电话，一来报告自己的行踪，二来缓和一下两人的关系。昨天晚上，夫妻俩破天荒地吵了一架。事情的起因是，余怒的父亲今年夏天去世了，按老家江汉平原的习俗，家里如有老人去世，来年大年初一，亲朋好友会到丧户家里去悼念，称"拜新年"。"拜新年"时，丧户家须有"樑柱子"在家，出面接待和宴请来客。余怒没有兄弟，只有两个姐姐，他自然就是家里的"樑柱子"，他不回家怎么行？麻二姐先是用电话催，一直催到过了农历小年，儿子仍然没有一个准信，她急了，自个儿坐车赶到武汉儿子家，下定决心，就是绑也要把儿子绑回家。

就你妈老规矩多，都什么年代了还"拜新年"？尹露对婆婆的要求嗤之以鼻。余怒解释说，妈让我一个人回，又不麻烦你和笑笑，怎么就不行？不提笑笑回老家还好，提到这尹露话里就像掺了炸药，你敢带笑笑回老家吗？你妈不怕人家说她家是绝户？笑笑是他们的女儿，放寒假后送去她孝感的外公外婆那里了，没有孩子在跟前，两口子在卧室说话就少了顾忌。笑笑八岁了，还从没跟余怒回过老家，麻二姐跟村里人提到笑笑说是个男孩，因为在村里很多她那一辈的老人看来，哪家没能生个男孩就是绝户，她最怕人家说她家是绝户。

余怒没有那一套老思想，这个"拜新年"办不办都行，但麻二姐横叉着腰，理直气壮地说，难道我没养儿子？意思是必办不可。余怒也不想拂了母亲的意，只能夹在婆媳中间，两头做工作。

现在有疫情，弄那么多人在一起吃喝，这虽不谋财但害命你知道吗？尹露不讲老传统，讲起了疫情。

都是好端端的人，谁传染谁？麻二姐最讨厌儿媳妇说什么病毒和细菌，认为她是职业病，穷讲究，骨子里就是瞧不起自己是乡下人。

麻二姐再想到那个女子伶牙俐齿，自己和儿子两张嘴加起来也说不赢她，心里就怄气，就想哭。哭着哭着，就忍不住把余怒父亲死的时候的情形给哭了出来。今年春上，余怒的父亲开始咳血，先血丝，再血团，直到一口鲜血咳到他打零工抬的石板上，这才上县医院拍了个片，结果是肺癌晚期。得知自己只剩几个月时间，他没跟任何人说，从县里回家经过镇上时，采购了一些酒菜和物品，用三轮车运回家。途中遇到村子里的人，他主动停下来递烟，邀请别人明天上家里来吃酒。人家问么事？他笑笑说，来了就知道了。恰巧那天麻二姐去邻镇看余怒的大姐，当晚没有回家。第二天，村里人上余怒家吃酒，进门一看，堂屋正中放着一个小方桌，桌上燃着一对大白蜡烛，大门后还堆起了悼念用的香烛与黄表纸，一副丧事的场景。再看里屋，余怒父亲穿着寿衣平静地躺在床上，两只脚寿鞋间的绳索都已缝好。原来，他知道自己是不治之症，害怕治病花钱，也不愿拖累家人，便自己准备好后事后，吞下一把安眠药，走了。这个情况，麻二姐严格对事后才从武汉赶回来奔丧的儿子封锁了消息。

该做和不该做的，他都替你做了。麻二姐望着目瞪口呆的余怒，突然收起了眼泪。

余怒浑身像被抽空了一样，神情恍惚地卧躺在床上，满脑子都是父亲去世前那个冷清的夜晚：影影绰绰的烛光中，父亲从容地把那些本该由他这个儿子操办的后事一件件做完，然后平静地躺在了床上。这些，尹露不会知道。她敷着面膜从卫生间出来，又开始喋喋不休地警告他，千万别搞什么"拜新年"，疫情照目前这个形势发展，聚餐那简直是亡命之徒的行径。余怒全然不知道她在讲什么，他还在想象父亲那双粗糙的大手，在那惨白的烛光下，是怎样一针一针笨拙地缝上自己两脚间那根代表着通往阴间的绳索的……

那是找死，你知道吗？见余怒没有理她，尹露上前一把抓住他的胳膊，使劲摇了摇，我跟你说话你没听见？

够了，你闭嘴！余怒霍的一下从床上跳起来，指着尹露的鼻子，别说这个病那个毒，就是天上下刀子，大年初一我这个当儿子的也要回去主持"拜新年"！

没想到余怒突然下陡坡，早已习惯他温言软语的尹露措手不及，一下愣在那里，满肚子话硬是给憋了回去。尹露不说话，余怒也不多说，两人杵在那里，空气瞬间便凝固了。到了十点钟，尹露抓起包出门，她要上夜班。开门的那一刻，余怒听到尹露"哇"的一声，哭着跑了出去。

车驶进一个高速服务区，余怒从洗手间出来，看到进进出出的人都戴着口罩，难道疫情发展如此迅猛，已经蔓延到了湖南？他拨打尹露的电话，没接。再拨，还是没接。看来她的气，一时半会也消不了。

再点进新闻频道，一条中国顶尖科学家对疫情防控的呼吁已经被置顶：建议如果没有特殊情况，近期外地人不要去武汉，武汉人也尽量不出武汉。

二

参观了旧居陈列馆，瞻仰了双亲墓，麻二姐还在主席铜像下留了影，她的心情变得好多了。余怒父亲生前有一年甚至就在湘潭打工，但舍不得花钱没有来，自己今天也算是替老头子来看过了。走了一路，麻二姐念叨了一路，她很满足。

余怒并不是第一次来韶山，因而陪母亲的过程中一直在手机上刷新闻，武汉疫情越来越严重了，新闻里全是醒目的感染数字和病例通报，这让余怒心里有一种很不安的预感。

从铜像广场出来，母子二人吃过饭，余怒决定连夜往老家方向赶，他想尽量早点回家。上了车，麻二姐一把扯掉口罩，长舒一口气，说戴了一下午简直快要闷死了！余怒见状，告诉她专家说口罩是预防感染的最好措施，提醒她赶快重新戴上。你家尹专家说的？麻二姐嘲讽地说，你家尹专家平常洗个手都要用肥皂搓过来搓过去，皮都快搓破，在她眼里还有什么东西是干净的？麻二姐说得不错，在感染科医生尹露看来，这个世界太脏，桌子上窗户上马桶上，到处沾满了细菌，人的双手每天要接触那么多地方，不反复搓洗那怎么可以？

儿子，给你。麻二姐主动切换话题，不知从哪里掏出来一个拇指大小的雕件，从背后递给儿子。

余怒接过来一看，是只貔貅，便随手将它挂在了后视镜下方。车开出韶峰路，他再次劝母亲戴口罩，不停给母亲讲解这次新型冠状病毒的危害和传染性。麻二姐对儿子的科普丝毫没有兴趣，她反驳说，嗨，就那么一回事，全武汉那么多人，总会有几个咳嗽的，医生们就喜欢大惊小怪。

不戴口罩，你的唾沫星都可能会传染给别人。

你是怕我不戴传染给你？

不是不是，是我一直生活在武汉，担心传染给你。余怒连忙解释，这个病毒感染有近半个月时长的潜伏期，而且在潜伏期也是有传染性的。

这个世界上有怕被儿子传染上疾病的母亲吗？麻二姐说。

已是晚上九点，余怒决定在松阳市住一晚，明天再走。下了高速，他把车开到市区一家连锁酒店门前。下车前，麻二姐舍不得花钱，叮嘱儿子只开一间房，母子可以同住。余怒有些担心，自己长年在武汉，谁知道自己现在感染病毒没有呢，何况母亲这样的老年人免疫力差，更容易被传染。但麻二姐眼里只有儿子，一心想着省房费，全然没有余怒的顾忌，儿子不表态，她死活不肯下车。不过到最后，麻二姐总算妥协了一回。

余怒把母亲安顿好后，回到自己房间。他前脚进门，后脚就跟进来一群被口罩和护目镜包裹得严严实实的人。原来宾馆将余怒的身份信息输入系统后，当地公安机关迅速联合卫生防疫部门赶到酒店，要求余怒配合去疾控中心做身体检查和信息登记。余怒有些愕然，但还是很配合地跟着他们到了疾控中心。测量了体温，又填了一些表格，便被告知他可以自行离开了。走在陌生的大街上，余怒拦了个的士，司机摇下车窗，疑惑地看了看他，又问了问他要去的酒店，便立即关上车窗，猛踩一脚油门疾驶而去。接连又拦下几辆，都是如此。最后好不容易拦到一辆，上车后他不解地问的士司机为什么？人家告诉他，刚才余怒在酒店被一辆疾控中心车接走的图片，早已传到松阳市的的士司机各个微信群，大家都害怕载他这个武汉来客。

那你为什么不怕？余怒问。

我也怕。的士司机拉了拉自己的口罩，又说，都不载你，那你走回酒店还不得走半夜？

回到酒店，已是凌晨一点。两个戴口罩的保安在门口拦住了余怒，阻止他再回房间，告诉他已经替他办理了退房手续。

现在去松阳任何一家酒店，估计都不会接纳自己，看来今晚只能在车上过夜了。余怒只得坐回到车里。车里冷飕飕的，这如何将就？余怒心想。正在这时候，有人敲车窗，抬头一看，是自己的母亲。他连忙打开车门让她上车。麻二姐钻了进来，怀里还抱着一床厚厚的棉被。

你把宾馆的被子抱了出来？余怒问。

我买的，我按照损坏的赔偿价买还不行吗？麻二姐说。

余怒跟着一群人闹哄哄地离开时，麻二姐在隔壁听见了，等她赶下楼，余怒他们已经上车走了。虽然酒店服务员告诉她，只是给她儿子做一个例行的身体检查，但她哪里还睡得下去，便坐在酒店大厅等儿子。儿子回来后又被保安拦在门外，她都看在眼里。她要把自己房间的被子抱给儿子，服务员不同意，她便掏钱买了下来。

余怒觉得鼻子有点酸酸的。母亲这一辈子，最舍得的就是自己的力气，最不舍得的就是花钱。为钱的事，麻二姐与尹露就发生过多次不愉快。去年她从老家来武汉临时帮着带笑笑，每天接送笑笑上下学的路上，总是会捡一些塑料瓶和易拉罐回家，等攒到一定数量再送到废品收购站去卖钱。对此，尹露侧面提醒了她几次，但不奏效，最后实在忍不住，不满地说，妈你自己捡也就算了，搞得笑笑现在只要看到地上有易拉罐，也下意识地追上去用脚踩，这样好吗？麻二姐不理解，自己每天能挣几块零用钱买菜，替他们省钱哪里不好了？培养笑笑从小勤俭节约的美德，又哪里不好了？反驳归反驳，麻二姐也适当作了让步，自觉将捡到的饮料瓶藏在阳台杂物中，尽量避免让尹露看到，省得她又有话说。但麻二姐有次将一个空饮料瓶放在笑笑书包偷偷带回家，还是不小心被尹露发现了，终于引爆了尹露积蓄已久的怒火。

这个瓶子上有多少细菌你知道吗？尹露歇斯底里地吼道。

喝到肚子里的东西能有什么细菌？虽自知理亏，但麻二姐也不服软，尹露再说，她便一头扎进自己房间，抹起了眼泪。

余怒把身子顺着驾驶座椅的靠背，后倒放平在后排座椅上。麻二姐则坐在右后座位，她将棉被的大部分盖到儿子身上，扯一个被子角遮住了自己的膝盖。夜已经很深了。余怒怕母亲着凉，催她回房间休息，但麻二姐不肯，上了年纪的人哪有什么瞌睡呢，她要多陪儿子一会儿。

"拜新年"办不成了，余怒以很坚决的语气告诉母亲。昨晚他虽然在尹露面前撂下了一句狠话，但今天冷静下来，觉得尹露说得也不无道理，专家都说人与人要尽量减少交往，怎么还可以聚餐呢？尽管母亲不识字，他还是指着手机新闻对母亲说，你看，这家人和武汉回来的亲戚一起吃饭，全家六口人就被传染了五个。说完，余怒下意识地扭头看了一眼母亲，虽然黑暗中不能看清她的脸，但能听到她喉咙里咕噜了一下，似乎想说点什么，最后却什么也没说出来。

你知道它叫什么名字吗？良久，麻二姐向前躬起身子，摘下后视镜上挂着的貔貅。

貔貅。余怒当然知道。

那是你们给它起的洋名字，我们这一辈人管它叫辟邪。麻二姐告诉儿子，这是自己昨天在景区的小摊上买的。什么时候买的，余怒一点印象也没有。

现在不是在"走瘟"吗？你把它戴在身上，就可以不被传染了。麻二姐把余怒所说的疫情称为"走瘟"。接着，她又虔诚地指着貔貅说，老一辈人把它当作吉祥物，能保佑人躲避瘟疫。

靠它？余怒想笑，当着母亲的面又不敢笑出声来。

母亲回酒店后，余怒打开车顶灯，把貔貅放在手中仔细端详起来：这是一个浅绿色的水晶雕刻而成的小把件，它双角后扬，眉弓与双目凸起，显得仪态万千、灵气十足。据说，貔貅没有肛门，吞万物而不泄，唯一的排泄系统就是从其全身的毛皮里分泌出一点点奇香无比的汗液，因此从不产生污秽，便有了阻止瘟疫的寓意。

它能帮助人们躲过这场大疫吗？余怒把母亲送的这只水晶貔貅握在手心，轻轻地盘来盘去。

三

睡眠像信号不好的网络，时而连接时而断开，余怒在反复惊醒中坐起身子。他掏出手机，已是凌晨五点。再看新闻，一条醒目的新闻正在刷屏：武汉将于即日上午十点封城。十点？余怒心里一沉，这个时间点，意味着自己很有可能会被拦在武汉之外。

余怒大致估算了一下时间，泽河离武汉有一个半小时路程，那么只有在早上八点前将母亲送回，自己才有可能赶在封城前回到武汉。顾不上多想，余怒马上穿好衣服，他要去宾馆前台，委托服务员去把母亲叫醒。刚推开车门，抬头便看到母亲，她早已站在车外。麻二姐很早就起来了，她坐在大厅，眼里却望着停车场儿子的车。她不怕什么病毒，只担心独自蜷缩在车里的儿子。

封城？活了大半辈子的麻二姐对这个新鲜的说法闻所未闻，更不相信一个大城市还能被"封"起来。

上午八点，车按时进入泽河地界。余怒用电话联系上自己的二姐夫，请他到新堤路口来接母亲，他要马上返回武汉。儿子准备把自己扔在路口就返回？麻二姐心里不愿意了。那么大的武汉市，又不像荆州还有个城墙能围起来，那些火车、汽车和飞机，都踩个刹车停下来？儿子说不搞"拜新年"也就算了，但到他父亲坟前去燃炷香烧个纸这总可以吧？

到了新堤路口，余怒被几台横在路中央的挖掘机组成的防线给拦住了。挖掘机防线后，站着一群全身穿着白色防护服的人，正对过往的每台车进行防疫检查。看来，武汉准备封城，周边城市也已经跟着行动起来。检查站对进入泽河的车辆也作了分流：对一般车辆的乘客测体温，而对武汉过来的车辆重点检查，武汉籍乘客还要送到泽河市疾控中心做流行病学的相关调查。余怒开的车是尹露父母在他们结婚时送给女儿的陪嫁，挂的孝感牌照，所以检查人员用额温枪给余怒母子测过体温，就放行了。

二姐夫早已等在路口。余怒上前打了个招呼，转身钻进一旁的卫生间，准备方便一下后迅速返回武汉。他从卫生间出来刚要上车，过来两个检疫人员，站在距他一米开外的地方，用手势拦住余怒的车。你是不是从武汉来的？是的。那好，麻烦你跟我们去疾控中心。说罢，马上又围上来几个人，将他请上了疾控中心的车。这是正常的检疫程序，余怒没有办法，只能积极配合。在车上，检疫人员告诉他，现在疫情发展太快，各地都很重视，这样做也是形势所迫，请他理解。余怒完全能理解，他只是很焦虑时间不够。果然，等他再从疾控中心出来，手机上显示的时间告诉他，他已被封在了武汉城外。

回到乡下老家，比余怒早到一个小时的麻二姐已经做好了饭菜。余怒心情低落，现在不知道武汉要封城多久，但这个春节是回不了武汉了，他不知道怎么跟尹露解释。麻二姐把给余怒二姐夫准备的一瓶酒放上桌，余怒抓过来给二姐夫和自己各倒一杯，两人喝了起来。

你喝酒了下午还怎么开车回武汉？麻二姐在一旁担心地问。

他不回。平常不怎么喝酒的小舅子端起酒杯，二姐夫有了酒伴，高兴地替他抢答，武汉封城啦！

真封了？麻二姐端着一碗排骨煨藕汤的手微微抖了一下。

午饭过后，麻二姐便催促余怒去他父亲坟前烧纸。早点去，不要落在人家后头，你爸在下面盼着呢，他怕冷清！江汉平原的习俗，家里的男性才有资格为先辈烧纸，麻二姐让儿子大白天去，是想让村里人都看到，老头子坟前有人烧纸呢。

给父亲烧完纸回来，余怒快快地坐在堂屋木躺椅上看起了手机。

一整天了，尹露也没回电话，她现在在干什么呢？她还生自己的气？他心神不定，不停翻看疫情的实时新闻。麻二姐万万没想到儿子所说的封城真实现了，之前她一直以为是儿子不想主持"拜新年"而说的托词。儿子他有自己的家，他还要上班，如今被隔在老家，这可如何是好？她也急了。

要封好久？她小心翼翼地问道。

具体时间还不清楚，余怒说，听说至少十四天吧。

麻二姐心里不安，因为余怒被隔在老家，是她告的"密"。见儿子坚持说不能搞"拜新年"，麻二姐只能退而求其次，在新堤路口余怒上洗手间的时候，向防疫检查的人故意暴露余怒的武汉户籍身份。但她没想到真会把儿子隔在家里，而且是半个月。虽然害怕儿子责怪，但麻二姐犹豫了好一会，最终还是嗫嚅着对儿子说，是她打的小报告，目的仅仅是想通过疾控中心把他留下来，到父亲坟前烧个纸再走。

余怒放下手机，吃惊地望着怯生生的母亲。他也一直纳闷，自己的车不是武汉牌照，又是从松阳过来的，人家怎么会知道自己是武汉户籍？但事已至此，能再责怪自己的母亲吗？相反，身为人子，直到父亲突然去世，自己从来没有好好地陪过他，更没有守在病床前尽过一天孝，过年难道不应该在他老人家坟前磕个头烧个纸吗？听了母亲道出的实情，余怒反而有些自责。既然已被隔在老家，那干脆安心陪老人家过好这个年吧。他反而开始宽慰起母亲来。

既然儿子不走了，那初一的"拜新年"，多少也得准备两桌。儿子交代不置酒席，但自家亲人来，留下来吃顿饭应该不为过吧！她之前备了一些整酒用的肉鱼，今晚还得再加工，该清洗的清洗，该改刀的改刀。

余怒正准备再给尹露拨电话，她的电话却先回过来了。尹露在电话里告诉余怒，她所在的医院已被确定为收治发热病人的定点医院，作为感染科医生的她被安排在医院的隔离病区。

现在病人太多了，我一直没时间接你电话。尹露的语速很快，她告诉余怒，估计最近这几天不能回家了。又说，自己已在防疫一线，没有时间管笑笑，她就待在孝感的外公外婆那里好了。

从头到尾，尹露都没有问余怒在哪里。电话那头声音很嘈杂，周围似乎全是人的喧嚣，这让余怒有些替她担心。他从新闻中得知，已有好几个医护人员被感染，她现在属于高危人群。

你还好吧？余怒本来还想千叮咛万嘱咐，但从他嘴里出来时变成了这句话。

不多说了。尹露那边停顿了两秒，很快挂掉了电话。

没想到平时跟自己说话轻言细语的儿子，竟然朝自己发火了。

大年三十晚上，母子吃过两个人的团年饭，麻二姐开始忙碌起来。她要剁鱼切肉、炸丸子、做扣肉、蒸鱼糕，为明天"拜新年"的生活一项项做准备。余怒好言好语劝她，说有这个心可以了，何必拘泥于形式？麻二姐却认为，自家亲人们围在一起吃个饭，大都不是从武汉回来的，不会那么容易传染。母亲还是坚持要小范围吃个饭。余怒不敢想象，如依了她，明天那些缺乏病毒防护意识的亲友们，个个在酒席上高声大嗓地推杯换盏，将会是一个多么恐怖的画面。

就你这伢说得玄乎！麻二姐还是不觉得有什么，她继续剁着打鱼糕的肥肉。

你看！麻二姐突然想起来什么，她停下手里的菜刀，用左手指了指厨房的门，门上方正挂着她送给余怒的那只貔貅。余怒根本不知道她什么时候又把它挂在了这里。

有它守门，什么瘟疫都进不来。麻二姐说现在的疫情其实就是过去的"走瘟"，这事过去听说得多了，只是现在兴个什么网，一点点小事情就传得神乎其神。

到时候他们来了，别怪我不让进门！余怒见母亲如此固执，气得一把扯下那只貔貅，朝着屋外使劲扔了出去。

余怒走在老屋外漆黑的稻床上，旋即被裹进冰一样的夜风中，但他丝毫感觉不到冷。他不知道怎么才能跟母亲把这个理说通。黑暗中，他想了很多，想到刚才被自己吼过后一脸惶恐的母亲，又想到此时正在医院里被病人团团围住的尹露，还想到了过世的父亲，不知道自己给他烧的那些纸钱，他收到没有？余怒思绪万千，心里怎么也静不下来。手机新闻里铺天盖地都是疫情新闻，在"全国新型肺炎疫情实时动态"里，有官方的记者发布会介绍疫情的变化，有感染者讲述被感染的经历，有一批又一批的医护人员正从全国各地向武汉"逆袭"……

可好？余怒忍不住给尹露发了一条短信。不知道她此时是不是和电视上报道的那些前线医护人员一样，在病房里吃着方便面度过这个难忘的除夕夜？

还好。过了好久，尹露回复。

你怕不怕？余怒又问。

怕。

但同事们都在一起，我就不怕了。尹露接着又跟了一条信息。

大年初一的早上，有亲人陆续上门来"拜新年"，但到距余怒家五十米的路口，被两个人给拦住了。

和余怒一起站在路口的还有村主任。今天一大早，余怒上村主任家，向他讲了自己母亲麻二姐要办"拜新年"的事，村主任当然支持余怒的想法。当前从上到下对疫情纪律要求如此之严，怎么能容许自己村里出现这样一起恶劣的聚集和聚餐事件？小余，谢谢你支持我们的工作！村主任马上拎着手提电喇叭跟着来到余怒家。时间尚早，两人便在余怒家门口的稻床上抽烟。低头点烟时，余怒突然看到地上有个绿色的东西，仔细一看，正是昨晚被自己一气之下扔掉的那只貔貅。昨夜下过雨，地上已有泥泞，貔貅一只角扎在了泥泞里。余怒弯下腰，把它从泥里捡起来，用拇指把它角上的泥巴擦干净，放进了自己的口袋。

余怒还在路口设了一张条桌，上面摆了一个香炉和一些香烛，他和村主任站在方桌两米开外的地方。对已经到来的客人，余怒请他们在方桌前上三炷香以示悼念即可。每有来客上过香之后，余怒马上鞠躬致谢，村主任则在一旁用喇叭宣讲当下的防疫政策，要求他们迅速返回。

那是你亲舅呢，你也不留下吃饭？

上家来喝杯茶就传染了？

十大碗都在蒸笼里，要是浪费了，作孽呢！

麻二姐站在余怒和村主任身后，反复念叨这几句话，试图为挽留客人做最后的努力，但余怒和村主任谁也不理会她。见状，麻二姐也只好回屋去了。余怒转过身，看到母亲佝偻着的身子，心里突然有一些难受。

到了中午，余怒给村主任递了一支烟，两人准备分手回家。正在这时，麻二姐从家里快步走了过来，手里拎着一个塑料桶，里面叠放着一块块冒着热气的鱼糕。她对村主任说，自己家里已准备了这些菜，不吃也是浪费，能不能帮忙分给村里那几户独居的老人？

四

到了正月初二的晚上，余怒突然接到一个电话。通话时间很长，约莫打了半个小时。之后，余怒又拨打出几个电话。在拨号的空当，他告诉母亲：自己要回武汉了，今晚就走。

武汉不封了？我就说没你们想得那么严重吧！麻二姐听说儿子马上要走，觉得太突然，又有些不舍。

那个"走瘟"停住了？她不停地问。

妈，这场疫情远比你想的要严重，甚至也比我们每个人之前想的都要严重。余怒边说，边收拾手机充电线、香烟、剃须刀，把它们一股脑塞进自己的背包，然后匆匆走向小车。上车前，余怒转过身，紧紧地抱住了跟在自己身后的母亲。

记住，不去人多的地方。

记住，出门就要戴好口罩。

记住，多用肥皂洗手。

……

余怒一口气说了许多个"记住"，直到麻二姐终于点了点头。他又从口袋里掏出那只貔貅，把它塞到母亲手里，说，愿它保佑你。

说完，余怒钻进了驾驶室。他刚才接到自己所在建筑集团人力资源部的电话，集团已经为他联系好回武汉的通行手续，让他迅速返回武汉，参与一项重要的医疗场所工程建设。

三十分钟后，余怒将车驶上通向武汉的武泽高速。高速公路像一条灰色的蛟龙，以连续高架的形式浮游在辽阔的江汉平原上。一路上，少有车辆同行，车外的两旁落满了大片大片苍莽的夜色。

他将油门踩到汽车最高上限速度里程后，很快进入了一个万籁俱寂的世界。快一些，再快一些。渐渐地，余怒看到远方有了光亮，那不是武汉绿地中心的光亮，也不是世贸大厦的光亮，那是两只巨大的通体散发着金光的貔貅，一只是单角，一只是双角，均为龙头、马身、麟脚，雄踞在龟山和蛇山之上，头仰向苍穹，不断吞纳着在乌云中翻滚的阵阵黑障。两只貔貅巨大的幻影之下，有两个火热的建筑工地，几十台吊车、叉车把巨大的臂膀刺向了夜空，几百台挖掘机、推土机来回在大地上穿梭，还有数千个戴着安全帽的工人们，都向着最光亮的地方奔跑……

新年好啊

一

哀伤与黎明同时被新年第一缕破窗而入的阳光唤醒，余勤奋极不情愿地从薄如蝉翼的浅睡中惊醒。光亮每天在这个时辰如期而至，强行爬上他的眉目，令他厌烦，又心有不甘。他翻了个身，把蓬松的脑袋朝枕头下拱了进去，任由边沿泛着油光的被子半边滑落在地，也不愿拉扯一下，全然不顾自己的后背裸露在清晨的寒凉之中。

余勤奋的睡眠和思绪如此相同，一直处于碎片状态，全靠拼拼凑凑。他依稀记得，昨晚是除夕之夜，武汉在盘古开天地的首次封城之下，虽没有万家大团圆的景象，但小家依旧热闹，灯火璀璨。到了夜里十点多，沉寂了几天的小区，突然爆发出震天动地的呼喊。不知是哪扇窗子，率先传出一个嘹亮的声音："武汉——"很快有另一扇窗子回应："加油——""武汉——加油——""武汉——加油——"几个单声回合过后，无数个"武汉——加油——"声从一幢幢高楼的各个窗口钻了出来，很快汇集成"武汉——加油——"的复调，此起彼伏，最后形成一股声音的洪流，顷刻间海啸般席卷而来，穿透这座城市的每一个角落。巨大的呼喊声，惊扰了斜靠在沙发上发呆的余勤奋，他最害怕的节日喧嚣，在这个异常冷清的农历年最后一天，最终还是来了。余勤奋关上窗户，九省通衢的繁华都市如今已成为新冠肺炎疫情笼罩下的一座孤岛，但他仍要阻止这一曲高昂的长歌蓦然闯入。他家早已变作孤岛，他要守护这孤岛中的孤岛。

余勤奋感到肚子有点饿，他都不记得自己多久没有吃东西了。他从冰箱冷藏格摸出两个馒头，就着一杯凉白开胡乱塞进肚子。吃完东西，接下来干点什么呢？余勤奋又陷入一片迷茫。这两年来，他过着昼夜颠倒的生活，睡觉、打游戏和抽烟，成了他打发日子的日常内容。他下意识地开始抽烟，一支接一支，不断火，却又心不在焉：有时一支抽完，等烟火烧到手指他才回过神来；有时一支烟才抽一口，便被他摁灭在地板上。落了一地烟头，余勤奋强迫自己上了床。又是好一阵翻来覆去。等到好不容易浸染上一层薄薄的睡意，屋外却传来狗叫声：

"汪汪——"

"汪汪——"

已是凌晨三点，这叫声在万籁俱寂的夜里格外清晰。余勤奋有些烦躁，后来索性坐起身，把目光望向漆黑的窗外。

"汪汪——"狗叫声再次传来，像一颗坚硬的石子，把余勤奋一天来积攒下的那丝困倦，玻璃似的击成了碎片。

最近这一两年，余勤奋的睡眠出现了大问题，尤其对声音格外敏感。远到小区景观池塘里的蛙叫和树上的蝉鸣，近到屋外空调主机转动的声音，对他来说都是无法忍受的骚扰。他一度以为自己耳膜出了问题，上医院检查却一切正常。但他自己的感受越发糟糕，渐渐发展到楼上邻居半夜起床的尿尿声、凌晨小区清洁工扫地的沙沙声，甚至灯管里电流的嘶嘶声，全部转化成各种杂乱无章的噪音，源源不断输送到他耳朵里来，搅得他日夜难以入眠。当然，最近稍好一些，封城后很多如半夜烧烤摊的叫卖、歌厅里的嚎叫等刺耳的声音，全都凭空消失了。正当他准备庆幸每天可以多睡一会儿时，新的噪音又出现了。

余勤奋无力再收拢已流散的睡意，起身下床，走到与房间相连的露台上。余勤奋知道这狗叫声来自对面高楼的那只金毛，他几年前就认识它。在他的印象中，它并不是一只爱叫的狗，今天是怎么了？

冬日清晨，平静的江面上，漂浮着一个火红而温暖的太阳。天气如此晴好，但这座城市在疫情的肆虐下显得格外静谧，似乎沉睡其中，久久不愿醒来。这像是余勤奋的现状。两年前，他的家庭突遭变故，残忍如一把利剑，将他的人生斩为两段，上一段事业顺利外加家庭美满，下一段妻离子散犹如行尸走肉。余勤奋以前是做防水工程的小老板，从防水工人做起到自己开公司，当一切向好时，却不想厄运已悄悄埋伏在前头，在他三十六岁本命年那年给他迎头一击：六岁的儿子图图在一次高烧后被查出患上急性淋巴细胞白血病，在经历两年的各种化疗、腰穿和骨穿后，最终还是离他而去。儿子永远闭上眼睛的那一刻，这个曾在余勤奋眼里五彩缤纷的世界轰然倒塌，从此他没有了白天，只剩下漫长的黑夜。他拒绝白天，害怕在白天看到与儿子有关的印记：公园里图图爱坐的海盗船，学校里和图图一起嬉闹的同学，家里图图的衣服、玩具枪、军棋……与儿子有关的一切都还在，唯独儿子不在了。白天太过于真实，真实到稍不留神这一切就会突兀地出现在他眼里，瞬间把他又拖回到永无止境的回忆中。这种真实，其实是一种残忍。对比白天，余勤奋更习惯黑夜，虽然什么也看不见，但至少还可以欺骗自己的眼睛。他开始把自己关在家里，不上班，也不见亲友，甚至尽量避免和邻居碰面。如果非出门不可，他会先悄悄打开大门，竖起耳朵仔细听楼道有没有人，等没有动静时，飞一样跑下楼，倒掉垃圾或到小超市买生活必需品，再迅速跑回来。他把白天也过成了黑夜。

余勤奋家的露台与对面楼房的金毛所在的阳台处于同一平层，空间直线距离约二三十米。那狗体形匀称，胸部厚实，披着一身金黄而密集的皮毛，时常直立身子，趴在窗口向外张望。余勤奋在露台上抽烟时，常常看到它独自在阳台上玩耍，摇头晃脑的样子看上去有些呆傻，他对它并无好感。三年前，图图刚做完第一个疗程的化疗，余勤奋陪他在楼下草坪上晒太阳，这只金毛不知从哪窜了出来，倏地扑到图图跟前，一下子把身体极度虚弱的图图吓倒在地。情急之下，余勤奋赶紧伸手一把抓住金毛凑过来的嘴巴，把它推到一边。这时，后面走过来一个中年男人，脑袋油光锃亮，脖子上挂着一根大金链子，他是金毛的主人。很显然，他看到了刚才的一幕。但他并没有先和余勤奋打招呼，而是把金毛的嘴掰开来看，凶狠地吼道，瞧你这笨样，人家把你嘴抠出血了，你他妈就只知道躲？说完，又把凶恶的眼光瞥向了余勤奋。毕竟没伤到儿子，余勤奋本不准备再说什么，但光头把话说得稀烂，还一副气势汹汹的模样，他不干了，对着光头冷冷地说，狗不知道讲理，难道我们人也不讲个道理？这样的大型犬不需要牵狗绳？说的时候，他把目光停在光头的眼睛上，一动不动。两人对峙了一会，光头扭过头，手掌朝匍匐在他脚下的那只金毛的脑袋狠狠拍去，说，火鸡不会咬人！叫火鸡的金毛猝不及防被主人打了一巴掌，蒙了两秒钟，马上翻过身，把肚皮示向主人。光头不假思索，提起又是一脚，踹在火鸡的肚子上，"汪——"它一声惨叫，却并不跑开。

火鸡胆子那么小，你看我踹它它都不敢动，现在相信了吧？光头指着瑟瑟发抖的火鸡告诉余勤奋。说完，他伸手向前方一指，金毛马上从地上爬起，顺从地跟在主人屁股后摇摇摆摆地走了。

"汪汪——"火鸡的叫声再次传来。它所在的阳台已被窗帘遮住，余勤奋看不见它。他突然回想起，印象中光头家最近一段时间好像没有灯光，估计光头一家不在武汉过春节，难道没把狗一同带走？

"汪汪——"又是一声狗叫。

"火鸡——"余勤奋扶住露台的栏杆，身子前躬，朝着对面楼房阳台大声喊道。

"汪汪汪——"窗帘动了一下。

这只金毛果然被光头留在家里了。哈哈。自己的猜想得到证实，余勤奋心里生出一丝邪恶的快感。

二

整座城市像被按下暂停键，毫无征兆地突然进入了静止状态。往日热闹的街市、如潮的人流，此时像被江水冲洗过一样，干干净净。马路上散落的零星医疗和生活保障车，或天空中偶尔划过的一声鸟鸣，越发衬托出一种前所未有的安静。人们都在抱怨新冠肺炎疫情给这个春节带来了冷清和乏味，只有余勤奋无所谓，他早已习惯，甚至这种寡淡正是他所期盼的。图图走后的第一个春节，余勤奋婉拒了哥嫂邀请，和图图妈妈一起去了贵州，通过在火车站翻地图的方式，随便找了个乡间小镇，在那个陌生的地方过了年。他们是哪里偏僻往哪里走，他们害怕遇到熟人，熟人的眼神他们受不了。第二个春节，余勤奋已经离异，孤身一人待在武汉，每晚出门夜跑，除夕夜更是从傍晚一直跑到了黎明，用身体的极度劳累编织出一副坚硬的铠甲，以此避开那一把把回忆的尖刀。今年这个春节好了，团圆、聚会、喜气这些每个节日都要折磨得他死去活来的字眼，被突如其来的疫情一股脑赶出了这座城市，每个武汉市民和他一样，都成了足不出户的孤家寡人，他一度产生了某种虚幻的融入感，自己的焦躁也稍稍平息了一些。当然，麻烦也随之而来，他的家，这个长期被社会遗忘的角落，竟也热闹起来，每天都会有社区干部或志愿者登门，给他测体温、做询问，一天不曾中断过。

如果不出门，余勤奋甚至懒得洗漱，通常下床后会直奔电脑桌，玩网络游戏。他玩游戏有两个目的，一是单纯地玩，二是通过玩游戏解决基本生活费用。余勤奋离开防水行业后，送过快递，教人游泳，还在街头替人做过锅盔，总之什么职业需要力气他就干什么。儿子死后，他有一种莫名的负罪感，不敢让自己沉重的肉身有片刻松懈，身体和精神站在了天平的两端，似乎身体多一点苦，精神上就会少一点痛。但这些职业都没干长，不是因为累，更不是因为挣钱少，而是因为孩子。送快递会遇到孩子来取件，当游泳教练会遇到孩子来游泳，就连锅盔的主要顾客也是孩子，那些孩子们向他跑过来时，就似一阵和煦的微风，把他用坚强、平静甚至若无其事伪装起来的种种圆实而饱满的面目，瞬间如蒲公英般吹得四散开来……余勤奋也曾试着斩断这无尽悲伤，他继续和以前的客户谈生意，但重新上了酒桌，看到满桌的珍馐，又会联想到儿子在生命最后几个月，不能吃油腻食物只吃稀饭和馒头的情景，不禁羞愧难当。他暗暗骂自己，余勤奋你还敢向美味伸筷子？他借口上洗手间，门一关，眼泪便夺眶而出，他明白，儿子是他一生的至暗，永远也走不出来了。

从那以后，余勤奋再也无法走出家门。漫长的闲居时光，他开始专注儿子生前的一切：将儿子的衣服鞋子从小到大依次编码摆放，临摹儿子在幼儿园时的绘画涂鸦，替儿子整理书包里的各种课本和文具……他每天重复这些简单的事，乐此不疲，直至接触到图图生前曾玩过的网络游戏。那是图图还没生病时，曾偷用他妈妈的手机为游戏充了一百块钱，事后被他打了一巴掌。图图不在后，余勤奋每每回想起来，都会有无尽的懊悔与深深的自责。后来他又想，网络游戏到底有什么趣味能吸引我的图图？余勤奋决定通过游戏来探寻儿子的内心世界。在他看来，这甚至不失为一种与儿子保持某种关联的特殊渠道。他开始学着玩儿子玩过的那款网络游戏，从打开游戏页面时的菜鸟到骨灰级玩家，用了两个月。这期间，余勤奋没日没夜地练习，每次捡到金币、开到宝箱，或打败一只强大的怪兽，都要大叫一声，好！他觉得不是自己在玩游戏，而是在替死去的儿子玩游戏，他叫好是在为儿子喝彩。后来，有游戏商人看到余勤奋的水平越来越高，向他提出购买装备的要求，他没有犹豫就同意了。不过，他从不多卖一分钱，能有口吃的而不用出门，就够了。

余勤奋第一次感觉时间过得快。刚过去的一周，是他近两年过得最为充实的时光，竟然每天还可以睡上四五个小时，这对于长期处于焦躁、失眠状态的他来说太难得。

初三那天,上门为他测体温的社区干部说起缺少志愿者的事,一向怯于与人沟通的他鬼使神差地主动报了名。当志愿者的前两天,为居民发大白菜。按要求,志愿者把大白菜从卡车上卸下,统一堆放在小区球场上即可撤退,每户会派一人自行下楼来取。但余勤奋不走,他要替那些年龄大、行动不便的老年人拎上楼才肯转身。后面几天,给那些新确诊新冠肺炎病人所在的小区消毒,余勤奋抢着背起满桶的消毒药水,一户接一户喷洒,从早干到晚,听不到他一句叫累的话。几天下来,社区干部纷纷朝他竖大拇指,大家都夸他。只有他心里清楚,自己的精神哪里很崇高,其实就想找个脏活累活干干而已,哪怕感染上病毒也无所谓。他怕死吗?自己如今这样活着,和死又有什么区别?他不止一次有过自杀念头,几次想在露台上纵身一跃,但最终还是没有跳。他不是没有跳的勇气,而是后来想明白了一个道理:自己要是死了,这个世上谁还会记得图图?只有自己还活着,儿子才不会那么快被这个世界遗忘。为了儿子,他才容忍自己继续在这世上偷生罢了。

晚上在居委会搬运消毒液等抗疫物资,忙到夜里十二点才回家。刚进门,接到社区电话,马上又赶到一户全家四口都出现新冠肺炎疑似症状的居民家中,协助将他们送到了医院。等再次回到家中,已是凌晨四点。他觉得有点困,洗完澡,连烟也没抽一支就上了床。刚躺下,窗外又传来狗叫声:"嗷——嗷——"这大半夜的,火鸡还在叫,它是不是太无聊了?余勤奋睡不着,不禁有些恼它。

"嗷——嗷——"火鸡每隔几分钟就叫一声,一直叫到了天亮。这个后半夜,余勤奋耳朵边尽是火鸡的聒噪,哪里还能睡得着。好不容易挨到七点钟,他实在躺不住了,跳下床洗漱。上午还有任务,要去给一栋待拆迁的老式职工宿舍里三户空巢老人换液化气罐。刷牙的时候,他突然想到一个问题:火鸡的叫声怎么从"汪汪"变成"嗷嗷"了?

余勤奋马上来到露台，含着一嘴的泡沫，朝着对面阳台大喊一声："火鸡——"对面马上传来一声"汪汪"的叫声——火鸡回应他了。"火鸡——"他又喊。火鸡又发出"汪汪""汪汪"的叫声。这下听清楚了，火鸡刚才发出的还是"汪汪"的叫声。隔着窗帘，余勤奋看不见火鸡，如果能看到它，他想朝它抢抢拳头，吓唬吓唬它，叫了大半宿，真是吵死个人。不过，转念一想，这只金毛还知道回应他，一点也不傻嘛！他不禁乐了。回到卫生间继续刷牙。他回忆起自己刚才好像笑了一下。真的笑了？余勤奋仔细端详镜子里那张干枯的脸，面颊上升，眉角舒展——真的笑了——这可是一个久违了两年的笑容啊！他对着镜子，努力收拢五官，嘴角试图上翘，想再笑一次，但镜子里却出现一个相当怪异的脸庞——双眉外张而嘴唇紧闭，那对凹陷的眼眶，竟汩汩地淌出了一行热泪。

中午回到家，余勤奋从冰箱里拿出两个冻馒头放进电饭煲，准备蒸好后当午餐。儿子死后，食美食对他来说是有罪的，儿子生前最后的主食馒头，也成了他的主食。

"嗷——"火鸡的叫声再次打破死一样的沉寂。

余勤奋拿着馒头走到露台，发现对面阳台的窗帘竟然被拉开一角，露出一个面积约半个平方米的窗户——那是全封闭阳台的逃生窗口，火鸡把头伸了出来。

"火鸡——"余勤奋大声喊道。

"嗷——"火鸡的叫声没了以前的洪亮。

可能它太寂寞了。余勤奋把半个馒头从嘴里拿出来，举在手里，"喔、喔"地逗弄它。火鸡马上把头向后仰了仰，不停地"嗷嗷"叫唤起来。

火鸡像个孩子，只要有人和它玩，就欢喜得不得了。余勤奋看着它激动的模样，心想哪怕是只狗，也害怕孤独啊！

三

随着方舱医院的快速增加，感染病人床位资源前期一度紧张的现象得到极大缓解，社区抗疫工作也随之步入正轨，余勤奋的志愿者工作暂停下来。闲下来的余勤奋恢复到从前打游戏、睡觉和抽烟的浑浑噩噩状态。在今天的网络游戏中，他要继续与一只叫"暗咒蝠妖"的怪兽作战，对方能喷射出一种墨绿色的汁液，毒性非常强，攻击者稍不注意就会中毒倒地而亡。余勤奋前几次都没能将它杀死，今天决定不惜花钱强化装备，希望尽快拿下它。

余勤奋第一次掏钱买了"皮肤"。不过，他的攻击能力虽有所增强，但与"暗咒蝠妖"决斗时精力还是无法集中，导致反应迟缓，攻击时操作又频频出错，最终败下阵来。

"嗥——嗥——"

火鸡最近总是叫个不停，而且，它今天又变换了一种叫声。

它的主人光头离开武汉时是坐动车或飞机？如果是自驾车，应该把火鸡带上的。那火鸡心里估计一直在纳闷，为什么主人这么多天不露面呢？是我做错了什么不要我了吗？余勤奋这么一想，这狗也怪可怜的。他的心思不在游戏上而在狗身上了。这样继续下去，火鸡该不会患上抑郁症吧？余勤奋自己曾有过抑郁倾向，他听说动物也会抑郁，动物与人没什么不一样，都有自己的思想与情感，唯一不同的可能是语言吧！抑郁症潜在患者担心一只与他八竿子打不着的狗会不会也患上抑郁症，余勤奋为自己的隐忧感到好笑，它与自己有关系吗？他不禁咧开了嘴，想笑，但突然收住了。

你又在笑？他质问自己：余勤奋你还有资格笑？

余勤奋和图图妈妈离异，笑声就是一根导火索。图图走后第二年，他和图图妈妈忍受不住每日彼此的长吁短叹而分房睡。有一次，图图妈妈在她房间看电视的综艺节目，竟然发出"咯咯"的笑声。她第一次笑，余勤奋忍了。她还笑，余勤奋顺手把鼠标向她房门砸过去。安静了一会儿，笑声又起，余勤奋忍不住了，冲进她房间，一把将挂在墙上的电视机扳翻在地。

你竟然还笑得出来？

那好，那我去死！

图图妈妈不顾赤裸的上身，立即跳下床，冲到露台上。余勤奋反应快，一个大跨步冲上去，从背后死死抱住了她。霎时，图图妈妈豆大的泪水落到地板上，余勤奋的泪水则落到图图妈妈的脖颈上。两口子抱头痛哭，他们才发现，原来痛苦和病毒一样是可以传染的，哀伤的人生活在一起，会令生活更绝望。夫妻俩以前害怕见外人，现在连对方也害怕见。没有办法，离婚吧，也算是一种解脱。

图图妈妈没有笑的资格，难道我有？余勤奋长叹了一口气。

"嘟——"

"嘟——"

火鸡的叫声较以前弱了许多。这个家伙怎么了？余勤奋心里终究有些不安，想探个究竟。火鸡前爪搭在窗口上，脑袋侧歪在窗檐一边，看上去它似乎有些难受

"火鸡——"余勤奋大声喊它的名字。

火鸡听到有人喊它，慢悠悠地把头拱出窗外，望着余勤奋发出一阵"嘟、嘟"的叫唤。每叫一声，它会把舌头卷到鼻子上舔一下。这个动作以前少见，难道火鸡病了？或是饿了？余勤奋看到它可怜兮兮的样子，犹豫片刻，还是回厨房拿了个馒头，放在嘴边做了个吃的动作，然后举在手中朝火鸡挥了挥。火鸡看到了，马上兴奋地晃动脑袋，舌头在上下唇间来回收卷。

它是饿了，余勤奋分析。估计光头也没想到武汉会封城，离开时给它预留的食物肯定不够。余勤奋想把手中的馒头扔给火鸡，但隔那么远，要准确投进那个窗口似乎有些困难。他试着投了一下，没能投

中，馒头掉到了楼下。余勤奋不敢再投，二十层高楼往下掉物品，属于高空坠物，是一件非常危险的事。

馒头没能接着，火鸡急得"嗥、嗥"叫个不停。

看来投不行，余勤奋想到把馒头系在长杆上递过去。他先是拿晾衣服用的撑衣杆，不行，太短，连五分之一距离都不到。又找到两根蚊帐的折叠钢丝，将两头对接，仍差了一大截。

新冠肺炎疫情进入排查摸底阶段，指挥部要求每个居民楼栋口都安排社区干部值守，居民一律隔离在家，没有特殊事由不得下楼。难道眼睁睁看着火鸡在家活活饿死？这也太残忍。余勤奋还是想救它。他凭着手里一张当志愿者时发的通行证，顺利下楼找到小区物业经理，问到火鸡主人光头的电话号码。

如今人都快要顾不上来，你还去管一只狗？物业经理不带恶意地批评余勤奋，你在家待久了，闲得慌吧？

余勤奋拨通了光头的电话，先是介绍自己，包括姓名和家庭详细住址，最后向对方提出，自己可以在社区干部或物业人员的见证下，把他家的大门撬开并更换新锁，帮他代养狗狗。不过，他没提几年前火鸡吓着自己儿子的事。

你怎么知道我家的位置？你从哪里找到我的电话号码？你到底是干什么的？不等余勤奋把话说完，光头马上警惕地反问，他认为被人窥视是一件非常可怕的事。

狗有它自己的命，不关你的事。光头又恶狠狠说，我警告你，我可记着你的电话，别给我乱来啊！说完，挂了电话。

自己的一片好心成了驴肝肺，还被警告一通，余勤奋想想都觉着来气，那个物业经理说得对，自己的确是闲得慌。

余勤奋回到家，抓起吃剩的半个馒头，边啃边打起游戏来。十几个小时下来，整个人精神有些昏涨。天快亮时，余勤奋起身伸了个懒腰，望着窗外的鱼白，这个夜晚真安静啊！

正在这时，沉寂了几天的志愿者微信群"嘀嘀"响了：社区急召一名临时驾驶员，主要任务是负责余勤奋所在小区居民特殊应急外出。这个岗位需近距离接触不同人群，存有较大感染风险，但余勤奋不假思索，第一个报了名，便立即得到批准。

两分钟后，余勤奋接到第一项任务：送一个刚出生 31 天且哭闹不止、呼吸不畅的新生儿上医院。孩子父母在电话中的语气心急火燎，让他连脸也顾不上洗，马上将车开到了对方家楼下。从医院回来的路上，社区又转来一位居民请求，让余勤奋代其送菜送药到汉阳区蔡家林巷居住的九十多岁双亲处。余勤奋赶到汉阳，来回奔跑了几条巷子，终于找对门牌号，将药和菜交付给老人后，还不放心，又找到所在社区，申请了对两老进行重点关爱。等这一切办妥，返回到社区时，已是下午两点。余勤奋将半份盒饭塞进了肚子，接下来送一位女士到医院做人流手术。因女士的老公得在家照顾两个小孩，不能陪同前往，全程陪护的任务自然落到了余勤奋头上。女士进了手术室，余勤奋便站在手术室外的走廊上等待。当年图图出生时，他也是站在这个地方等候，那时的他是多么喜悦、兴奋，有着即将为人父的无比激动……如今物是人非，一切成空，想到这里，余勤奋心里不禁隐隐作痛起来。他焦灼地来回踱步，希望手术能早点结束，他想尽快逃离这里。偏偏女士的手术耗费时间偏长，四五十分钟后，她才从手术室出来，身体虚弱得像一根草，余勤奋连忙上前替她扣好外套。医生示意家属抱病人到观察室输液，余勤奋愣住了，尴尬地望了女士一眼，女士则用求助的眼神看着他，他略略迟疑一下，便抱起了女士。去观察室的路上，余勤奋不好意思将女士搂得太紧，因此双臂尽量前倾而僵硬，动作显得很是怪异。

一位男士做饭时手指被切伤亟须去医院，一位老人尿结石发作尿不出来，一个婴儿急发疝气需复位……余勤奋一刻也不敢耽误，早到一分钟就早一分钟减轻别人的痛苦与担忧。还有乳腺癌手术患者每天换药、住院病人家属更换陪护、尿毒症患者透析、肺结核患者复检、小产的两天后复查……余勤奋记不住的就用小本本记好，可不能漏了、混了，一件事接着一件事，每天车子发动后，中间难得有熄火的时候。

第三天夜晚，余勤奋的临时驾驶员志愿者任务圆满完成，他到社区交还了车。回到家，突然想起了火鸡，这几天似乎没有听到它的叫声，余勤奋心里不由一惊，它该不会已经饿死了吧？光头说，狗有它自己的命，但狗的命也是一条生命啊！余勤奋回想火鸡朝着自己不停摇晃脑袋，那是在求救吗？连狗都知道渴了要喝水，饿了要进食，遇到危险要向别人求救呢！

余勤奋来到阳台，他怕吵到别人休息，不敢用太大的声音，只轻轻地叫唤火鸡，但对面阳台始终没有动静。

火鸡真饿死了？

他的心情糟糕透了。

烟头落满一地，余勤奋来到儿子房间。他躺在儿子床上，用儿子盖过的印着熊大、熊二图案的被子搭住了胸口。和图图妈妈离婚时，他把所有家产都给了对方，只留下这套房子的居住权。余勤奋舍不得离开这个家，儿子房间所有的东西一样没舍得扔或烧，都按儿子在世时的原样摆放，仿佛随时在等候儿子回来。他每次想儿子想得喘不过气来时，就会趴在儿子床上，把脸贴在儿子曾睡过的床单上，贴在儿子曾穿过的衣服上，拼命搜寻儿子留下的气息。

儿子，你在那边孤单吗？

儿子，你在那边有了新的爸爸妈妈吗？

他对着屋子的空气问，对着儿子的书包问，对着瘫倒在床的自己问，每问一次，都是满脸的泪。

四

天亮了。余勤奋又到阳台去叫唤火鸡。好半天，火鸡才无精打采地在窗口晃了一下，马上又趴在了地上。还好，它还活着。他在网上找到一个小动物保护协会的电话。协会志愿者听完他的请求，明确告诉他，为避免不必要的纠纷，志愿者上门服务需同步与业主保持视频联系，绝不能不经小动物主人同意而开人家的门锁，如果火鸡主人不配合，他们表示无能为力。

这条路，也被堵死了。怎么办？情急之下，余勤奋顾不上那么多，再次拿起馒头向火鸡投去。家里剩下的七个馒头全扔了过去，但一个没投中，全落在楼下院子里。如今，楼道与楼道间的通道已被木板封死，馒头捡不回来，余勤奋只得作罢。

火鸡似乎知道余勤奋在帮自己，每个馒头掉下楼时，它都要急得"嗥嗥"叫唤一声。馒头没了，余勤奋和火鸡相互对望，都傻了眼。过了许久，余勤奋转身回屋，"呜——"火鸡竟发出一声长长的哀叫。

火鸡挨饿，余勤奋也没有一点食欲。刚刚出现的一点好心情又没了，他只觉得火鸡好可怜。虽然自己讨厌它的主人，虽然火鸡的莽撞吓到过图图，但一想到它会因主人的冷酷而被活活饿死，这实在令人沮丧。没有人比他更懂这种滋味了——一个鲜活的生命慢慢萎缩，你想伸手去抓却什么也抓不住，只能眼睁睁地看着它在你眼前一点点地消失，这是一种怎样的无助？

绝望中，余勤奋忍不住到露台上呼喊火鸡的名字，火鸡却不再把头探出窗外，只是发出低沉的哀鸣回应他：

"呜——"

火鸡生还的希望越发渺茫了。对疫情的管控越来越严格，居民所需生活物资一律由社区统一配送，街道宣传车上的喇叭反复播报，足不出户就是为国家做贡献。余勤奋同火鸡一样，被困在各自的地盘，束手无策。他站在儿子房间的窗户边，眺望远方，茫茫的江面上，一座大桥横跨其间，天堑变成了通途。可眼下，与火鸡相距这二三十米，却成了他无法抵达的距离，强烈的挫败感把他仅存的一点同情心击得七零八落，余勤奋似乎又能听到那阵熟悉而恐怖的脚步声再次朝他走来。他颓丧地低下了头，房间里到处都是儿子的影子：图图参加幼儿主持人大赛的奖状还贴在墙上，念过的课本还在他的书桌上，"光头强"电锯、弹弹球、磁力积木等玩具都摆放在主人生前搁放的地方。书柜顶部，还有一架玩具遥控直升机，那是自己送给儿子生前的最后一件礼物。以前儿子一直想要它，余勤奋没舍得买，后来儿子病重，他赶紧买了一架最好的送到病床上的儿子手中。他一直记得，当时图图欣喜地抱着它，浮肿的脸上竟然还艰难地露出了一丝笑容。可惜，儿子直到最后离开，也没机会再碰过它。

余勤奋把这架玩具遥控直升机从柜顶取了下来，端详着它。如果儿子生前能玩上一回，那该有多好啊！突然，有一个奇异的想法在脑子里一闪而过：能不能用它将火鸡所需的食物运过去呢？

他立即上网查询这款玩具的基本参数，得知可以负重一公斤飞行，而且它的体积大小正好可以穿过那个窗口。余勤奋为自己的想法感到激动，一刻也不愿意等，立即将电池充满电，在客厅进行飞行操控训练。先是练习升降和旋转，几十个回合下来，他便能熟练操作上下悬停和左右旋转。紧接着，他把约一公斤重的几本书用胶布缠在机身上，进行负重训练。大半夜过去，这架玩具遥控直升机在余勤奋的控制下，就能在各个房间平稳自如地穿行了。

不过，余勤奋心里清楚，这架玩具直升机一旦钻进火鸡那个窗口，受视线的限制，加上火鸡咬取食物时会碰到易碎的机翼，它很难再飞回来——这大概是一趟单程飞行。狗粮不是生活必需品，不在社区代购物品之列，余勤奋只能自制狗粮。第二天一大早，余勤奋通过社区购回一些面粉和瘦肉，将瘦肉剁成末，用面粉拌匀后裹住，加入一些蛋清和青菜，放在电饭锅里蒸熟后，自制狗粮便做好了。他把狗粮切成块，绑在了玩具直升机的底部。

经过小心翼翼的飞行，余勤奋终于把玩具直升机顺利飞进了火鸡的窗子。不出他所料，飞进窗户后的玩具直升机很快没了反应，这让他既开心又失落。开心的是玩具直升机没了反应，说明被火鸡触碰过，进而说明火鸡还活着；让他失落的是，玩具直升机要么机翼受损，要么电池被火鸡刨出，总之他对它失去了控制。

很快，补充过食物的火鸡，又把狗头从窗口拱了出来，一副呆呆萌萌的表情。

"火鸡——"看到金毛恢复了元气，余勤奋有一种说不出的喜悦，情不自禁地喊它。而不远处，浑身流金的火鸡也发出"汪、汪"的欢快叫声。

这一公斤自制狗粮维持火鸡生命一周时间没问题，余勤奋悬着的心暂时落了下来。书柜顶上，只剩一个孤零零的遥控器，紫红色的机身不见了。他知道，这是永远失去了，就像他的图图。儿子的一切，他都视为珍宝，甚至连房间地板上的头发桩都不舍得扫掉，似乎这一扫就会把儿子的气息扫走似的。但今天，为了一只狗，自己竟然把儿子心爱的玩具直升机飞走了。这天晚上，余勤奋躺在儿子床上，对儿子的思念如潮水般漫开来。他回忆起儿子，像在脑海里打开了一本书，儿子从出生到离开的近三千个日夜，所有点滴都记在这里，他一页一页地翻，一字一句地读，但看着看着，很快就要到底了——这本书太薄了啊！他不敢再往后翻，他想停住，但那些模糊的方块字、那些书中的笑脸，还有那架玩具直升机，都从书里飞了出来，渐渐化作一缕青烟，慢慢飘逝而去……

但儿子，你会理解爸爸吗？余勤奋在黑暗中醒来，用被子蒙住脸，忍不住号啕大哭起来。

"汪汪、汪汪"的狗叫声，又经常传来。令人惊奇的是，余勤奋只要往自家露台上一站，哪怕不喊火鸡，它似乎也能感应到，很快会把脑袋从窗口伸出，耳朵后伸，张大嘴巴，鼻子发出哼哼的声音。

它是在冲余勤奋笑呢。

火鸡精神还不错，每次笑过之后，还会把身子缩回去，绕着阳台转一圈，再次把前爪搭上窗檐，把窗户扒拉得砰砰作响，如此循环且不厌其烦。

余勤奋逗弄火鸡几次后，不敢再去露台。因为他发现自己只要在露台上出现，火鸡就兴奋地从窗口钻进钻出向他示好，这样会消耗它的体力。一公斤食物究竟还能让火鸡支撑多久？余勤奋心里没底。这个该死的新冠肺炎病毒，虽然经过严格管控，新增感染人数逐日递减，但据说又出现无症状感染者，隔离期会继续延长，封城暂时不会解除。他开始关注每天的疫情动态，最担心的是继续隔离下去，火鸡终归难逃一劫。该想的办法想尽了，下一步该怎么办他也不知道，目前只能让它尽量少运动，最大限度维持身体能量，能多撑一天算一天。

五

到了正月十三，随着全国各地医疗援助队伍源源不断开进湖北各疫区，武汉新一批方舱医院开建，疫情管控力度也再次升级，全体武汉市民又进入下一个为期十四天的隔离期。这也就是说，光头在半个月之内无法回武汉了。

空旷的城市，冷清的街道，每天被无限拉长的光阴，一切都变得恍恍惚惚，余勤奋很难分清眼下这一切究竟是不是真实的？就和图图刚离开时一样，他多么希望这一切只是一场噩梦，幻想自己能早点从梦中醒来。那样，清晨的窗外仍铺满明媚的阳光，楼下街头早餐店的热干面、豆皮的香味飘进他的屋子，而他的图图还歪着脑袋在酣睡，任他叫过三声也赖在床上不肯起来……

"呜——"

但狗叫声总能将他拉回残酷的现实，让他明白这不是梦，是真实的。一周过后，火鸡失去了前些天的活跃，只偶尔探出头来，向着余勤奋的方向，发出越来越微弱和稀薄的叫声，像是一种哀鸣，更像是它发出的最后呼救。

深夜的窗口挂着一轮残月，影影绰绰。余勤奋推开露台的纱门，很久没有上过润滑油的门闩发出一声悠长的"吱呀"声，在静寂的夜色中格外刺耳。他站在露台上等了许久，却始终没能再听到那阵熟悉的狗叫声。寒风突起，把余勤奋惊得打了一个寒战，夜更深了。他朝着深邃的星空望去，似乎看到一团"暗咒蝠妖"形状的黑色雾瘴，如影似幻，最后慢慢消失在泛着清辉的苍穹之中。

这天早上，余勤奋下到楼栋口，见到戴着红袖章的社区干部小马，上前递了根烟。余勤奋前段时间做志愿者，就在他的带领下工作。

小马看见他肩膀上斜挎着一个笨重的帆布袋下楼来，老远就说，老余你也憋不住了？余勤奋嘀咕道，我倒是想待在家里躲病毒，但王主席让我这个防水补漏的去修水管，只能试试啰。王主席是社区工会副主席，协调志愿者工作。小马没接余勤奋的烟，用体温枪对着他额头一照，问，王主席派你去哪修水管？余勤奋指了指火鸡所在的方向，说不远，就在对面那栋楼。小马说，领导既然点你，说明你有两把刷子。接着，又向对面楼栋的另一位社区干部喊话，帮着余勤奋打了个招呼。

余勤奋顺利上到对面楼房的二十层。

他从楼道窗户里探出半个身子，对着自家的方向大喊一声："新年好啊——"

小马听到楼上有人喊新年好，抬头往上望，看到是余勤奋，使劲朝他挥了挥手。

余勤奋也看到了小马，也朝他挥手。

接着，他又向着空旷的街区喊："新年好啊——"

最后，他面向遥远处朦胧的山峦和浩渺的江水，将双手合成喇叭状放在嘴边，使出胸腔五脏六腑的气息，大声喊道："新年好啊——"

喊过之后，余勤奋来到光头家门口。他一屁股坐在地上，背靠光头家大门，开始抽烟。一支烟才抽了一半，他站起身，将烟头捻灭后装进自己夹克的上衣口袋。接下来，他不紧不慢地从帆布袋里掏出一把闪着寒光的消防斧头，调动全身所有的力量，朝着大门狠狠砍了过去……